LA VENJANÇA DEL BANDOLER

MARTÍ GIRONELL

LA VENJANÇA DEL BANDOLER

XII Premi Nèstor Luján
de Novel·la Històrica

Columna

COL·LECCIÓ CLÀSSICA
SEGONA IMPRESSIÓ DE L'EDICIÓ ESPECIAL AMB CD: MARÇ DEL 2009

CARRER PEU DE LA CREU, 4 - 08001 BARCELONA
ISBN: 978-84-664-1092-2
DIPÒSIT LEGAL: B. 14.629-2009
FOTOCOMPOSICIÓ: VÍCTOR IGUAL, S.L.
CARRER PEU DE LA CREU, 5-9 - 08001 BARCELONA
IMPRÈS A: EGEDSA

www.columnaedicions.cat

El jurat del XII Premi Nèstor Luján
de Novel·la Històrica (2008) el formaven:
Xavier Bosch, Tin Luján,
Ester Pujol, Maria Carme Roca
i Jaume Sobrequés.

Per als meus pares i pels seus records;
i a l'Eva que m'acompanya en totes les aventures,
sense ella no podria viatjar per la Història.

«Canteu les meves gestes,
narreu els meus combats,
com vaig lluitar contra els dimonis traïdors.
Perdoneu les meves faltes
i concediu-me la pau.»

PHOOLAN DEVI, reina dels bandits
Uttar Pradesh, Índia. Setembre del 1995

«Sigues agosarat, sanguinari i cruel, pren-te rient tot el poder dels homes... Tingues el tremp i l'orgull del lleó, no facis cas dels que es revolten i conspiren...»

Acte IV, 1 Macbeth
WILLIAM SHAKESPEARE

«Un consell m'han dat / i també jo us el vull donar, / que ha de ser devot de Maria / qui es vulgui salvar»

FRANCISCO GELAT,
pagès de Santa Susanna, 1699

«...en Boquica el va fer avisar i li va demanar que li amanís dinar perquè hi anirien a menjar amb alguns dels seus oficials. Li va dir que no tingués por, ni passés ànsia que no tocarien res ni ningú, que no s'emportarien res ni farien mal a ningú. Li va demanar que li fes arribar el mateix encàrrec a casa del de can Homs de Beuda. Pere Homs era un altre pagès, un hisendat potent de la contrada. En Ramon Maholà va obeir, malgrat que no les tenia totes. Ben aviat, però, en Boquica va deixar clar que allò que havia promès a en Maholà havia sigut una estratègia i que no ho pensava complir. Quan estava exigint vint-i-cinc doblers a en Maholà van arribar els homes que havien estat dinant a can Homs. En veure'ls en Boquica es va estranyar. Va resultar que el de can Homs després d'una llarga tortura va aconseguir escapar-se tot i estar molt perjudicat. Davant d'això, en Boquica li va exigir a en Maholà que pagués la part de l'Homs. En Maholà al no poder fer front al pagament de cinquanta doblers els va donar llargues i per això el van matar. Però no va ser en Boquica personalment sinó un dels seus homes, conegut com el Barceloní perquè era fill de Barcelona, qui li va clavar un cop de sabre que el va matar a l'instant i el va fer caure de genolls davant de l'era de la casa pairal de can Maholà.

»No va tenir temps de fer testament ni de prendre cap altra disposició.

»El 5 d'abril del 1814 Ramon Maholà i Llongarriu, pagès propietari de Lligordà, va morir assassinat. Tenia 33 anys, els anys de Crist.»

MOSSÈN ANDREU VILARDELL

Del Llibre d'òbits de la parròquia de Lligordà

I

El Clot de les Mules

Besalú, 1984

TREMOLA, MAHOLÀ, QUE EN BOQUICA TORNARÀ!

Aquesta frase va aparèixer pintada en una paret del poble. Era una amenaça de mort velada que el va deixar glaçat i el va fer pensar.

Feia dies que no trepitjava la redacció del diari. El seu cap de secció li havia encarregat cobrir la informació relacionada amb la construcció de l'abocador comarcal de la Garrotxa, a Beuda, i treballava des de casa. Per això s'havia instal·lat a la casa dels seus pares a Can Camps, un barri de Besalú a tocar de la carretera que puja cap a Beuda.

Durant les últimes setmanes havia estat molt en contacte amb membres d'un col·lectiu que estava en contra de la construcció de l'abocador i havia fet un seguiment exhaustiu de les seves accions.

Els antiabocador, com se'ls coneixia popularment, eren una plataforma de veïns de Besalú. S'havia constituït feia poc i s'oposava a la construcció i ubicació d'aquesta infraestructura en aquest emplaçament de Beuda perquè, segons tots els indicis, no era el més idoni. Uns estudis geològics, químics i biològics sobre el terreny ho desaconsellaven.

Segons els informes, el Clot de les Mules, que era el nom del lloc on s'havia de construir l'abocador, tenia una alta permeabilitat. Aquesta característica del terreny posava en perill la fauna i la flora d'aquella part de la comarca i, de retruc, de certes zones del Pla de l'Estany, inclòs l'estany de Banyoles. Per tant, i segons aquesta documentació, tot apuntava que el tipus de sòl d'aquell indret no era el més indicat per abocar-hi cada dia i durant vint-i-cinc anys tones i tones d'escombraries.

Al principi, els antiabocador es limitaven a fer reunions amb els veïns per informar-los i també algun acte de protesta, com ara tallar la carretera nacional entre Olot i Banyoles o penjar bosses negres d'escombraries per tot el poble en senyal de rebuig d'aquelles instal·lacions que es projectava construir.

L'acció més vistosa va ser la d'embolicar amb plàstics negres el pont romànic durant tota la Setmana Santa. Els turistes que durant aquells dies omplien el poble a milers es van solidaritzar amb la causa. El fotografiaven i signaven el manifest contrari a l'abocador.

Però la més sonada de totes va ser l'escridassada al president de la Generalitat el dia que es va reunir a la sala de plens de l'ajuntament de Besalú amb la Comissió Antiabocador.

Quan va arribar el president Pujol, tot el poble l'esperava congregat a la plaça major, davant de la casa de la vila. El van rebre en silenci, com si el poble estigués de dol. I de fet ho estava: es veien venir un cop mortal. La imatge del dol quedava reforçada per les bosses d'escombraries de color negre que penjaven per tota la plaça, que donaven un to encara més trist a aquella mobilització ciutadana.

Però aquella aparent calma i quietud, després de la reunió, es van esberlar per la tensió del moment. La gent va esclatar i va manifestar la seva ràbia i impotència esbroncant el president quan va sortir del consistori per entrar al cotxe oficial. S'hi va estar una hora i mitja, a la sala de plens, escoltant raons i justificacions dels antiabocador, explicacions i més argumentacions avalades per estudis en contra de la ubicació de l'abocador en aquell clot. Però no s'hi va poder fer res. L'abocador tirava endavant i ja feia temps que tothom tenia clar quin era el lloc on s'emplaçaria: el Clot de les Mules. Era un terreny propietat d'en Ramon Fort, l'alcalde de Beuda, encara que, de fet, tothom el coneixia pel nom de casa seva: can Maholà.

De seguida es van escampar rumors —mai demostrats— que deien que amb la instal·lació de l'abocador no només hi sortiria guanyant el municipi. D'aquí aquella pintada que deia «Tremola, Maholà, que en Boquica tornarà», una frase que no buscava res més que intimidar-lo i fer-lo canviar de parer. No en va, va aparèixer en una paret de Besalú, just al costat de la carretera que va cap a Beuda. Els autors de l'amenaçadora pintada —un grup desconegut que firmava amb les sigles TMPS i el dibuix de tres forques enllaçades dins d'un cercle— ja van procurar que en Ramon veiés ben bé aquella advertència en forma d'amenaça de mort cada vegada que baixava a Besalú, o sigui constantment.

Una nit la temperatura del conflicte va pujar més graus del compte.

—S'està cremant una propietat d'en Maholà, però no és el Clot de les Mules —va dir una veu greu i pastosa a l'altra banda del fil telefònic.

Abans de penjar, el comunicant, que no es va voler identificar al caporal de la Guàrdia Civil que havia atès la trucada, es va afanyar a afegir que es tractava del cobert del molí de Baix, al costat del pont sobre el riu Capellades i a uns dos-cents metres de la casa d'en Maholà.

Aquesta va ser l'acció més arriscada, sens dubte, però les pintades van continuar apareixent a les parets de Besalú.

N'hi va haver d'altres que criticaven l'alcalde de Beuda amb un llenguatge gruixut i barroer; cap no era tan preocupant, amb tot, com aquella que amenaçava directament la vida del descendent d'en Maholà, un pagès que deien que havia mort assassinat a mans d'en Boquica.

En Jordi Pujol va començar a buscar informació, documentació que li permetés entendre qui era aquell personatge. En Boquica, segons expliquen els llibres d'història, va ser un bandoler que entre finals del segle XVIII i principis del XIX havia atemorit aquella part de la comarca robant, saquejant i cremant propietats, esgarriant bestiar, violant, torturant i, finalment, executant més d'un centenar de les seves víctimes. Així, si més no, ho explicaven les cròniques de l'època que consultava en Jordi.

En realitat, en Boquica es deia Josep Pujol i Barraca i era avantpassat seu. Potser per això sempre li havia cridat l'atenció aquell personatge. D'entrada el pintaven sinistre, però estava segur que no n'hi havia per tant. No és que li tingués una simpatia especial perquè formés part del seu arbre genealògic, però pel poc que en sabia creia que era força atractiu per investigar-lo més a fons, i més encara després de trobar-se'l de cara en una paret de Besalú tants anys després, va pensar. Ell es deia Jordi Pujol i Soley. El seu pare era descendent de l'hereu de can Barraca, el temut bandoler, i la seva mare era de can Soley, una família que tenia terres a Lligordà. Però, de fet, el seu nom estava marcat per una altra casualitat. Sovint, tant dins com fora de la redacció, però sobretot en rodes de premsa, havia d'aguantar els comentaris i bromes sobre el seu nom perquè es deia igual que el president de la Generalitat. Però ell s'ho agafava bé i reia.

Aquell dia, assegut davant de la foto de la pintada amenaçadora, no s'ho va pensar dues vegades. Aniria a veure el seu avi i li faria explicar el sentit d'aquell avís terrorífic i, si aconseguia convence'l, també li faria explicar la història sencera d'en Boquica. Ell recordava vagament haver sentit alguna vegada en algun dinar familiar a casa seva que hi havia hagut un avantpassat de can Barraca, en Boquica, que n'havia mort un de can Maholà, però el seu avi sempre ho havia negat.

Deia l'avi que no era pas veritat, que s'ho inventaven, i solia afegir: «Quan tens fama de matar gent, tant se val, sempre n'hi ha que et pengen el mort. Total, ja no ve d'un».

No només tenia curiositat per saber com havia anat realment aquell episodi de la mort d'en Maholà, sinó que també volia saber més coses de la història d'en Boquica. Qui era? Per què ho feia? I, sobretot, i potser més important, volia saber si tota la seva vida havia estat així o si hi havia hagut algú o alguna cosa que l'havia convertit o condemnat a ser una persona indesitjable.

No sabia si se'n sortiria, però ho havia de provar. El seu avi era l'únic que li podia respondre tots aquests interrogants.

Es va presentar a casa seva, a can Barraca, una enorme masia amb una era lluminosa i espaiosa vigilada de prop per un santíssim noguer. Can Barraca pertanyia administrativament a Besalú, però eclesiàsticament era de la parròquia de Lligordà. Al costat de migdia encara hi ha l'era amb una cabana i un portal, sota del qual s'hi pot llegir una inscripció amb la data de 1721 i el nom de Gaspar Barraca —el fundador de la nissaga familiar a la qual pertanyia en Jordi— i un calvari en creu de dos travessers. No era l'única data que es podia veure. En una finestra, a ponent, hi figurava la data de 1699: l'any de la fundació de la Venerable Congregació de la Mare de Déu dels Dolors.

Va veure el seu avi que estava de cara al sol estavellant i engrunant mongetes, assegut en una vella cadira de balca al pas de la porta principal de la casa pairal.

—Jordi, què hi fas, aquí? Que t'has perdut? —li va preguntar amb un gest de sobtada alegria—. Per què no m'avisaves que venies? —I va fer un somriure d'orella a orella que li va omplir aquella cara rodona i vermella sota la boina.

—Hola, avi. —El nét li va fer un parell de petons a les galtes arrugades i calentes pel sol—. Com vols que t'avisi si no tens telèfon? Ja li dic jo a la mare que entre tots t'hem de mirar de convèncer perquè l'instal·lis. No veus que és un gran invent? A més, tu que vius sol en aquesta casa tan gran i tan lluny de la civilització —va fer en Jordi assenyalant cap a Besalú—, et faria molt de servei...

—Va, pots comptar... —va fer l'avi sacsejant el cap—. Vine, seu aquí —i li va acostar una cadirota mig atrotinada que tenia darrere seu—, que mentre m'expliques com està el món m'ajudaràs a treure les tavelles d'aquestes mongetes. Ja saps que després s'han d'assecar, abans de poder-nos cruspir aquells plats de botifarra amb seques, eh? —va dir cofoi; avi i nét ja feien saliva pensant en aquell bé de Déu de plat.

—Entesos —va assentir en Jordi. I es va asseure al costat de l'avi per ajudar-lo en aquella feina tan poc agraïda.

Un cop van haver parlat de tot i de res, en Jordi li va dir:

—Avi...

—Digues, fill.

—De fet t'he vingut a veure perquè vull que m'expliquis una cosa.

—Una cosa? Quina cosa? —I l'avi va deixar de feinejar.

En Jordi es va posar la mà a la motxilla, en va treure una foto amb la pintada amenaçadora i l'hi va ensenyar.

—D'això. Vull que em parlis d'en Boquica... —li va dir mentre li donava la foto.

L'avi va clavar els ulls cansats, envoltats d'arrugues i aixoplugats per unes celles atàviques, blanques i poblades, en aquella foto que li acabava de donar el seu nét. Es va quedar una estona en silenci. Rumiava amb una mirada seriosa el sentit d'aquella frase.

—L'han fet en una paret de Besalú, saps aquella que hi ha davant de la fàbrica de sacs, pujant cap a Beuda?

L'avi va riure per sota el nas.

—Qui els va parir! —va deixar anar un renec que va sobtar una mica en Jordi.

—Qui, avi? Qui els va parir, qui?

—Aquests que han pintat això... No saben què pinten... —va fer petar la llengua contra el paladar—. Vinga, va, és igual. No en vull parlar, Jordi. Ja ho saps, fa molts i molts anys d'això i tampoc se'n treu res de remenar el passat. I menys en llocs petits com aquí, que tots ens coneixem i després renyim i et trobes al cafè a fer la partida i tot són morros i... de caragirats, massa que n'hi va haver i, per desgràcia, massa que n'hi ha encara.

Va fer una pausa i, sense deixar de mirar la foto, va continuar:

—Ara, d'altra banda, no hi ha dret. No m'agrada gens el caire que agafa aquest tema... Els terrenys són seus i els calés són els calés. Què faries, tu? T'hi miraries gaire pel poble si t'oferissin el que li han ofert a ell?

En Jordi callava i se l'escoltava amb una atenció infinita. No gosava interrompre'l perquè era conscient que llançava preguntes a l'aire, retòriques. De tant en tant es limitava a fer cops de cap, assentint als raonaments de l'avi.

—Al final, tothom té un preu i les coses s'acaben fent per egoisme. La gent fa les coses pel seu bé, només pensant en ells i en la seva família. Mentre jo vagi bé, els altres que es fotin... O no és així, fill meu? Pensa-hi, i en política encara més. Per un polític vocacional, tots els altres són circumstancials o accidentals. No n'hi ha cap que valgui res. S'omplen molt la boca que faran molt pel país i per la seva gent i quan és l'hora... —va fer petar els dits—, i quan és l'hora res de res. Les promeses s'han esfumat, i els diners per construir-les, també. Ja fa molt de temps que me l'han acabada, a mi, la paciència, aquests que diuen que es dediquen a la cosa pública —va concloure l'avi amb un gest de les mans que indicava que havia liquidat el crèdit que li mereixia la classe política.

En Jordi ja feia estona que estava al·lucinant amb el que deia el seu avi. No l'havia sentit parlar mai d'aquella manera, i en veure que s'havia destapat i que semblava que tenia ganes de buidar el pap, hi va insistir:

—Qui era en Boquica, avi? Per què feia el que diuen que feia?

Es va fer un altre silenci llarg en què va passar per sobre de l'era un estol de pardals. L'avi va aixecar la vista per mirar-se'ls i després es va mirar el seu nét.

—De debò vols que t'expliqui la seva història?

—Sí, m'agradaria saber per què robava i matava la gent. Potser n'escric un article per al dominical del diari. Després de seguir tot el tema de l'abocador i després d'això de la pintada, crec que estaria bé que la gent sabés què va passar o si en Maholà ha de patir per si hi ha un nou Boquica.

—Si és per explicar la veritat i fer justícia... ja t'ho explicaré, ja. De fet, l'art d'envellir és conservar sempre alguna esperança —li va deixar anar el seu avi—, i la meva és que es faci justícia, mai venjança. Justícia i posar els fets i les persones al lloc que realment els pertoca.

Va fer una pausa i va canviar de registre per un moment.

—Noi, però pel que m'expliques en Maholà ha d'estar acollonit com el seu avantpassat per força! —va dir rient.

Però de seguida va tornar al posat seriós d'abans.

—En Boquica, Jordi, va ser un caragirat, tot i que per força, obligat per les circumstàncies. Estic segur que se'n va penedir tota la vida, d'haver seguit el camí que va agafar.

—Què vols dir que va ser un caragirat?

—És el nom que abans es donava popularment als que havien lluitat a favor de la causa napoleònica. Perquè primer havien estat amb els patriotes, els que lluitaven contra els francesos, i després es van canviar de bàndol, com aquell que es canvia de jaqueta o que s'acosta a qui més li convé. En altres indrets també se'ls coneixia amb el nom de *parrots* o *brivalles*. Ell, en Boquica, en va comandar un bon grup, eren una bona colla. Tenien la protecció de l'exèrcit francès i els ajudaven en la seva repressió salvatge contra la població autòctona. Segons els llibres d'història, en Boquica, en Josep Pujol, va ser un bandoler, fill de Besalú, i diuen que es va distingir tristament per ser un dels caragirats més coneguts i sanguinaris d'aquesta zona. Però jo personalment crec —i com jo molta altra gent— que no se l'ha tractat amb justícia. No saps que «qui diu mal en ta absència, temor té de ta presència»?

Després de la dita va fer una pausa i va continuar:

—Per desgràcia o per sort, els morts no parlen! Ja ho deia el Rellotger de Creixells.

—Què vols dir?

—Doncs això, que els que se'n van a l'altre barri no poden dir res. Un cop tu no hi ets, són els altres que parlen de tu. I què sol passar? —Ell mateix es va respondre amb l'adagi d'abans—: «Qui diu mal en ta absència, temor té de ta presència». Tant en el cas del Rellotger de Creixells com en el d'en Boquica, els que van escriure sobre ells podien dir el que volguessin. Ningú del seu entorn més pròxim ni podia ni gosava explicar els fets i, per tant, ho fan uns altres de dubtosa fiabilitat... —va tornar a fer una pausa i va reprendre el raonament del caragirat—. Però en Boquica no era ni una cosa ni l'altra. No era un angelet ni tampoc un dimoni. Això sempre depèn de qui escriu la història.

—Per què, avi?

—És una fama adquirida de manera immerescuda. Va

fer el que va fer i s'ha acabat. Sempre se l'ha tingut per un traïdor, un assassí a sou, per un home sense escrúpols, sense cor, per un despietat, però *ells*... —i va imprimir a aquell pronom un altre to que denotava que l'avi hi estava en desacord. Va tornar a aixecar una mica la veu—. Ells el van convertir en aquest home que ha perdurat en l'imaginari col·lectiu. Encara que ell en realitat no era així —va sentenciar—. Sempre he cregut que si vols dir mal d'algú, primer has de mirar qui ets tu.

I va afegir:

—La guerra desperta aquella bèstia que tots portem a dins. I es desvetlla després d'haver viscut perills, amenaces, calamitats, desgràcies, matances i humiliacions. Com les que van patir en Boquica i moltes altres persones. —Va fer una pausa i un gest de ràbia se li va tornar a dibuixar a la cara—: Van ser ells qui el van portar a agafar aquest camí.

—Ells? Qui són ells, avi? —preguntava insistentment en Jordi.

—Coi, els que li van prometre la seca, la meca i la vall d'Andorra! Els autèntics caragirats, els nobles d'aquella època, els polítics de llavors: els patriotes primer i els francesos després. Tots van fer el doble joc al poble, i al principi els van tenir enganyats i oprimits i després els van deixar morir de gana. De fet era com ara, que per davant prometen una cosa i després per darrere i d'amagat en fan una altra i ens foten de mig a mig.

—I com és que en Boquica atemoria i atacava el poble i els de la seva mateixa condició, els treballadors de la terra, els pagesos... i no els terratinents, els hisendats, els senyors...

—No t'equivoquis, fill: ell va anar en contra d'aquells que estaven conxorxats amb els poderosos, terratinents, propietaris i amos de terrenys i masos. I si per això va haver de rebre algú que no li tocava, ell va ser el primer de lamentar-ho, em pots ben creure.

—...o sigui que en Boquica era un bon tio?

—Home, un bon tio, que dius tu... —va dubtar el seu avi—. Es fa molt difícil de dir que un paio que va matar o va ordenar matar a sang freda centenars de persones és un bon tio...

—Bé, però en què quedem? No m'estàs dient que ho feia per acabar amb els autèntics caragirats?

—Sí, Jordi, però jo no he dit ni ho diré mai, que fos un bon tio! Home, amb els estralls que va fotre! Només dic que feia el que feia perquè l'hi havien abocat. Però ni justifico ni aprovo el que va fer, senzillament constato que no s'ha explicat prou bé, que no s'ha tractat bé. Això és tot.

—Com que això és tot? No, no, ara m'ho expliques fil per randa, que és molt diferent! Va, que ja tardes, comença pel principi.

2

L'eclipsi

Besalú, 26 de setembre del 1778

Va passar a migdia, quan el sol era ben alt i dominava tots els camps i les muntanyes. A partir d'aquell moment la foscor es va anar estenent per boscos i camps que ja ningú no atalaiava. Només es veien les eines escampades per terra. Els mànecs encara eren calents dels jornalers que els havien acabat de fer servir. Els homes que hi treballaven se n'havien anat corrent cap a casa, com si haguessin vist el dimoni, i els animals s'amagaven als caus i als nius, sense piular ni remugar. Només se sentien uns lladrucs molt llunyans. Les ombres llepaven les parets de les cases i els seus habitants tancaven portes i finestres, com si volguessin protegir les seves llars de l'arribada d'alguna cosa dolenta.

Enmig d'aquella foscor galopant ell va arribar al món. Va ser l'únic nen que va néixer coincidint amb aquell fenomen que ningú no entenia i que tothom temia. Per això la vella fetillera del poble havia visitat de seguida la partera. Tan bon punt la va veure entrar, la mare de la criatura, prou pàl·lida després de l'esforç del part, encara es va emblanquir més. La seva cara reflectia preocupació i, sobretot, por.

—No m'espanteu, Atanàsia. Li passarà alguna cosa dolenta, al meu fill? —va preguntar angoixada a la vella fetillera.

—És molt probable que així sigui, senyora. Però també us haig de dir que res del que he consultat m'ha revelat com serà aquesta maledicció. Res no m'ha sabut dir quan ni de quina manera, però podeu estar segura que el vostre fill portarà la desgràcia a aquest poble.

Plorant, Francesca Barraca va enfonsar la cara amarada de llàgrimes al coixí mentre al seu costat, acotxat dins del bressol, aquella criatura obria i tancava uns ulls grossos i negres i feia anar braços i cames com si tingués el mal de sant Vito.

Atanàsia no gosava ni pronunciar-la en veu alta, però li ressonava dins el cap. Era una antiga dita popular, i aquella frase que havia sentit de petita li martellejava el cervell sense parar. Un adagi, una frase feta o, senzillament i en aquella ocasió, una encertada i funesta premonició: «Cada un que va naixent, a la mort ens va empenyent». Una dita que cobrava una altra dimensió davant d'aquell naixement.

S'anava retirant la foscor i, de mica en mica, la tèbia llum del sol tornava a brillar. S'havia acabat l'eclipsi.

3

El traginer

Besalú, 6 de maig del 1788

—«Oh, gloriós sant Orient, guardeu-me de tenir por i no em feu perdre el camí bo. Sant Orient, feu-me seguir el camí bo i desviar-me del dolent».

Es va senyar, va fer el nom del pare i es va incorporar. Havia estat agenollat, resant perquè l'empresa que estava a punt d'engegar arribés a bon port i anés per bon camí.

En Pau Pujol, en Pau de can Boquica, era un dels traginers més sol·licitats de Besalú i comarca i també un dels més cauts. Per això, abans de començar cap traginada es guardava bé prou d'encomanar-se als sants que l'havien de protegir, a ell i a les seves mules portadores.

Els traginers s'encomanaven a sant Antoni, sant Eloi, i santa Àgata, entre d'altres, però sobretot a sant Orient, a qui demanaven claredat i serenitat per no perdre el nord ni el camí i saber-se orientar si els perdien. També l'invocaven contra les pors i basardes del bosc i les temences que produeix caminar per paratges despoblats i solitaris, sobretot de nit.

Els Pujol havien tingut des de feia anys l'ofici de traginar tota mena de mercaderies per camins i caminois. Eren valents, forçuts, de complexió forta, i això —i les bones mules que tenien— els facilitava carretejar i transportar gènere d'un lloc a un altre passant per boscos i camps, sorrals o pedregars, amb certes garanties. Sovint havien de mercadejar amb els tractants de bestiar per triar els animals més adients per a la feina, forts i lleugers, capaços de recórrer llargues distàncies ben carregats. Se n'havia de tenir molta cura perquè les bèsties eren indispensables, sense no es podia anar enlloc.

Quan li sortia ronya a un dels matxos més trempats que tenia, en Pau li feia banys amb aigua de serp; sovint, abans d'una sortida, perquè no li agafés ronya i a manera de prevenció, li donava caldo de serp rossa. Pel camí n'agafaven unes quantes, d'aquestes serps, les pelaven, les trinxaven i quan arribaven les posaven a bullir amb sagí. En feien un caldo que després donaven al matxo.

De la mateixa manera, quan tenia un mul una mica malalt li aplicava oli de marxívol, una planta que creixia prop de la roureda de can Bellsolà. Per a les malalties de la pell del bestiar era la cura més adequada: rentava les ferides amb l'aigua de marxívol i després deixava l'olla al femer, mig colgada als fems, i hi feia bullir aquesta aigua per banyar les crostes dels animals.

Ara, que mai s'estava d'aplicar el que segons els vells traginers era la millor medecina. Deien que per curar les nafres dels muls joves el remei més segur era rentar-los les ferides amb orins tres vegades al dia i, tot seguit, aplicar-hi pols de banya de moltó. Pel que pogués ser, i com que home previngut val per dos, en Pau feia servir tot el que tenia a l'abast per curar els matxos.

Els seus millors exemplars els havia adquirit a Olot. Cada any per Sant Lluc pujava a la fira de mules. No comprava pas sempre, però li agradava anar-hi a fer un volt, mig emparaular-ne alguna o regatejar per obtenir-ne un parell al preu d'una.

En Pau Boquica solia fer tractes amb un dels ramblers més coneguts de la comarca. En Met de Ballestà era un dels firaires de bestiar de més anomenada, guanyada a base de fer negoci amb la compravenda de mules. Podia anar a la fira d'Amer, comprar vint-i-cinc mules per una mica més de tres-cents cinquanta doblers i després vendre-les per gairebé cinc-cents a les fires de Carnestoltes de Torelló o a la del diumenge de Rams de Vic o a la fira de Ripoll.

La data de venciment per al pagament d'una mula se solia indicar en dies de sants, sovint associats a fires de bestiar de peu rodó, normalment sants de l'oli i sants del blat. Per la Mare de Déu d'Agost i per Sant Antoni de gener, per Sant Bartomeu i per Sant Tomàs, per Sant Joan de juny i per Sant Joan de desembre, per Sant Ramon Nonat i per la Candelera, per Sant Mateu i per Santa Caterina o per Sant Lluc.

La fira podia durar ben bé deu o dotze dies i la mula es pagava en terminis d'un, dos o tres anys. I si la mula es moria, l'amo havia de manllevar diners d'algú i entrampar-se amb un deute que no sabia pas quan podria tornar. En Met de Ballestà li va explicar un cas a en Pau Boquica que, si no hagués estat perquè ell era traginer i la necessitava, s'hauria fet enrere en la compra: «Calla, calla! Quin trasbals, valga'm Déu! No continuïs que em passaran les ganes de comprar-te cap mula! Hosti, Met, sembla que no vulguis vendre!».

És que aquell any el preu mitjà d'una mula era de vint-i-cinc o trenta doblers, quaranta si era una mula lletona de cinc anys. Un matxo ja se n'anava als vuitanta doblers. Els preus podien oscil·lar entre els quaranta-cinc i els noranta-vuit doblers. I per a operacions de certa envergadura s'utilitzava la dobla, que equivalia a seixanta-sis sous.

Els Pujol eren respectats i estaven ben considerats a Besalú. N'hi havia prou amb un certificat o passaport de les autoritats locals perquè es deslliuressin de pagar els nombrosos drets de peatge per camins, ponts i duanes, cosa que abaratia la mercaderia local. Segons el gènere, feien servir sàrries d'espart per a productes delicats, com ara vidre o ceràmica; caixes de fusta per a aliments o bótes per a líquids.Quan pensava en els líquids sempre li venia al cap aquella juguesca que li explicava el seu pare, en Silvestre Pujol, el primer traginer de la família.

—Si ets capaç de portar-nos aigua amb els cistells et paguem un vestit de muda —li van proposar els senyors de can Talamàs, uns terratinents carregats de calés que l'únic que volien era fer-lo quedar en ridícul i posar-lo en evidència.

—Fet! —va acceptar en Silvestre.

Mentre tornava cap a casa rumiava com fer-ho, perquè era evident que l'aigua s'escolaria pels forats que tenien els cistells. Anava donant voltes i més voltes al magí, ja que per molt ben trenat i tupit que quedés el vímet no era possible fer el trajecte sense perdre més de la meitat del carregament. Un dia es va fixar en els nius que feien uns pardals, en la forma que li donaven però sobretot en els materials que feien servir. No només hi havia branquillons i fullaraca. Va quedar parat de veure que els ocells agafaven de terra trossos de buina seca de vaca. En veure-ho, a en Silvestre se li va il·luminar la cara i va pensar que podria fer el mateix: si deixava assecar una bona quantitat de buina de vaca podria folrar els cistells, després posar-hi fulles de figuera perquè l'aigua no agafés mal gust ni suressin busques enmig de l'element líquid, i la podria traginar sense por de perdre la càrrega pel camí fins a la casa pairal dels Talamàs. I així ho va fer, i la cara d'aquell senyors quan el van veure arribar amb el matxo carregat amb els cistells plens d'aigua fins dalt i sense haver-ne perdut ni una gota era indescriptible. I en Silvestre Pujol va ser l'home més feliç del món. No només els havia deixat amb un pam de nas sinó que ja s'estava prenent les mides a can Cortada, un dels millors sastres de la comarca, a compte del senyors de Talarnàs.

Des de llavors la família Pujol traginava de tot, aigua inclosa. Distribuïen tota classe de manufactures locals, principalment teixits, elaborats a partir de la llana dels ramats: mantes, estamenyes i cordellats. El viatge, doncs, servia per distribuir aquest gènere i per comprar-ne a canvi d'altre que anaven venent als pobles i llogarrets per on passaven, i amb el qual negociaven al llarg de l'any. De mica en mica, també adquirien productes de luxe, amb els quals també comerciaven, però ho havien de fer d'estranquis.

També solien atendre el transport a les fargues, que necessitaven abastir-se de ferro i de carbó procedent de les muntanyes properes. El transport es feia a cavall d'animals de càrrega que avançaven per camins de muntanya estrets, tortuosos i costeruts, impracticables bona part de l'any. Feien aquest transport entre les parts altes de les muntanyes, on hi havia les zones de producció de carbó i d'extracció de la mena, i el fons de la vall, on hi havia les fargues. Però la feina no s'acabava pas aquí. Després, el ferro produït per les fargues s'havia de transportar cap a les zones de consum i els mercats per a la seva transformació i distribució. Per això es feia servir una xarxa de camins que, seguint les valls dels rius i saltant colls de muntanya, comunicava les valls amb el pla. Aquests camins estaven més ben condicionats que no pas els d'alta muntanya, tenien trams empedrats i marges de pedra de protecció en els passos més difícils.

Cada any, després de l'hivern, en començar el bon temps, en Pau Boquica formava les rècules: un grup de cinc matxos. Algunes vegades, molt excepcionalment, havia muntat rècules amb una dotzena d'animals. Però el més habitual era veure'ls aparellats per portar càrrega i dirigits per un traginer que cavalcava l'animal de davant.

Agafava un ramal de cànem i els enllaçava tots, fins

l'últim matxo de la rècula, el saguer, que portava penjat del coll una tumba, un enorme esquellot amb batall d'os que sonava de tant en tant per marcar el ritme del pas dels animals. Però l'esquellot també servia perquè cap de les bèsties de càrrega s'esgarriés. Era una bona eina i en Pau sempre tenia la precaució de lligar-l'hi al coll. No li feia cap mal, al matxo, pensava el traginer.

Si tot havia anat bé, tornaven a casa per Nadal amb les alforges plenes de diners. Descansaven una temporada i, segons les possibilitats de cadascun dels traginers, organitzaven una nova rècula per a l'any següent.

Els traginers havien de mercadejar a les fires amb els ramblers, tractants i comerciants de bestiar, els animals més adients per a la feina. Buscaven exemplars forts i lleugers, capaços de recórrer llargues distàncies ben carregats. Els que guiava en Pau Pujol portaven sobretot draps obrats pels teixidors de llana a Olot, però també traginaven ferro de les fargues de Ripoll o qualsevol altre producte que s'hagués de menester.

Aquella rècula que partiria era especial per a en Pau. En Josep, el fill petit, que tots anomenven Jep, l'acompanyaria per primer cop. I això representava veure i viure fets que no es podia ni imaginar.

4

Negocis

—Tinc un negoci entre mans, Cruzet, que em penso que t'interessaria de participar-hi —li va dir en Pau, que s'acabava de lligar una mica de llana amb una anella en un dit del peu dret. Era un antic costum que tenia, entre remeier i supersticiós, per quan li agafava rampa a la cama. Deia que amb aquell tou de llana al peu no notava el dolor de l'estrebada que de tant en tant li pinçava el múscul de les cames. Un avís de la sobrecàrrega que patien unes cames, sobretot la dreta, que acostumava a carregar tot el seu pes durant les llargues traginades.

Els dos traginers l'estaven fent petar al pas de la porta d'entrada de can Boquica.

—Tu diràs —li va respondre en Josep Cruzet, un altre conegut traginer del poble. Vivia amb la seva dona, la Narcisa Cortada, i la seva filla, Maria, gairebé de costat amb els Pujol i Barraca, al final del carrer Ganganell, allà on feia cantonada amb el de Vilarrobau.

Al mateix carrer, just davant de can Boquica, s'hi havien establert una sèrie de tallers que acollien oficis que vivien de les sortides i dels negocis dels traginers, com ara el ferrador —providencial per a la bona salut dels muls i matxos—, el baster, el ferrer, el boter, el terrissaire. Feia poc que havia obert un constructor de carros. A l'amo, l'Aureli, se'l solia veure davant de la porta del taller ferrant les rodes d'un carro que els seus operaris estaven muntant dins de l'establiment.

—Guaita —li va dir en Pau mirant-se aquella futura tartana mentre es preparava per cargolar un cigarret—. Entre les teves mules i les meves podem fer una bona rècula.

En Cruzet va assentir amb el cap i en Pau va abocar una mica de tabac que estenia en un paper de fumar finíssim amb forma de canalera que tenia entre els dits. El va enroscar amb molta traça i sense que li caigués ni un bri de tabac. Va llepar els marges del paper per fixar la part central del cigarret i el va encendre amb un misto.

—Sis mules... —i va encendre la punta del cigarret fent-hi una primera xuclada que, amb un nuvolet de fum, va ajudar a abrandar-lo definitivament—. Sis mules que poden marxar ben carregades amb teixits per als monjos de Ripoll, i tornant —va xuclar amb ganes— podem traginar ferro per a aquell d'Olot, per al ferrer de la vall del Bac i per a en Bach Esteve, que m'ha dit que en necessita una remesa. —Va fer un parell de pipades més i va deixar anar el fum—. Què, Cruzet, què me'n dius? Equilibrem el pes i així no ens queden les bèsties esllomades i anem a mitges en els guanys? Què et sembla? Fem tractes o què?

En Cruzet s'ho rumiava. Li costava decidir-se. Havia quedat tocat d'ençà de la vegada que li van robar unes importants i suculentes remeses. Les cobrances dels pobles i les remeses dels senyors no es pagaven pas a través de bancs, sinó que era un traginer qui portava personalment els diners. Al mateix temps que feia un viatge per traginar unes quarteres de blat o unes mantellines, duia els diners comptants. Aquell dia en Cruzet portava unes remeses amb un valor que oscil·lava entre nou i deu mil lliures. L'or i la plata els va amagar al fons dels sacs de cigrons, d'ordi, de civada i de les peces de lli. Tot i això, ja havia procurat deixar alguna peça per sobre dels sacs perquè si l'empaitaven els lladres es poguessin donar per satisfets i no continuessin escorcollant. També prou que havia procurat que coincidís amb la fira local i així poder transformar la plata i l'or en bestiar, més segur i menys arriscat de transportar que aquell tresor. Però no va anar així i en Cruzet va ser víctima d'un assalt a mans d'uns bandits. Li va costar refer-se, i per això en Pau Boquica mirava d'engrescar-lo amb una empresa conjunta.

—De quants diners estem parlant?

—Tres-cents doblers, la meitat per a tu i l'altra per a mi. És un tracte just.

—Deixa-m'ho rumiar.

—Però què t'has de pensar? No t'ho rumiïs tant, home, qualsevol diria que tens molts encàrrecs. —I mentre feia una altra pipada, en Pau li va etzibar—: Quant fa de l'última? Quant fa d'aquella càrrega de lli que vas portar al port de Sant Feliu de Guíxols cap a Amèrica?

—Massa temps, massa temps —va reconèixer en Cruzet mirant de fugir d'estudi.

—Ho veus, home, no cal que t'ho rumiïs tant. A més, també podem dur algun licor, cafè i farina de contraban.

En aquell moment va entrar la Maria Pujol, la filla d'en Pau.

—Pare, senyor Cruzet —li va fer una tímida salutació.

—Hola, Maria. Què passa, filla?

—Mira, precisament et venia a dir que me n'anava a ca la Maria Cruzet...

—Ara vas a casa?

—Sí, senyor Cruzet —va respondre la Maria Pujol—. S'acosta l'aplec del Mont i amb la colla hem d'assajar el ball de les cintes.

—Ai, tens raó que heu de fer el ball. Vés, vés! L'he deixada amb la seva mare, que no sé pas què discutien del vestit.

—Molt bé, doncs, me n'hi vaig corrent que no vull fer tard. —I es va acostar al seu pare, li va fer dos petons a les galtes i va sortir saltironejant en direcció a ca la Maria Cruzet. Les dues Maries eren de la mateixa edat. La Cruzet no ho volia reconèixer, però cada dia es mirava més i més el germà de la Pujol, en Jep. I la Pujol sospirava per convertir-se, en un dia no massa llunyà, en l'esposa i la mare dels fills del germà de la Cruzet, l'Antoni, que feia d'aprenent a can Compta, un fuster molt sol·licitat del carrer Major. S'explicaven confidències, compartien secrets i s'imaginaven la seva vida casades i emmainadades. Ara, però, la seva única preocupació era l'aplec del Mont.

—Què me'n dius, doncs, Cruzet? Vols ser-hi o no, en aquest negoci?

—Ja hi pots comptar, Pau! —va respondre sense dubtar-ho.

—Ho sabia —li va dir en Pau somrient—. Ens en anem demà.

5

La rècula

Mai no va oblidar la primera traginada en què va acompanyar el seu pare i el seu germà gran. No només perquè se li va obrir un món de sensacions: l'olor del cuir, el tacte aspre de la fusta, del ferro, el so dels picarols... sinó també perquè tindria unes experiències úniques.

Al petit Josep, en Jep, el va sorprendre que cada vegada que travessaven un corrent els traginers xiulaven al bestiar una tonada especial. Una tonada per abeurar els muls, una altra per tornar a arrencar i encara una altra per menar-los. No blasfemaven, ni renegaven: xiulaven per alegrar les bèsties, que obeïen mansament. Sense crits, ni estridències, ni males paraules o grolleries, el trajecte era més plaent. En Jep xalava d'allò més a cavall d'una de les mules que menava el seu pare. Estava content, a més, perquè el seu pare li havia encarregat una feina. Li havia demanat que no perdés de vista un farcellet que hi havia lligat entre les alforges. No deixava de petja el moviment de les alforges, que es balancejaven amb el trontoll d'uns camins tortuosos, per por que aquella bosseta es pogués deslligar i perdés tan bell tresor. En Pau, de tant en tant, es mirava el seu fill de reüll i somreia de veure'l tan preocupat i atent.

—Fill, quedaràs amb el coll ben girat de tant mirar enrere cap a les alforges, no pateixis tant!

El que en Jep vigilava amb tant de zel era una pedra de llamp.

Exposats a mil contingències, els traginers duien pedres de llamp al conaló de les alforges o penjades entre la moriscada del mul de guiatge. Aquestes pedres guardaven del llamp, salvaven de morir fora teulada, de l'atac de bèsties, feres, lladres i traïdors. En Pau havia explicat a en Jep allò que li havia explicat a ell el seu pare i al seu el seu i així generacions i generacions de traginers que havien anat transmetent la llegenda de la pedra. Diuen que el llamp, en caure, deixa anar aquesta pedra amb tanta força i fúria que s'enfonsa set canes sota terra, però de seguida comença un lent moviment d'ascensió per arribar fins a la superfície i desenterrar-se. Puja a poc a poc, una cana cada any, i el dia que fa set anys apareix arran de terra. Són calentes perquè diuen que guarden l'ànima del llamp. Aquesta energia era la que protegia els traginers de qualsevol malvestat que se'ls acostés. I per això en Jep tenia una responsabilitat molt gran: si perdien la pedra pel camí estarien desprotegits la resta de la traginada.

Ja fosquejava i estaven a punt d'acampar per passar la nit quan a mig camí els va sortir al pas un home que anava ensangonat, amb la roba esquinçada i demanant-los ajuda. Va saltar de darrere uns esbarzers. Havia estat víctima d'uns bandolers.

—Auxili, si us plau, ajudeu-me, ajudeu-me, si us plau, auxili!

En Pau i dos traginers més el van socórrer de seguida. Un cop refet, abrigat amb una manta i a la vora del foc que acabaven d'encendre en un campament improvisat, va explicar el que li havia passat.

—Em dic Magí Prujà i sóc mercader, venc una mica de tot als mercats de la comarca. Venia d'haver fet un bon jornal quan una colla de facinerosos armats amb navalles, pedrenyals i trabucs m'ha assaltat la tartana, el meu modest carruatge de dues rodes amb coberta que de vegades em servia per dormir-hi si s'esqueia. M'han fet aturar i m'han obligat a baixar mentre m'apuntaven amb els seus trabucs. El que semblava que duia la veu cantant s'ha tret el pedrenyal i, encanonant-me, m'ha demanat els diners.

»Al mateix temps, ha ordenat a dos dels seus homes que pugessin al carro amb dues saques i que requisessin tot el que els pogués convenir. Jo no els volia donar els diners que m'havien costat tant de guanyar i, ara me'n penedeixo, m'he fet massa el ronsa. S'ha guardat el pedrenyal i s'ha tret la navalla. M'ha dit que li ensenyés les mans. Jo he obeït tremolós i en un tres i no res m'ha fet dos talls ben profunds a cadascun dels palmells. Després d'això m'ha continuat exigint els diners i jo, veient-me les mans que em cremaven per les incisives ferides i que no paraven de sagnar, li he donat com he pogut la bossa amb totes les monedes.Quan ja semblava que estaven prou satisfets i m'havien buidat la tartana, han clavat una xurriacada al cavall i la pobra bèstia, com si entengués el que estava passant, se n'ha anat corrents com un esperitat. El cap d'aquests bandolers, sense dir-me res, se m'ha acostat i m'ha creuat les galtes amb dos talls més de navalla. Després dec haver perdut el coneixement, perquè no recordo res més. Fa una estona que camino per aquests paratges i he sentit fresses que m'han semblat amigues i he gosat escometre-us.

En Jep estava arraulit —mort de por— al costat del seu pare. Escoltava amb molta atenció la història esfereïdora, amanida amb tanta violència, que explicava aquell pobre home. El van convidar a sopar amb ells i a fer nit al seu bivac. Aquella nit els malsons no deixarien dormir en Jep. El seu pare, que el va veure desvetllat, se li va acostar.

—Què tens, fill, no pots dormir?

En Jep va negar amb el cap i llavors el seu pare es va asseure als peus de la seva manta i li va fer una proposta.

—Mira —i li va assenyalar el cel—. Veus el cel? Saps que és un mapa que ens serveix per guiar-nos?

En Jep no contestava, però com a mínim li prestava atenció i va aixecar els ulls cap al cel.

—Veus els estels? Quan ens perdem o ens desorientem, si està serè com aquesta nit, es poden veure molt bé. Si t'hi fixes. —I assenyalava cap al cel—. Mira, veus allò que sembla un cullerot?

En Jep feia que sí amb el cap sense abaixar la vista.

—Doncs aquella d'allà dalt és l'estrella Polar o Óssa Menor —li deia el seu pare—. En pots veure com a mínim set, però n'hi ha una, la veus?

En Jep no contestava.

—...és aquella, fill, que hi ha just a la punta del cullerot... La veus, ara? —I en Pau somreia perquè havia aconseguit atreure l'atenció del seu fill i abstreure'l dels pensaments que el portaven a allò que havia vist aquell vespre.

—Doncs aquesta indica el nord. Si la seguim sempre arribarem a *puesto.*

—I aquesta que té forma de carro? —va preguntar de cop en Jep, per a sorpresa del seu pare.

—No, a aquesta, encara que pugui semblar que ens hauria de guiar perquè va amb carro i també tragina set estels, no li hem de fer cas. És l'Óssa Major, la del carro —va anunciar el seu pare.

—I què fa?

—Res, fa companyia a la Menor.

—I, i... —en Jep buscava la pregunta—, i si s'apaguen els estels?

—No s'apaguen mai. Són els fanals del cel, i estan encesos tota la nit per fer llum a aquells que ho necessiten.

Sempre hi ha algú que viu en la foscor i que li cal ni que sigui un punt de llum per seguir endavant.

Semblava que aquella explicació del seu pare l'havia convençut.

—Però posem per cas, Déu no ho vulgui, que sí que s'apaguessin. Aleshores pensa que també pots llegir la Lluna —va afegir el seu pare.

—Ah sí? —va exclamar entusiasmat en Jep.

—Sí. Si és creixent, és a dir, si té forma de panxa, les puntes assenyalen a l'est, i si és minvant, a l'oest. Ho entens, fill? Després només has de buscar el nord.

—I si està nuvol o emboirat? —va preguntar finalment—. Com ho fem per guiar-nos?

—Bona pregunta —li va dir el pare, satisfet d'haver despertat l'interès del seu fill—. Els estels i la lluna serveixen per orientar-te a camp obert o en un bosc en què l'altura dels arbres et permeti veure el cel, si no... —I es va aturar un moment en la seva explicació i li va preguntar al seu fill—: Que vols ser traginer, quan siguis gran?

—Sí, m'agradaria —va dir en Jep mentre dedicava un mig somriure al seu pare.

En Pau li va despentinar els cabells i li va dir:

—Ai, fill meu... saps que em fas molt content? En canvi, no sé si li farà gaire gràcia, a la teva mare, que es pensava que fent d'escolar ja t'encaminaves cap a l'església. En fi, deixa'm explicar-te això, que si no ens n'oblidarem.

»Fixa't en el verdet. —I li va acostar el dit de la mà a aquell vellut verd que creixia a les soques—. La molsa dels arbres —explicava el seu pare— sempre es forma al cantó nord, el més humit, on no hi toca mai el sol. Igual que els líquens. Si el segueixes vas cap al nord. Depenent de la natura de cada lloc pot variar, però normalment sol ser així. Fins i tot et pots refiar de les muntanyes.

—Què vols dir? —va dir encuriosit en Jep—. Que les muntanyes també les podem fer servir si ens desorientem?

—Sí, fill, sí. Les que estan orientades cap al nord reben menys sol i solen ser més humides, de tonalitats més fredes i retenen la neu durant més temps. Això també et pot ajudar, i... —s'ho va rumiar un moment— encara tens una altra manera de trobar el nord.

En Jep se'l va mirar amb uns ulls com unes taronges.

—Fins i tot et pots arribar a guiar amb els troncs dels arbres; això sí, l'han d'haver tallat i t'hauràs de fixar en els anells de creixement de la soca.

—Ah sí?! —va fer un sorprès Jep.

—Sí, solen estar més desenvolupats del costat que reben més sol. Au va, ja n'hi ha prou de xerrameca per avui.

En Pau ja veia que havia aconseguit que en Jep deixés de pensar en les malvestats dels bandolers i al cap d'una estona el seu fill ja dormia com un liró. En Jep, sense saber-ho, acabava d'aprendre unes nocions que més tard, de gran, li salvarien la vida.

L'endemà van continuar la ruta pel camí ral passant pel pont de l'Hostalot, un camí empedregat i costerut que s'enfilava cap a la muntanya. Ja no podien trescar prop dels camps. Les terres de conreu eren escasses i els traginers, per falta de camins, se n'havien de buscar d'altres, menys fressats, i això també volia dir que encarien el preu del transport de les mercaderies. Els viatges eren cada vegada més feixucs, llargs i perillosos.

Van vorejar una cinglera que només de mirar-la ja feia feredat. Un calfred els va recórrer l'espinada quan un dels matxos, en un mal pas, va relliscar i a punt va estar de precipitar-se al buit i d'anar a espetegar daltabaix del marge. Si hi hagués caigut haurien estat testimonis d'una carnisseria. De fet, la que van presenciar els va deixar amb un nus a l'estómac, i al petit Jep no se li va sentir la veu fins al cap de molta estona.

—Mireu, mireu! —va cridar un dels traginers mentre assenyalava cap a baix en direcció a l'esplanada. Tothom es va bellugar nerviós damunt de les selles per poder veure allò que li havia cridat l'atenció. L'espectacle no podia ser més cruel i més trist. Un grup d'una vintena de voltors s'abraonava sobre una euga indefensa que havia quedat debilitada després del part. Estava pasturant amb el seu poltre i tots dos havien caigut a les urpes d'aquells carronyaires. Primer l'euga mirava de protegir, amb poca fortuna, tot s'ha de dir, la seva cria. Però aquells ocells no tenien cap mena de compassió. Els van atacar i s'hi van acarnissar. La pobra bèstia rebia envestides des de totes bandes, i com que estava extremament fràgil, amb un parell de cops ben donats en van tenir prou perquè caigués estesa. Un cop a terra, un primer grup de cinc voltors se li va llençar al damunt per acabar de rematar la feina. L'euga assistia impotent a l'atac que rebia el seu poltre, només uns metres més enllà d'on els voltors ja havien començat el seu macabre banquet.

—És horrorós —deia un dels traginers.

—M'ho havien explicat però no m'ho volia creure —va apuntar un altre.

—Què vols dir? —va preguntar un tercer traginer.

—M'havien arribat veus que ara fa unes setmanes, a les envistes del Bassegoda, un estol força nombrós de voltors, m'imagino si fa no fa com aquest, li va fer el mateix a una vaca en estat de gestació i a un vedell que anava amb ella.

—Però em pensava que aquests aucells només menjaven animals morts.

—Sí, jo també ho tenia entès així, però hi ha un parell de raons que potser expliquen aquests atacs a animals vius. Primera: que el que hauria de ser la principal part d'aliment per a un carronyaire ha desaparegut. Si t'hi fixes no hi ha bestiar de les granges ni animals salvatges morts pels camins.

—Tens raó...

—I segona, pensa que hi ha una llei que prohibeix deixar els animals morts abandonats, per evitar mals majors. Per tant, és normal que els voltors baixin a la plana a buscar menjar.

—Però la teca no la busquen pas entre la carronya.

—No, la busquen entre aquelles bèsties que estan dèbils o malferides, vaja, que estan més mortes que vives.

—Sí, sí, és clar, és llei de vida: els voltors passen gana i s'espavilen per menjar sigui com sigui. Mentre no ataquin les persones...

—No, home, no. No pateixis, que a més la teva carn és massa dura perquè aquests ocellots et clavin les urpes!

I així, mentre els voltors acabaven d'esbudellar l'euga i el poltre, la rècula de traginers va reprendre el seu trajecte. Les potes de matxos i mules avançaven mandrosament sobre les lloses i s'ensorraven en els fangars. Piafaven i anaven pujant carena amunt de manera obstinada. Els mossos les esperonaven i anaven cridant per fer creure les bèsties, brandant una xurriaca no pas per intimidar-les sinó per fer-les seguir de manera diligent el camí.

S'anava fent fosc i més d'un tenia al cap la Donamula. Resaven perquè no aparegués i els destarotés la rècula. Les primeres ombres del capvespre ja començaven a caure sobre les sofertes espatlles de mossos i bèsties. I també es feien presents les pors no confessades d'alguns traginers que una aparició de la Donamula els pogués sorprendre. Encorbats i somnàmbuls, els traginers tenien por que l'esperit d'aquesta donzella amb formes de bèstia de quatre potes i faccions femenines se'ls emportés a l'altre barri. S'havia sentit a dir que en algunes rècules que havien hagut de passar la nit al ras, després de mitjanit havien tingut la desagradable visita d'aquesta funesta dama. Entrada la matinada, vagava per les muntanyes, afegint-se als grups de traginers amb les seves mules. Amb la seva presència les mules s'espantaven i s'esvalotaven fins al punt que podien caure penya-segat avall i no només perdre la càrrega, sinó també la vida, la de l'animal i la del seu traginer. D'aspecte podia semblar com les altres mules, però era més destralera; el seu crin era de dona i la cara, tot i no deixar de ser de mula, tenia un deix humà. Tot i que deien que se'ls tapava, també li sobresortien un parell de pits que deixaven patent la seva condició de donamula. Per combatre-la, els traginers donaven per menjar a les mules uns panellets, prèviament beneïts, amb la forma de la Donamula, convençuts que no s'espantarien encara que aparegués i que les bèsties farien com si no hi fos. Tot i així, durant la marxa comptaven els caps que tenien, no fos cas que s'hi hagués barrejat sense adonar-se'n i ho acabessin pagant car. Aquella nit no va aparèixer cap Donamula, però a la tercera nit...

Els traginers havien abaixat la guàrdia i estaven més confiats. Com que ja feia uns dies que eren fora de casa i tret d'aquell pobre comerciant víctima dels bandolers res no els havia tret el son, no van donar els panellets a les mules, i la dama, que els encalçava des del mateix dia que van començar la travessia, va aparèixer.

Per aprofitar el temps, en Pau Boquica i els seus traginers havien convingut no parar a reposar i seguir fins arribar a lloc. Ja descansarien un cop arribats. Darrere d'un faig per on acabaven de passar els matxos, va treure el nas i mig cos l'esgarriaramats, la perdició dels traginers: la Donamula.

En Jep la va veure i s'hi va acostar. Tot i que presentava trets evidents de bèstia equina, també saltaven a la vista aquelles característiques que la feien dona. Unes faccions que denotaven la seva bellesa anterior i uns pits carnosos amb uns mugrons afilats que tallaven el vent i l'alè de tots aquells que gosaven no ja tocar-los, sinó mirar-los. Aquest era un aspecte que només adquiria de nit.

De dia posseïa les característiques d'una mula: sobrietat, paciència, resistència i pas segur, sense oblidar el vigor, la força i el valor que podien gastar alguns cavalls. Les peülles les tenia molt més fortes, dures i reforçades que segons quines mules mascles, i podia clavar guitzes amb molt d'ímpetu i intensitat, cosa que li donava una bona defensa. Algun pagès de la zona assegurava que havia vist una mula matar un lleó de muntanya amb uns quants cops de peülla. També tenia algunes característiques equines: l'altura i el cos, la forma del coll, la uniformitat del pèl, una fina capa que cobria el cos, era l'aparença que barrejava el cos de dona i el de mula, una inquietant combinació de bèstia i dona. I per sort per ella, conservava els problemes de fertilitat d'aquests animals. La seva esterilitat impedia que pogués concebre un ésser monstruós com ella, i per tant s'assegurava que no era possible de perpetuar aquella desgràcia. En Josep se li va atansar per darrere i la va sorprendre

—Qui ets, tu? —li va preguntar.

Amb un posat elegant, com si es tractés d'una euga reial, va girar el coll i el sedós crin. Se'l va mirar fixament i li va contestar:

—I tu, qui ets tu que no tems la meva presència? —va preguntar la Donamula.

En Jep va quedar astorat. No se'n sabia avenir, no s'ho podia creure. Les seves orelles no havien sentit cap so, però el seu cap acabava de processar aquella resposta en forma de pregunta com si l'hi hagués fet una persona en veu alta. En Jep es va adonar que no li calien les paraules; s'entenien només llegint-se els pensaments. I així, sense necessitat de parlar, va continuar la conversa.

—Per què t'hauria de témer? —li va contestar en Jep—. No veig pas que tinguis intenció de fer-me cap mal.

—A tu potser no perquè ets massa jove per desitjar el meu cos, però a aquests —i va assenyalar els traginers— i als seus muls, sí.

—Però per què? Què t'han fet? —En Jep no ho entenia, i per això la continuava interrogant mentre s'adonava de què tenia al davant.

—No res, de fet no tinc res en contra seu. Ja fa segles que vaig ser maleïda i condemnada a tornar-me mula per irreverent i gens religiosa. Empresonada en aquest cos, vagarejo per boscos i muntanyes seduint amb la meva part humana els homes i atraient amb la part animal les bèsties que menen.

—I amb quin objectiu? Per què ho fas, si es pot saber? —va encertar a preguntar-li.

La Donamula va obrir i tancar els ulls i va moure el cap com si es volgués espolsar les puces.

En Jep no en va poder treure l'aigua clara i va canviar de tema.

—I tu vius tota sola, al bosc? —va tornar a preguntar en Jep.

—Sí, tinc la sort d'habitar en un espai sagrat. És fosc, misteriós, però transparent, viu i acollidor al mateix temps. Un lloc secret però obert. Fascinant, inexplicable. L'ésser humà s'hi pot perdre, no només en el sentit literal de la paraula, sinó en un sentit moral i figurat, ja que el bosc és i ha estat el territori per antonomàsia dels éssers endimoniats, de les bruixes, dels lladres i dels malfactors. Qui penetra al bosc sap que està franquejant el límit que separa la natura i la civilització, l'odre i la llei dels caos. Un laberint del qual n'has de saber sortir i on, protegits per la bardissa i l'espès brancatge, s'hi amaguen fugitius, pròfugs de la justícia. Un territori que habiten animals salvatges i perillosos, com óssos i llops, guilles i serps, i esperits innombrables. De dia s'hi treballa, s'hi caça, s'hi cullen fruits, s'hi talla llenya. De nit, tot canvia i la incertesa i el misteri ho embolcallen tot i tot ho confonen. Però si et prens la molèstia de voler entendre el bosc i res no et fa por, pots arribar a descobrir el perquè de moltes coses i, sense anar més lluny, pots arribar a saber quin és el teu origen.

—I tot això ho trobaré passejant pel bosc?

—Al bosc hi ha camins, mig amagats per la bardissa, que encara que no t'ho sembli ja estan marcats, ja tenen un traçat, i si els prens et porten a llocs i indrets nous. Tu has de saber trobar el teu camí.

—Com el puc trobar? On el puc trobar?

—Paciència, només tu ho pots saber. Qui sap, potser en el punt més fosc i insospitat del bosc s'hi obre una cleda lluminosa que et resol els dubtes per saber on has d'anar. Al bosc, un ha de seguir l'instint, el seu propi instint. Allò que et digui el cor. Aquesta facultat és la que et permetrà que la raó trobi el seu propi fonament, la raó de ser.

I dit això va girar cap i cua i va desaparèixer pel mateix lloc per on havia vingut. Se'n va anar deixant el pobre Jep pensatiu assegut a la soca d'un arbre rumiant tots aquells interrogants que li havia plantejat la Donamula; no veia la manera de trobar-hi una resposta.

Anys més tard, el pas del temps i llargues estades al bosc li servirien per anar trobant resposta a aquelles preguntes i dubtes que li havia generat la trobada amb aquella criatura.

6

Les sacsejades de la vida

El viatge fins al punt de destí encara es va allargar un parell de dies més durant els quals van travessar un escenari vigilat per uns cingles de vertigen i unes carenes que encara estaven tocades per la neu.Van passar per llocs majoritàriament deshabitats, deixant enrere alguna esglesiola i un parell d'ermites o el que en quedava: un grapat de pedres mal amuntegades.

S'endinsaven per boscos espessos de roures i alzines i les seves branques els despentinaven. Avançaven per camins abruptes que amb prou feines estavan marcats a terra, mig amagats, empinats i fora de l'abast de la majoria, viaranys que eren de mal transitar. Entre el brancam podien veure davant seu la imponent visió del massís de pedra, que els anava seguint. De fet, semblava el llom d'un drac: uns immensos blocs de pedra coronaven un conjunt de muntanyes gegantines.

Darrere d'aquell turó escarpat de pedres arrodonides hi havia el poble on havien de descarregar. Van entrar pel carrer principal però, inusualment, hi havia molta quietud. Ni una ànima per un carrer que solia ser molt concorregut i transitat. Només un vailet els va sortir a rebre, fentlos senyals perquè el seguissin mentre es perdia carrer avall en direcció a la plaça. Els traginers, estranyats, es miraven i es preguntaven amb la mirada què devia passar.

—Què passa, on és tothom? —va preguntar un dels traginers al nen, que ja es perdia carrer avall.

—Pengen un assassí —va contestar una veu que s'esllanguia per la baixada.

Entraven al poble i estaven a punt d'assistir a una execució pública a la plaça de la vila on arribaven per descarregar el que traginaven.

Van deixar els muls lligats a unes argolles que hi havia al costat d'una de les voltes de la plaça, que era un bullit de gent. Van veure que els botxins conduïen un noi jove que duia les mans lligades i el cap cot per un passadís que s'havia obert enmig de la gentada. El xicot arrossegava els peus cap al cadafal on havien de penjar-lo a la forca.

L'execució, segons marcava la llei, es feia en presència de la família de la persona a qui el condemnat havia pres la vida. Uns parents, entre els quals hi havia la mare del finat, esperaven al costat de l'escala del patíbul per veure passar el condemnat en el camí de pujada cap a la tarima. Va passar per davant seu i no va gosar ni aixecar una mica el cap per mirar-se'ls. Es va estimar més pujar lentament els quatre esglaons fins al capdamunt del cadafal. Els botxins el van deslligar i el van situar a mig pas de la forca. El noi es va tocar els canells, per fi desempallegat de les cordes, va aixecar la vista per mirar la concurrència que s'aplegava a la plaça i en aquell moment el van començar a xiular i a increpar.

Quan ja gairebé tenia la corda al coll se li va acostar l'agutzil i li va preguntar quina era la seva última voluntat. El noi va respondre que abans de deixar aquell món li agradaria poder tocar la flauta, però no pas una flauta qualsevol. Li van concedir aquell últim desig i van anar a buscar la flauta que havia demanat perquè la pogués tocar.

Així com diuen que la música amanseix les feres, doncs el mateix efecte va tenir la melodia que va sortir dels forats de la flauta que feia sonar aquell noi. La massa fins feia uns instants enfervorida per l'execució va anar callant fins a emmudir per aquella bella tonada. Però els que realment van quedar corpresos van ser els familiars del sentenciat. La mare, plorosa, va xiuxiuejar unes paraules a cau d'orella del que semblava el representant de la família. Aquest, un home esprimatxat i encorbat per un petit gep a l'esquena, es va acostar a l'agutzil, que davant l'astorament general va ordenar al botxí que aturés l'execució. Mentre l'audiència de la plaça esperava expectant el desenllaç, l'agutzil va acceptar una petita bossa de cuir que li va donar aquell home geperut.

Més tard sabrien que el que havia passat era que s'havien acceptat els diners de sang, un pagament que la família del presumpte assassí feia a la de la víctima per evitar així la mort del sentenciat. Així ho permetia la llei i així es va complir, amb la qual cosa s'aturava l'execució i es dissolia tota la gernació amb ganes de sang que s'aplegava a la plaça per assistir a l'agonia i mort del criminal. En Jep no s'ho podia creure, i pensava: «La música ha salvat un home de morir a la forca! Quina força i quin poder que té la música...».

Un cop van haver deixat la càrrega i abans d'anar a sopar, en Jep va acompanyar el seu pare a ca l'armer. Després del que havia explicat aquell mercader que s'havia creuat amb un grup de bandits, en Pau Pujol volia comprar-se alguna arma per poder-se defensar si es donava el cas que se'n trobaven alguns de cara per aquells boscos, on no eren rars. No era un home violent ni partidari de resoldre les diferències a cops de puny, i molt menys a trets, però el relat d'aquell mercader i la presència del seu fill petit a la rècula el van decidir a fer un cop de cap.

Estaven a punt d'entrar quan darrere seu van sentir molts crits de joia, una gran gatzara que cada vegada se sentia més fort i que feia suposar que en passava alguna de grossa i important. Una multitud aplaudia, xiulava i cantava al pas de dos bordegassos que es passejaven orgullosos del que portaven. Estaven separats per un pal d'on penjava una guilla morta. Però era una senyora guineu, amb una cua llarga i grossa d'un pelatge rogenc i brillant. Del musell estret on hi havia la boca que havia fet servir per queixalar tantes gallines només en penjava la llengua, com una pelleringa. Les orelles, normalment dretes en senyal d'alerta, estaven ajagudes, sense vida. I les urpes esmolades i amenaçadores que hi havia al final de les seves potes curtes ja no esgarrapaven ni feien basarda.

L'havien caçada i ara l'ensenyaven ufans. S'havia acabat patir a les nits per si la porta dels corrals no estava tancada amb pany i forrellat o havia quedat mig ajustada, o per si els filats estaven foradats. Ja no s'havien d'amoïnar per la seguretat de les seves gallines. Ja no hi havia perill, podien dormir tranquils perquè l'endemà al matí no es trobarien cap degolladissa al galliner. La guilla era morta i portaven la pell a vendre i els bordegassos rebien tota mena de regals, presents i ofrenes —verdures, embotits, formatge, fruita— com a mostra de gratitud dels veïns, que ara respirarien un xic més tranquils. Ells només se'n quedaven una petita porció, la resta era per als caçadors que havien mort l'animal. Quan en Jep i el seu pare van entrar dins de l'armeria els van trobar mercadejant algunes de les armes que hi havia exposades sobre el taulell.

En Pau Boquica va passar de llarg d'aquell arsenal que revisaven els caçadors i se'n va anar a trobar l'amo del local. Tan bon punt va entrar a la botiga, l'armer, que ja el va veure venir, se li va avançar.

—Això és el que us convé, creieu-me —li va dir

l'armer, que havia treballat en una fàbrica d'armes de Ripoll, i n'hi va posar una a les mans que tenia un mànec de fusta i un canó en forma de trompeta—. Amb això estareu segur vós i els vostres.

En Pau Boquica sospesava aquella arma de canó curt i ample amb una boca acampanada. I no se n'acabava de refiar.

—Voleu dir? Jo m'estimaria més una cosa petita i fàcil de carretejar amunt i avall.

—No en tingueu cap dubte, aquest trabuc serà la vostra salvació.

—Per què? —va preguntar en Pau.

—Doncs primer, perquè no s'ha de ser un tirador expert per fer-lo servir i encertar el blanc. Segon, un sol home, vós mateix o qualsevol dels vostres, pot amenaçar a curta distància un grup d'enemics, i tot plegat amb una única arma: un avantatge enorme en les lluites guerrilleres, dins d'un poble o dins d'una casa. I tercer, perquè es pot carregar amb molta facilitat.

—Ah sí? I com?

—Com que té el canó curt i ample, aquesta boca en forma de campana és el millor per poder engolir primer i escampar després els projectils a una distància curta, i per poder-ne facilitar la càrrega. Mireu, primer heu d'introduir la pólvora negra dins el canó i després es compacta pressionant-la... —mentre ho explicava els anava mostrant pas a pas tot el procés, que en Pau i el seu fill observaven sense perdre-se'n cap detall—, i ja podeu col·locar-hi la bala. I ja està a punt per disparar. —I l'armer es va posar en posició i va fer el gest de prémer el gallet, va mig aclucar un ull i amb l'altre apuntava cap a la paret—. És una arma d'avantcàrrega que es dispara a través d'una guspira.

—I ja està? —va respondre sorprès el traginer.

—Sí, ja està, és així de senzill! De fet, aquesta és la gràcia del trabuc: que en cas de necessitat es pot carregar amb tota mena de projectils, qualsevol cosa que tingueu a mà en aquell moment, des de bales de plom fins a restes de ceràmica o vidres. —I l'armer li oferia a en Pau aquella arma com si fos una joia.

—Carai, molt bé, estic sorprès... —va fer en Pau acceptant l'arma i ensenyant-la al seu fill—. Què, què et sembla? —li deia. I en Jep estava bocabadat mirant-se-la.

—Ah, perdoneu, senyor meu —va afegir l'armer—, i encara un altre avantatge que no recordava i que heu de tenir present. I més vós, que transiteu per aquests camins. La forma de trompeta del canó facilita la càrrega de l'arma en situacions de moviment: a cavall, damunt d'un carro en marxa, damunt d'una diligència, en passar per un camí irregular...

Temut pels enemics i respectat pels amics, que es guardaven bé prou d'acostar-se o posar-se a prop del trabuc, sempre darrere i ben lluny del que disparava: amb aquesta arma se'n van anar a l'hostal a sopar i a dormir, per bé que... dormirien ben poc.

Tots van passar la nit en vetlla. Des que es va fer de nit, la terra va començar a tremolar. Ningú d'aquella regió no va poder aclucar l'ull.

Ja de matinada, abans de trenc d'alba, la casa on dormien es va estremir; semblava un cavall boig desbocat que no parava de saltar. Algunes de les coses que hi havia als armaris, a les parets o sobre les taules volaven. Els vidres es van esmicolar i les portes repicaven. Una enorme biga es va esqueixar i es va desprendre del sostre. Poques parets es mantenien dretes, i tot allò que feia només uns instants estava dempeus va caure en pocs segons.

Tothom que feia nit a l'hostal va sortir cames ajudeu-me; només dos negociants de Vic no hi van ser a temps i van quedar atrapats a l'interior de la casa, que en qüestió de minuts es va plegar sobre els seus fonaments. Els altres van poder sortir al carrer. Caminaven espaordits amb els ulls clavats al cel. Una allau de gent va inundar els carrers, supervivents que deambulaven amb una sola intenció: només pensaven com localitzar els seus parents, fossin vius o morts. A l'església de Sant Climent, més de dos-cents feligresos que eren a la primera missa van quedar sepultats. No se sabia quant havia durat el sisme, i encara es notaven petits tremolors, noves i perilloses sacsejades. Semblaven dos terratrèmols, però en realitat era un de sol.

Va ser un terratrèmol atípic en aquelles contrades, que des que s'havien apagat els volcans d'Olot no n'havien patit cap altre. Encara que els sorprengués, sabien que el terratrèmol solia fer un espetec que esquerdava la terra per després engolir tot el que trobava, en el moment d'esqueixar camps i boscos, i deixar aquella cicatriu gravada a la faç de la terra per a tota la vida. Va començar amb virulència, es va atenuar i després, gairebé immediatament, es va reactivar amb una força que va alliberar un segon tremolor. D'aquí l'espant generalitzat dels veïns.

Es donava pràcticament per fet que la terra havia engolit tot el poble. Ningú no es creia que hagués pogut sobreviure. La majoria de les cases havien quedat devastades per la forta sacsejada. A la plaça, amb el primer raig de sol, es va procedir a identificar els cadàvers. La gent s'havia quedat sense casa, i en molts casos sense família. Estès a terra, hi havia un home que havia fet tractes amb el pare d'en Pau Pujol, Romà Canyelles. Vidu i pare de tres filles, esperava per ser assistit de la fractura de maluc i, dolorosament, es lamentava entre plors: «Les meves filles, la meva casa... M'ha caigut el sostre a sobre... Les sacsejades han estat tan salvatges que em semblava que les muntanyes i els rius devien haver canviat de lloc».

No s'equivocava de gaire. Alguns rius van desaparèixer i en altres punts se'n van formar de nous. Pensava que els camins devien haver quedat esborrats, engolits per la terra. De fet, en alguns llocs van aparèixer nous turons, i en d'altres els esvorancs que va obrir la terra esqueixada van ser tan grans que van sorgir noves valls i van aparèixer fondalades enmig del no-res. El terratrèmol no era només sinònim de destrucció. Era la macabra paradoxa: en aquella devastació incontrolada hi havia una espurna de creació. Els camps es van clivellar i els arbres dels boscos van quedar abatuts. Cabanes, cases, coves i esglésies es van ensorrar. La fesomia del paisatge s'alterava bruscament. Moltes persones van morir quan miraven de fugir. Haurien pogut sobreviure si, com en Pau va ordenar al seu fill, s'haguessin espavilat per sortir de la casa mentre durava el tremolor, en lloc de quedar-se estirades a terra esperant la sort. No els havia caigut la casa al damunt però se'ls havia empassat la terra.

7

L'aprenent de bandoler

La rècula que en Josep Pujol, en Jep, tenia gravada a la retina i que recordaria fins al dia de la seva mort era una altra. En aquella no hi va haver ni terratrèmols, ni donamules, ni execucions... però hi va haver bandolers.

Era un dia que ja tornaven cap a Besalú. L'amo de la fàbrica de ferro a qui el seu pare li portava el gènere els havia pagat al comptat. En Pau Pujol tenia per costum amagar els diners dins el morral dels animals. Però com que tota precaució era poca, a més, assenyadament, en Pau es feia fer al marge un rebut, una nota en què es podia llegir que no li podien abonar el preu estipulat per la tramesa fins al viatge següent. Era una bona manera de despistar els possibles lladregots i bandolers que es poguessin trobar pel camí. Però aquell dia... en Pau va maleir aquell dia, mil i una vegades, maleït sia aquell dia... una colla de bandolers els va barrar el pas al coll de Teies.

—Atureu-vos! —van cridar els bandits mentre mitja dotzena d'homes que van sortir al pas saltant de darrere els arbres els encanonaven amb els trabucs.

En Pau va anar per agafar l'arma que s'havia comprat i que guardava a mà, a prop de la sella, però el van fer canviar de parer.

—Quiet, traginer —i en Pau va sentir una punxada als ronyons que el va fer desdir del seu intent inicial d'empunyar i estrenar aquell trabuc—. Ni se t'acudeixi treure res d'aquestes alforges. Res més que no siguin diners, és clar.

En Pau va notar la punxa freda d'una navalla esmolada. Es va girar ben a poc a poc per por que un mal pas pogués provocar que la fulla se li clavés a la carn.

—Doneu-nos tots els diners que porteu a sobre i us deixarem anar sense prendre cap mal.

—Eeh... —en Pau, nerviós i patint pel seu fill, no trobava les paraules—. No en portem, de diners...

—Com que no en porteu, si veniu de la fàbrica de ferro i hi heu deixat una càrrega? Bé que us la deuen haver pagat? —va preguntar estranyat el bandoler que duia la veu cantant—. Traginer, no m'enredis, que et trauré els ulls i et tallaré a rodanxes —i li va passejar la navalla primer per davant dels morros i després l'hi va tornar a posar a l'altura del pit. Li va fer saltar els botons de l'armilla i amb la punta de la navalla li va tocar la butxaca de la camisa, on es notava un tou de paper.

—I aquí, amic traginer, què hi amagues? —li va preguntar amb una rialla diabòlica.

En Pau no podia treure els ulls de sobre del seu fill, que presenciava l'escena muntat en un dels muls. En aquell precís moment un reguerό calent li va humitejar els pantalons i li va sortir pel camal avall.

—A veure què tenim aquí.

Li va acostar la navalla a la butxaca i amb un ràpid moviment de canell li va descosir les costures i la butxaca es va badar. El bandoler va parar la mà i un full de paper doblegat li va anar a morir sobre el palmell. El va desplegar sota l'aterrida mirada d'en Pau Pujol i se'l va llegir.

—Ai collons, o sigui —i anava brandant davant del nas d'en Pau el rebut rebregat— que és veritat que no tens ni un ral, res de valor per endur-me perquè et pagaran a la tornada. Quin garrepa, aquest de la fàbrica de ferro —va dir mirant els seus companys de quadrilla, que van deixar anar una sonora riallada que a en Pau no li va fer gens de gràcia. Qualsevol li deia ara que sí que en portaven, de diners, i que amb aquell rebut només el volien despistar, a ell, i a altres com ell.

En Pau continuava mirant-se el seu fill: ja el veia escorxat, i ell i la resta de la rècula degollats i llançats marges avall.

El bandoler, que havia vist que els nervis i la por es menjaven el traginer, no pel que li pogués passar a ell i als seus muls, sinó per alguna cosa més important, va decidir:

—Ja sé què farem.

—Ah sí, ens deixareu marxar? —va dir en Pau.

—Sí, us deixarem anar, però... — i el bandoler va deixar volgudament en suspens la frase.

—Però què? —va gosar interrompre'l en Pau.

—...però com que no teniu diners i el *gènero* que porteu —i el bandoler assenyalava amb la navalla i li va fer alguns forats als sacs de farina i de llana— no ens serviria de res —continuava parlant i mastegant cada paraula mentre anava fent tombs a grans gambades al voltant d'en Pau i els seus traginers—, he decidit —i va girar pausadament la vista cap allà on era en Jep— que ens l'emportarem d'ostatge.

—Nooooo! —va cridar en Pau llançant-se a la desesperada cap al mul on hi havia el seu fill. Però un cop de puny sec el va deixar fora de combat, i es va doblegar en dos temps sobre si mateix com un jonc en una riuada i va caure davant mateix del bandoler.

—Ràpid, agafeu el nen i lligueu-lo! —va ordenar el capitost de la quadrilla.

Dos dels bandolers es van abraonar sobre la bèstia que traginava el petit de can Boquica. En Jep es resistia i feia anar les cames perquè no el lliguessin. La força dels dos homenassos va reduir ben aviat les guitzes a l'aire que llançava en Jep. La resta de traginers assistien impotents a aquella tragèdia familiar. Tenia deu anys. Se'l van endur enmig dels plors desconsolats de la criatura i dels brams del seu pare, que cridava com un desesperat.

Mentre veia com s'allunyava de la colla de traginers, en Jep cridava i plorava tant i tan fort que va perdre la veu, el món de vista, fins que es va desmaiar. Quan es va tornar a despertar ho va fer dins d'una cova. Tenia la boca seca per la por. Estava embolicat amb una manta en un racó d'aquella gruta i unes fortes riallades que retrunyien per les parets d'aquella caverna li van fer recuperar la consciència.

Aquella cova no era pas l'amagatall dels bandolers. Li havien dit que vivien acampats avui aquí, demà allà i demà passat allà on més els convingués. Quan es va despertar, li van donar un rosegó de pa i un tros de formatge, i el van carregar sobre un cavall com si fos un farcell.

Anava amb els ulls tapats, i durant el camí va vomitar un parell de vegades. El trontoll del cavall, els nervis i l'angoixa de no saber què li passaria li van fer canviar la pela. Per evitar que tragués el fetge per la boca, el van baixar del cavall i el van fer caminar. Van trescar tota la jornada per camps, camins, feixes i congostos. Tenia els peus encetats i se li van fer unes nafres que li van tenyir les espardenyes de sang.

Quan es va fer fosc van parar, van muntar un campament i van decidir fer nit. Un vigilant enfilat dalt d'un arbre xiulava com un gaig quan s'acostava algú al campament. L'home que capitanejava la colla de bandolers era Juvenal Mascaró, temut saltejador de camins i, com anys més tard recordaria en Jep, mestre de bandits.

Amb el pas dels dies en Mascaró, que era pare d'un marrec que tenia si fa no fa la mateixa edat que en Josep Pujol, en Jep, es va entendrir i es va anar acostant al planço de can Boquica, que estava entre espantat i mort de por.

Aquell bandoler, amb fama de sanguinari, li parlava del seu fill, i després el va començar a instruir com si el volgués preparar perquè algun dia seguís les seves passes.

Li havia ensenyat que si volia portar la veu cantant en una quadrilla havia de ser malfiat de mena i no confiar en res ni en ningú. «Sospitar de tothom et pot salvar la vida», li deia. «S'ha d'anar alerta, per exemple, a deixar que dos homes baixin tots sols al poble; dos poden conspirar, un ja és més difícil. Ara bé, aquesta malfiança no l'has de fer mai pública davant dels teus homes. És així com et faràs respectar, com jo», afegia somrient en Mascaró, que continuava la seva lliçó per ensinistrar en Jep. «Ningú no gosa contradir les meves ordres, ningú dubta mai de la meva autoritat. No és la por el que els manté fidels, sinó la confiança. Confien en en Juvenal Mascaró i jo els ho agraeixo. Quan mengem jo sóc l'últim de servir-me, quan fugim jo sóc l'últim de fugir, quan repartim el botí jo sóc l'últim a rebre.»

En Jep va poder ser testimoni directe del que li transmetia en Juvenal Mascaró. Un cop tenien el botí, s'aplicava la lògica i la filosofia del bandoler: tants caps tants barrets. Repartiment equitatiu, era una república d'iguals, ningú no estava per sobre de ningú però tothom sabia qui manava. Aquesta manera d'actuar a l'hora de repartir els guanys era el que mantenia la unió del grup d'en Mascaró; en cas contrari s'haurien afavorit rivalitats internes, lluites intestines, enveges, i això hauria multiplicat les traïcions i de retruc hauria suposat l'aniquilació de la quadrilla. Fins i tot, en el repartiment tenien en compte aquells bandolers malalts o nafrats que no havien participat en l'assalt. I encara li va donar un últim consell, una màxima que li quedaria gravada a la memòria tota la vida: «Has de tenir sempre el cap fred, el cor calent i la mà llarga!».

Però no tot va ser teoria i retòrica, també hi va haver pràctica. En Mascaró el va ensinistrar perquè se sabés defensar.

—Tot això que t'he explicat està molt bé per mantenir a ratlla els que t'envolten, els que tens més a prop. Però sovint te les hauràs amb personatges que et buscaran les pessigolles i que no n'entendran, de raons. M'entens?

I en Jep li feia que no amb el cap.

—Sí, home, sí... Que més d'una vegada les discussions s'acabaran per la força. Vaja, que t'hi hauràs de barallar, cara a cara. I en aquests enfrontaments val més que tinguis un bon domini... —i es va treure de la faixa una de les dues navalles que duia— d'aquest estri.

En Jep es va mirar aquella eina que en Mascaró desplegava davant seu. Era un ganivet plegable d'acer, el sol brillava sobre la fulla, que tallava l'aire. El mànec era de fusta massissa de roure i s'hi veien les inicials del nom del bandoler. En Jep va pensar en una navalla semblant a aquella però més petita que el seu pare feia servir per afaitar el pèl dels matxos.

—Si la saps fer servir correctament, et pot salvar la vida. Ara bé, l'has de conèixer a fons i no tothom la sap utilitzar. Si vols te'n puc ensenyar.

En Jep va torçar el cap i va assentir.

—Molt bé, doncs; abans de començar la instrucció ens caldrà una navalla per a tu.

En Jep es va espantar, perquè es va pensar que li donaria l'altra que duia a la faixa.

En Juvenal Mascaró va mirar al seu voltant i de seguida va trobar el que buscava. Va agafar una branca de savina, la va pelar amb el seu ganivet i li va donar forma de punyal.

—Té —li va dir el bandoler—, aquesta serà la teva.

Alleujat perquè no li havia posat a les mans una navalla com la seva però decebut perquè aquell pal era ridícul, en Jep l'agafava com si fos un ciri.

—No, així no —somreia en Mascaró—, que no vas pas a cap processó.

I li va fer girar la mà perquè la seva navalla quedés en posició horitzontal. Li va fer abaixar el braç i avançar-lo una mica endavant, de manera que pogués dominar tot l'espai.

—Has de tenir en compte que en una baralla amb navalles tens l'adversari molt a prop. Per tant, primera regla d'or, no li treguis els ulls de sobre, controla tots els seus moviments i no deixis que se t'acosti. Has d'evitar que envaeixi el teu espai, si no ho fas ja et pots acomiadar d'aquest món. L'has de mantenir fora del teu radi d'acció, pensa que una petita distracció és mortal. Per això has de mantenir una cama, l'esquerra, més avançada que l'altra. La dreta l'has de tenir una mica flexionada, més endavant t'ajudarà a donarte impuls per quan decideixis atacar per l'altre costat.

En Mascaró anava dibuixant i repetint els moviments perquè en Jep els entengués. Era com si ballés al voltant del nano.

—A més, l'altre braç— i li ensenyava aquell que li quedava lliure— l'has de mantenir a prop de la faixa.

—Per què? —va preguntar en Jep.

—A tu què et sembla?— li va contestar amb una altra pregunta en Mascaró.

—Per fer servir l'altra navalla? —se li va acudir de dir.

—Sí, està ben pensat, però, i si només en tens una, de navalla? —li va tornar a preguntar en Mascaró.

En Jep no va saber què respondre.

—Fixa't, mira'm als ulls —li va ordenar en Mascaró.

Mentrestant, anaven girant i basculant sobre el seu propi eix aguantant-se la mirada. La mà que en Mascaró tenia desocupada agafava el tros de faixa que penjava de la seva cintura. En Jep no se'n va adonar, però mentre anaven donant voltes i cap dels dos s'atrevia a llançar un atac sobre l'altre, en Mascaró s'anava desfaixant. Deixava anar una mica de faixa fins que una punta va tocar a terra. Amb molta traça i murrieria, en Mascaró es va moure cap a l'esquerra.

Aquest moviment va obligar en Jep a girar cap a l'altra banda. El bandoler va fer mitja passa enrere i en Jep es va envalentir i, brandant la seva branca navalla, va intentar escometre en Mascaró. Però sense adonar-se'n va trepitjar la punta de la faixa que feia uns instants descansava arran de terra, un mal pas que en Mascaró va aprofitar per estirar-la amb una estrebada. En Jep es va desestabilizar i va caure a terra. Àgil com una guineu, en Mascaró li va saltar a sobre i va fer veure que li clavava la navalla al coll.

—Ja estaries mort. Ho veus, el que et dic? Ara entens la importància de no perdre de vista cap moviment del teu adversari?

En Jep assentia amb el cap mentre el bandoler l'ajudava a incorporar-se.

—I quan dic cap, vull dir cap. Has de poder controlar tot el que passa al teu voltant, al davant, al darrere, a baix, a dalt... No saps mai per on pot venir l'atac. A més, la faixa —i se l'anava entortolligant al voltant de la cintura—, al marge de collar-te els pantalons, pot ser una excel·lent aliada en una lluita cos a cos com aquesta que acabem de tenir. Tot s'hi val en una baralla. No hi ha cap norma que s'hagi de complir. L'única regla que has de tenir present és que no hi ha regles i, com que tot està permès, has de fer servir tot el que tinguis al teu abast per eliminar el teu rival, entesos?

—Entesos.

—Vols que continuem?

—Sí —va contestar un decidit Jep. I abans de començar a dansar l'un al davant de l'altre i a donar voltes, es va calar el barret que en Juvenal Mascaró s'havia tret a la primera baralla.

El bandoler se'l va mirar estranyat i tot rient li va preguntar:

—On vas amb això? Que no veus que no hi guiparàs? Si et farà més nosa que servei...

En Jep es va aixecar una mica l'ala del barret, ara la visió que tenia del seu contrincant ja era clara i nítida.

—Comencem? —va preguntar en Jep a un encara més sorprès Mascaró.

—Sí, sí, i tant —va contestar enriolat el bandoler, divertit per l'empenta que mostrava el seu petit ostatge.

Es va reprendre el macabre ball de les navalles. I aquella vegada ho van fer amb públic. Els homes de la quadrilla d'en Mascaró que eren dins de la cova van sortir i es van asseure a les roques que hi havia al voltant. No eren els únics que no es volien perdre aquell espectacle que prometia. Una garsa va aterrar sobre una branca d'un dels roures que presidien aquella escena, com si fossin uns espectadors més d'aquella curiosa imatge: un marrec que, amb un broc en forma de ganivet, desafiava un dels més temuts bandolers en un art, el de la baralla de navalles, en què era un mestre absolut.

D'una banda, en Jep s'anava tocant el barret perquè no li caigués, feia tentines sobre si mateix i marcava els passos, com si aixafés raïm, d'una dansa que encara no s'havia après però que, d'altra banda, semblava que de mica en mica anava dominant. Procurava repassar mentalment el que li havia dit en Mascaró sobre la distància del braç, la de les cames, la de la visió de camp, per no perdre's cap detall del seu rival i, sobretot, mantenir-lo a ratlla.

En Juvenal Mascaró xalava d'allò més veient el seu jove aprenent concentrat en els seus moviments. Va fer un joc de cintura acompanyat d'un moviment de cames per veure com reaccionava en Jep. El noi, que estava en guàrdia, el va mantenir a ratlla i no li va deixar cap opció d'envair el seu espai. Ara giraven en el sentit contrari de l'inici de la baralla. En Juvenal Mascaró portava la iniciativa i s'anava canviant la navalla de mà per posar nerviós en Jep, i de tant en tant feia un pas endavant amb la intenció que reaccionés.

—Au, va, mou-te! Ataca d'una punyetera vegada, que ja estic tip d'anar-la ballant! —protestava en Mascaró, mentre en Jep ni s'immutava. Estava aconseguint posar nerviós el seu contrincant. No va trigar ni un moment a actuar. En Jep es va posar una mà al cap i d'una revolada es va treure el barret i el va llançar a en Mascaró. El bandoler, que no s'ho esperava, va deixar anar la navalla a terra i va engrapar al vol el seu barret. Un instant que va aprofitar en Jep per tirar-se-li al damunt i clavar-li tres ganivetades a la panxa.

Si en comptes de ser una branca hagués estat una afilada fulla d'acer, els dies d'en Juvenal Mascaró s'haurien acabat allà mateix.

—Ep! Llops amb llops no es mosseguen! —va exclamar somrient en Mascaró—. M'hauries mort, però entre bandolers, com ara tu i jo, mai no se les tenen, tret que et traeixin.

En Jep estava satisfet i en Mascaró i els seus homes el van felicitar per aquella bona pensada.

—A partir d'ara no farem servir els barrets només per cobrir-nos la testa! —deien rient.

Al cap d'uns dies, com que els traginers no tornaven, els bandolers van decidir deixar-lo anar. En Juvenal Mascaró, a qui se li havia estovat el cor, va ordenar a un dels seus homes que li donessin unes espardenyes noves i quatre quartos per seguir el camí. Però el fet és que sí que havien passat, per bé que sense aturar-se, i el vailet de can Boquica prou que els havia conegut; quan els lladres li van preguntar si era la seva rècula els va dir que no. No volia que cap dels traginers del seu pare pogués sortir-ne malparat o senzillament perdre tot el que tant els havia costat de guanyar. El van alliberar i va tornar a casa per uns caminois que li van indicar. Entre les indicacions dels bandolers i les nocions que havia adquirit amb el seu pare per orientar-se de nit i sense un nord gaire clar, va arribar sa i estalvi a casa. Va tornar content com un gínjol: amb sabates noves, una petita fortuna i els consells impagables del temut Juvenal Mascaró.

Encara ara, quan alguna vegada hi pensava, a en Josep se li entelaven els ulls només de recordar l'abraçada del seu germà i sobretot la cara plorosa del seu pare —mai no l'havia vist plorar fins aquell dia— quan el van veure passar per la porta. No els va explicar mai que aquell bandoler era en Mascaró i els secrets que li havia confessat el bandit.

El marrec sempre va tenir molt presents les ensenyances d'en Juvenal Mascaró. No les oblidaria mai més.

8

Els escolans

Quan en Jep no acompanyava el seu pare i el seu germà a cap traginada, feia el que solien fer els de la seva edat: escampar la boira. I ho solia fer amb el seu veí, en Joan Baptista Malgrat, tot i que tothom li deia Jan, perquè això de Joan Baptista era una càrrega massa feixuga per a un noiet de tretze anys.

Vivien de costat, porta per porta, al carrer Ganganell. I sobretot, eren amics. Xalaven d'allò més inventant-se jocs nous o anant al bosc a caçar nius, deixant anar la seva fantasia o deixant volar la imaginació; i així, pam a pam, exploraven aquell món tan gran i misteriós per a ells.

D'aquella manera va néixer la seva amistat, mirant de descobrir quin era el seu lloc en aquell món i anant a la recerca de la seva pròpia identitat. Miraven d'esbrinar què eren però, també, com serien al cap d'uns anys. Anaven a aprendre a llegir el catecisme junts, jugaven junts, s'anaven a banyar al riu junts i com que els obligaven a anar a missa també hi anaven plegats.

Perquè se'ls fes més entretinguda l'estona van decidir ferse escolans de l'església parroquial de Sant Vicenç. I així ho van demanar al rector. Ajudaven el capellà, el reverend Pere Devesa, el domer de la parròquia, en totes les cerimònies.

Entre aquestes, n'hi havia un parell que els encantaven, una d'interior i l'altra d'exterior: la missa del burro i el salpàs.

Es delien per acompanyar el capellà a fer el salpàs. Era una cerimònia senzilla que es feia els dilluns i dimarts sants i que consistia a passar a beneir les cases per protegir-les dels mals esperits. Armat amb un bol amb aigua i sal, el mossèn, abillat amb sobrepellís i una estola morada, beneïa i aspergia el contingut d'aquell calze a les portes del davant i del darrere de les cases perquè no hi entressin els mals esperits ni les bruixes. «Que la pau sia en aquesta casa i entre els que l'habiten!» —declamava mossèn Devesa.

Sens dubte, però, amb la que s'ho passaven millor era amb la missa del burro, la grotesca litúrgia que se celebrava per Cap d'Any referida al ruc de la cova de Betlem. A més, el mul que es feia servir per a l'ocasió era de can Jep, de les rècules tragineres d'en Pau Boquica, cosa que encara li feia viure la cerimònia de manera més intensa. El burro era entronitzat dins de l'església i se'l col·locava en un lloc honorífic a l'altar, al costat de l'Evangeli. En el moment de l'ofertori, se li dedicava un himne en què destacava una sorollosa imitació dels brams de l'ase. La cerimònia va durar poc: la irreverència creixent va fer que una missa tan burlesca i amb un caràcter tan extravagant s'acabés suprimint. Aquell parell de vailets reien a més no poder.

La imatge d'aquell parell de galifardeus que feien tronar i ploure vestits d'escolans fent veure que seguien el predicot del capellà semblava impensable. Eren dues peces i la gent del poble no se'n sabia avenir, de veure'ls a l'altar somrients, com dos angelets que no haguessin trencat mai cap plat i amb cara de bons minyons, flanquejant a esquerra i a dreta el mossèn durant tota la celebració.

Si havien començat a fer d'escolans era per, en certa manera, expiar un pecat que havien comès accidentalment. Mossèn Devesa va intercedir per mirar de salvar aquell parell de gamarussos d'anar a parar a la garjola. Tot plegat arrencava d'una antiga tradició que ja ningú recordava quan havia començat, una batalla instaurada pels seus avantpassats, que ja havien viscut en una banda i en l'altra de la riera del Ganganell. Aquell costum, tan arrelat com bèstia, no agradava a ningú però es continuava fent, sobretot la mainada que hi jugava amb el permís dels grans.

Un cop l'any, i per ser fidels a la tradició, la guerra entre els d'un barri i els de l'altre es mantenia vigent; consistia a llançar-se tota mena d'objectes, sobretot pedres. Uns dies abans de la gran batalla es veia molt de tragí a una banda i a l'altra de la riera: portes velles, fullaraca, taulons... qualsevol cosa servia per aixecar un mur defensiu. Els dos bàndols preparaven les seves defenses per parapetar-s'hi i evitar que els impactés cap dels projectils llançats pels rivals. Al marge de l'organització de la defensa, no hi havia cap altra satisfacció entre les parts contendents d'aquella batalla que el plaer d'alliberar tota l'energia violenta que poguessin a còpia de llançar aquelles pedres contra els qui teòricament eren enemics però que en realitat eren veïns. Era un joc, sí. Absurd i estúpid, també, però un joc que, en opinió de la majoria, si havia perdurat durant tants segles devia ser per alguna cosa, i per això no hi havia ningú que gosés posar-hi punt i final. De fet, tot i la perillositat i la violència d'aquella tradició, ningú no pensava que una vegada llançades les pedres poguessin fer mal, molt de mal. Un mal irreparable.

La mala fortuna va voler que, tot jugant, una de les pedres que es van llançar anés a parar al cap del fill de l'agutzil, en Mateuet, amb tanta mala sort que li va tocar al pols i va caure fulminat a la riera. Com que en Jep i en Jan eren els que duien la veu cantant a la colla de nens de la riera de dalt, van rebre tots dos. En realitat, la pedra havia sortit de la mà d'en Jan. En Jep ho sabia, però es va estimar més callar, fer-li costat i passar la penitència juntament amb el seu amic. Ja ho deien els més vells el dia de l'enterrament de qui havia d'haver estat l'hereu de ca l'agutzil: «El roc fora de la mà, no se sap mai a on va».

D'ençà d'aquell desgraciat accident la batalla de la riera es va deixar de fer, i també era des de llavors que aquell parell feien d'escolans.

El cas és que en Jep i en Jan anaven a l'església molta estona abans que comencés la missa. La porta era oberta i abans d'entrar sempre agafaven un parell de llesques de pa que hi havia en una cistellet penjat al cancell de l'església. Aquell pa era per als pobres que passaven gana, que sabien que dins d'aquella panereta sempre podien arreplegar un rosegó per treure el ventre de pena. Però també era per als feligresos, que en entrar o en sortir i després de dir el parenostre, se'l menjaven.

Encara que la porta fos oberta ja sabien que mossèn Devesa no vindria fins més tard, i ho aprofitaven per entrar a la sagristia. Remenaven l'armari del rector, on guardava les estoles i totes les casulles de cada celebració. Les de color morat, d'advent i Quaresma, temps de penitència; les blanques i vermelles, de Nadal i de Pasqua, festes molt celebrades. I les verdes, per quan no hi havia cap litúrgia especial. Els va cridar l'atenció una casulla daurada perquè no havien vist mai que el mossèn l'hagués fet servir. I remenant remenant, al fons de l'armari, van trobar els seus vestits nous que havien d'estrenar per a la processó dels Dolors: sotana vermella i una casulla blanca amb brodats de pans i peixos amb fil vermell i verd a les mànigues i a la part de baix. No se'n van poder estar i se'ls van emprovar. Abillats amb les noves robes per assistir a les cerimònies més celebrades del calendari litúrgic, en Jep i en Jan es van enjogassar dins de l'església.

Sant Vicenç era una vella església parroquial freda i humida aixecada al segle x. Austera i sòbria, estava coronada per una volta de canó aguantada per quatre enormes pilars. Això feia que l'església tingués l'aire d'una poderosa basílica, una imatge reforçada pels dos rosetons de vitralls de colors, l'un situat al capdamunt de l'absis central, just a sobre de l'altar, i l'altre estampat a la façana. Quan els raigs del sol travessaven els vitralls, acolorien les fosques i humides parets de l'església, que semblava que amb aquells retalls de colors revifaven després de segles i segles de foscor.

Irreverents, en Jep i en Jan passaven corrent per davant de les capelles que s'amagaven en els plecs d'aquells murs de travertí —la de sant Rafel, la de la Vera Creu i la de la Mare de Déu dels Dolors. Passaven i s'enriolaven davant de la làpida sepulcral d'alabastre del jutge Pere Rovira, que sobresortia del presbiteri. S'aturaven davant de les piles baptismals i picaven l'aigua, fent-la sortir i provocant uns petits bassals a terra. Els entusiasmava perdre's pel temple i descobrir racons amagats d'aquella església sovint dominada per la foscor i el recolliment. La seva insolència era el millor antídot contra la por que els infonia l'edifici.

Entre tots els racons de Sant Vicenç, en tenien un d'especial, un que hi anaven sempre al darrere. Més que veneració, sentien respecte i una curiositat que els rosegava per dins. Els dos vailets aixecaven la vista cap al sostre de la nau i a mig camí es trobaven l'altar. Imponent, brillant, captivador. Mossèn Pere Devesa obria i tancava la porteta d'una minúscula capella que hi havia al capdamunt de la taula de pedra amb una clau que solia guardar dins d'un armari de la sagristia. Una clau que ara es trobava en poder d'aquells dos marrecs i que estaven a punt de fer servir. Es van mirar amb murrieria i se'ls va escapar una rialla que van ofegar tapant-se la boca amb la mà. En Jep va posar la clau al pany i en Jan, en un atac de responsabilitat, es va moderar i li va dir:

—Vols dir que ho hauríem de fer? Mira que si no estan consagrats ens en podem anar a l'infern.

—Vols callar, no diguis ximpleries! Com vols anar a l'infern per menjar pa d'àngel i fer un glop de vi?

En Jep va posar la clau al pany i la va fer girar dos cops cap a l'esquerra. Es va sentir un «clec» i la porteta es va mig obrir. En Jep es va aixecar de puntetes per endinsar la mà dins del tabernacle i va tocar el peu d'un dels dos calzes. Les puntes dels seus dits van escalar fins al capdamunt d'un dels dos recipients, i va esgarrapar la part interior del calze fins que va notar unes formes arrodonides.

—Ja les tinc! —va dir en Jep fluixet però en un to triomfal.

—Dóna-me'n una! —li va contestar en Jan.

—Un moment, un moment... —i com va poder va treure quatre tristes hòsties.

—Té, només hi ha aquestes, agafa'n un parell —i n'hi va oferir—. El cos de Crist —va fer el gest de donar-les-hi com si fos mossèn Devesa a l'hora de la comunió.

—Eh! —va protestar en Jan—. No hi facis broma, amb aquestes coses, que...

—Que què? Si tens tanta por d'anar a les calderes d'en Pere Botero, no sé què hi fas, aquí, Jan —li va retreure en Jep. En Joan Baptista Malgrat va acotar el cap, va agafar la sagrada forma, se la va posar a la boca i se la va empassar.

En Jep es va tornar a girar cap a l'altar i es va tornar a mig enfilar per engrapar l'altre calze, el del vi. Va seguir el mateix procediment: primer els dits van explorar el terreny, i de seguida que van arribar dalt del calze van notar una humitat. Es va posar les puntes dels dits a la boca.

—Hum! —va fer en Jep—. És bo, aquest vi.

—Que hi entens, tu? Que vols dir que n'has begut gaire, de vi? —li va dir en Jan.

—Més que tu, capsigrany! Té, tasta'l i calla. Ja m'ho sabràs dir, si és bo o no.

Va treure el calze de dins l'altar i entre tots dos van deixar escurada aquella copa fins a l'última gota de vi. Notaven un pessigolleig al nas quan se l'acostaven per beure, sentien una cremor a la gola i al cap d'una estona totes les parets de l'església es movien. Tenien un cap-rodo de mil dimonis. El vi era calent i es van marejar fins a caure per terra i perdre el món de vista.

Una galledada d'aigua freda acompanyada d'una sonora escridassada els va despertar. Van obrir els ulls, van inclinar una mica el cap endavant i en mirar enlaire van veure una llarga sotana negra al capdamunt de la qual hi havia la cara d'un colèric mossèn Pere Devesa. Quan va entrar a la sagristia i es va trobar aquell panorama, ja es va ensumar alguna cosa. Els va agafar per les orelles i els sagals es van aixecar d'un bot somicant i suplicant al mossèn. Van quedar ben servits i amb ben poques ganes de tornar a tastar mai més una gota de vi.

—Què us heu pensat, pocavergonyes? Vosaltres creieu que és manera d'honorar la Mare de Déu dels Dolors? Mireu quina fila que feu. Porteu les casulles noves tacades, i tu —va assenyalar el de can Boquica— t'hi has fet un esparrac que s'haurà de sargir!

El rector de Sant Vicenç treia foc pels queixals.

—Perdó, mossèn, perdó —va començar en Jan—. Nosaltres no ho volíem fer, però és que hem vist els vestits i no ens n'hem sabut estar, de posar-nos-els...

Immediatament el capellà va assenyalar en direcció cap a l'altar.

—I l'armariet, per què l'heu obert? Contesteu!

—Volíem... —va continuar en Jan mentre en Jep callava com un mort i no aixecava ni cap ni orelles—, volíem menjar una mica de pa d'àngel i tastar el vi de la bóta... Se'ns ha posat malament i hem caigut marejats.

—El vi de la bóta, valga'm Déu senyor! —Mossèn Pere Devesa se'n feia creus. No se'n sabia avenir—. Però, a la vostra edat, us sembla normal que us emborratxeu de vi? Què hi teniu, al cap? Que no teniu seny?

Ell mateix es va respondre davant del previsible silenci dels dos nois.

—No, és evident que no en teniu. No teniu ni un dit de front, veient el que acabo de veure!

Mossèn Pere Devesa es va calmar momentàniament. Va fer un gest amb el cap com si de cop hagués recordat alguna cosa i es va dirigir cap a un armari de la sagristia. Els dos nois es miraven sense saber què devia estar buscant el mossèn, que tenia més de mig cos dins de l'armari. No van trigar gaire a saber-ho. Mossèn Pere Devesa va treure una ampolla i dos gotets. El líquid que contenia el recipient era vermell tirant a fosc.

—Si us agrada el vi... —i va abocar dos bons raigs a cadascun dels gots i els va acostar als seus dos escolans—. Aquí teniu vi, i del bo —va afegir.

En Jep i en Jan estaven ben desconcertats. Estaven allà palplantats al mig de la sagristia amb uns gots a les mans d'aquell líquid que mossèn Devesa els deia que era vi.

—Au va, què espereu? No el tasteu? Mireu que és boníssim, eh! —deia un mossèn que els dos sagals no coneixien. El cert és que estaven desconcertats davant del canvi radical que acabava de fer el capellà, i tampoc no sabien què fer. Al final, en Jep es va mirar en Jan i va començar a aixecar el got i se'l va beure de cop. En Jan va fer el mateix.

—Buarrrggg!

—Ecccs!

—Verros!

I van escopir el líquid que s'acabaven d'empassar. Notaven una amargor tan forta que semblava que mengessin serradures de ferro, un gust de sang tot i que no ho era, però que tampoc no era vi.

—Què és això, mossèn? Viii?

—És oli d'anguila —va contestar amb un somriure maliciós a la boca mossèn Devesa—. Va molt bé per treure el verdet d'alguna patena o del joc de campanetes. Quan era petit recordo que també es receptava per fer avorrir el vi a aquells que, com vosaltres, hi tenien massa afició. —I els reprimia amb un dit amenaçador—: A veure si escarmenteu d'una vegada!

Mossèn Pere Devesa no es va conformar amb això ni amb l'esbroncada: també els va castigar. Primer els va donar una escombra de bruc a cada un perquè escombressin tota l'església i la sagristia.

—La vull ben neta, aquesta església, neta com una patena, m'heu sentit?

Capcots, sense gosar aixecar ni cap ni orelles ni atrevir-se a aguantar la mirada de mossèn Pere Devesa, assentien amb tímids cops de testa.

—Abans, però, us traureu els vestits d'escolà, que ja us els heu desgraciat prou, sobretot tu —va dir el capellà dirigint-se a en Jep—. Que te l'apedacin i que us els rentin i... —va fer una pausa per respirar profundament—, i ja en parlarem, si us deixaré sortir per la processó dels Dolors —es va plegar de braços i els va llançar una mirada on encara es veia l'emprenyada que havia agafat en veure l'atreviment d'aquell parell de ganàpies.

Quan en Jep i en Jan van sentir que perillava seriosament la seva participació en la festivitat dels Dolors, van aixecar tots dos el cap amb la boca oberta i amb ganes de contestar a mossèn Devesa, però quan es van trobar amb l'expressió impertorbable de la cara del rector se'n van guardar bé prou, de dir ni piu. Van tancar ràpidament la boca, van tornar a acotar el caparró i van deixar que passés el ruixat.

Estaven força abatuts. Semblaven dues ànimes en pena. Van sortir de Sant Vicenç i van baixar el carrer Major cap a la plaça moixos i amb el cor encongit, penedits i sobretot amb un mal gust a la boca per culpa d'aquell beuratge fastigós que els havia servit d'escarment. Després del que els havia dit mossèn Devesa —que ja se'n podien anar acomiadant, de sortir per la processó dels Dolors—, necessitaven alguna empenta per continuar endavant i aixecar els ànims. I els va arribar més aviat del que s'esperaven.

Una carreta atrotinada i plena d'andròmines i atuells penjant de les vores va baixar com una exhalació pel carrer Major, i quan va arribar a la plaça va fer una volta sencera i s'hi va aturar al bell mig provocant el deliri col·lectiu. La companyia d'actors ambulants que tenia per costum aturar-se uns dies a Besalú acabava d'arribar.

Una multitud enfervorida es va arremolinar al voltant de la tartana i del seu interior en va sortir un personatge que va ser rebut amb una forta ovació per la nombrosa concurrència. Els crits, els xiulets i els aplaudiments van ressonar per totes les voltes de la plaça. Duia unes mitges liles, un cinturó amb una gran sivella i una camisa blanca amb els punys oberts, amb uns farbalans brodats que li feien conjunt amb el coll de la camisa.

Es va treure el barret i va fer una reverència a l'audiència, que el va tornar a aplaudir tota l'estona que es va estar capjup rebent aquell bany de masses. Esperaven amb delit el que els havia d'anunciar aquell personatge, que es va escurar la gola perquè notava que hi tenia mocs enganxats i es va posar a punt per declamar el vers en condicions.

—Estimats, ja tornem a ser aquí, gràcies per venir. Us anuncio que aquesta setmana sortirà d'aquesta tartana la llegenda d'un temut bandoler: Quintí el Falcó.

—Ooohhh! —Una llarga i sonora exclamació a mig camí entre la por i la sorpresa va pujar del terra de la plaça fins a les orelles d'aquell actor.

—La sagnant història d'aquest assaltacamins i esgarriamainades que feia feredat i malvestats i que tenia atemorit el mateix senyor baró! La sessió serà aquesta nit al punt de les deu. Si no voleu que us ho expliquin, us recomano que no hi falteu. Apa siau!

I dit això va fer una altra reverència recargolant-se sobre si mateix, va girar cap i cul amb una revolada i va desaparèixer dins de la carreta enmig de la gran gatzara que ja havia esclatat als peus del carruatge. La cridòria s'havia anat apagant perquè la gent que fins ara omplia la plaça es dispersava i ja estava pensant en la funció de la nit. En Jep i en Jan també enfilaven cap a casa i no van poder evitar escoltar la conversa que tenien dos homes que anaven davant seu. No es podien creure el que estaven sentint; els dos homes n'explicaven una que havia fet en Quintí.

L'episodi deixava ben clar com les gastava aquell bandoler. Era un avançament de l'obra, una història que ben bé hauria pogut ser l'argument d'una altra obra de teatre, amb el valor afegit que aquell argument deien que era veritat. Així, explicaven aquells homes, els ho havia narrat el mateix protagonista o la mateixa víctima de la història, depèn de com es miri: el ferrer de Pontós, que explicava que s'havia hagut d'amagar del Falcó.

Es veia que una vegada dos soldats el portaven detingut pel camí de Figueres, on hi havia l'Audiència, i van fer parada a l'Hostal de Llers. Es van creuar amb el ferrer.

—Déu vos guard, ja cal que el lligueu curt, que fermeu bé aquesta bestiola, perquè és molt escorredissa i hi ha perill que s'escapi —i es va fixar que el duien mal lligat—. Aquests nusos no li farien cap mal si els tibéssiu una mica més.

—Potser teniu raó, mestre —va dir un dels que el custodiaven—, amb el tragí s'han afluixat les cordes i si es deixa anar encara potser ens fotria una vergassada. Però sabeu què passa, que aquesta és tota la corda que tenim.

—Si voleu us en puc deixar, de corda —i va obrir l'alforja que duia i en va treure un bon plec—. Aquí la teniu!

Els dos custodis, amb l'ajuda del ferrer, van lligar bé el Falcó. Mentrestant, el bandoler renegava ferros i claus, maleïa i amenaçava el ferrer dient-li que li faria la pell. Quan li cenyien les cordes al voltant del cos la cara li dibuixava tot de ganyotes de dolor; el van lligar deixant la pressió justa perquè li circulés la sang per les venes i pogués caminar. Es van acomiadar del ferrer i li van agrair l'ajuda, però a mig camí el Falcó va mirar d'entabanar els seus captors.

—A prop d'aquí hi tinc un amagatall amb una bossa plena de diners que us podria canviar la vida i fer-vos més lleugera l'existència. Què me'n dieu?

—Que ens voleu comprar, maleït traginer contrabandista?

—Precisament és de l'època que gràcies al contraban vaig anar fent un bon coixí.

—Escolta —li va dir un dels soldats al seu company—, i si acceptem? Sempre podem dir que se'ns ha escapat.

—Parlem-ne, ara que ens hem de parar a sopar.

Van entrar a l'hostal de Bàscara i van demanar uns bols de farinetes de fajol i unes galtes de porc.

—Escolteu. —El Falcó va reclamar l'atenció dels dos homes—. No em podríeu afluixar una mica les lligadures per poder sopar una mica?

Els dos homes es van mirar. El que semblava que duia la veu cantant va assentir amb un cop de cap i l'altre va procedir a desfermar les cordes perquè el bandoler pogués agafar la cullera. L'àpat transcorria amb tota normalitat. Els soldats discutien sobre els pros i els contres d'accedir a la petició que els havia fet el bandoler. Els diners els temptaven, però temien les represàlies dels homes del president de l'Audiència si es presentaven amb les mans buides i sense el detingut.

De sobte, el Falcó, que fins aleshores havia fet mans i mànigues per acostar-se a la boca la cullera de boix amb què escurava el plat de les farinetes, va apagar d'una bufada la flama escanyolida de la llàntia que hi havia al mig de la taula, que els il·luminava la vetllada. Aprofitant la foscor i que eren a prop de la finestra, el Falcó va saltar i cames ajudeu-me va sortir corrent cap al bosc. Tot i portar mans i braços enganxats al cos, corria com un esperitat per uns corriols i uns senders que coneixia prou bé per no haver de patir per si aquell parell de rucs el trobaven. Ans al contrari, ja es va encarregar ell de trobar-los i donar-los el que es mereixien, que no eren precisament les unces d'or que els havia promès aquell dia si accedien a alliberar-lo.

Al cap d'un temps, els dos guardians van aparèixer morts. L'un va morir esquarterat, lligat de cames i braços a quatre cavalls cadascun dels quals havia estirat cap a un dels punts cardinals. Els seus familiars van haver de recollir en una saca les parts del seu càdaver, que va quedar esqueixat i esventrat als quatre vents. L'altre tampoc no es va salvar de la crueltat del Falcó i també va tenir una mort violenta: el van lligar a la cua d'un cavall, i li van clavar una xurriacada perquè galopés com una centella. Quan es va aturar, el cos del guardià estava tan masegat i tenia la cara tan desfigurada que les autoritats van tenir seriosos problemes per identificar-lo.

Quan el ferrer de Pontós es va assabentar d'aquestes noves, va recordar les amenaces del bandoler aquell dia. A les nits ja no dormia i passava els dies mort de por que no li aparegués en Quintí el Falcó i la seva quadrilla per fer efectiva la revenja. En Jep i en Jan no van saber quin va ser el final del ferrer, perquè els dos homes van continuar parlant mentre entraven a l'Hostal de Can Caules.

9

Les gorgues i els ous de Corpus

Van sortir molt aviat, cap a quarts de cinc de la matinada. Al carrer encara ressonaven els tabals i les trompetes dels oficials que la tarda anterior havien anunciat que l'endemà els carrers es convertirien en jardins. Era l'anunci que la primavera esclataria en la seva màxima expressió, el feliç recordatori que només faltaven unes hores perquè el groc de la ginesta il·luminés les façanes de les cases, perquè la dolça fragància de la flor del taronger impregnés els carrers, que també s'omplirien de l'intens perfum dels pètals de rosa i de l'olor fresca de l'espígol. Una explosió de sensacions que animava les dones a obrir els balcons per deixar entrar aquell raig de vida dins de casa seva. Però encara faltaven unes hores per a aquella suggestiva immersió sensorial, unes hores per rebre la processó de Corpus.

Per això, a trenc d'alba, un grup de jovenalla del barri es va encarregar d'anar al bosc. En Jep el capitanejava i en Jan també hi era. Encara era fosc i faltava molt perquè sortís el sol, però havien d'arribar als boscos de la Marginera quan comencés a clarejar per poder collir la ginesta, el redó i el boix i tornar amb prou temps per poder confeccionar les catifes per a la processó. Les catifes eren unes obres d'art efímeres sobre el terra, que s'emplenaria de pètals de flors, llavors i altres elements naturals que ajudarien a crear un espai especialment perfumat. Amb un guix dibuixaven a terra les formes que més tard omplirien amb els pètals. Es volien assegurar que el seguici processional trepitjaria el tram de carrer més ben guarnit i més olorós del poble.

Abans, amb tot, calia anar a buscar les flors, i per obtenir-les havien de travessar el temut pont de les Bruixes. Les flors que necessitaven per a les catifes eren a l'altra banda. La gent s'aguantava la respiració, contenia l'alè quan hi passava. I quan ho feien, avançaven a bon pas, sense entretenir-se gens ni mica. Ni se'ls acudia mirar cap avall, d'on només en pujava la remor del corrent d'aigua embravit que espetegava contra les sofertes roques del riu.

Aquell pont penjat que feia segles que desafiava el buit l'havien teixit amb vímet, fet que afavoria que es vinclés amb el vent però que mai no es trenqués. Era molt senzill, i precisament en la seva senzillesa radicava la seva persistència. La prova és que havia aguantat fortes tempestes acompanyades de vents molt poderosos, i tot i que va estar a punt de trencar-se amb el terratrèmol, gràcies a la seva estructura només va fimbrar, es va cargolar i després un cop de vent es va encarregar de posar-lo a lloc. El pont el formaven un seguit de llates de fusta molt primes, com si fos una escala, que penjaven d'una banda a l'altra lligades amb cordes, i el passamans estava fet de sarments seques. Només hi podien passar un nombre determinat de persones, d'una en una i procurant agafar-se al passamans per evitar que el pont es balancegés gaire. Ningú no ho deia, però tothom pensava en la possibilitat de perdre l'equilibri i caure o, encara pitjor, que el pont es trenqués i els engolís el corrent d'aigua de la riera.

Els carruatges i cavalls tenien dues opcions: o feien una

santíssima volta per la collada de Travé o travessaven aquelles aigües feréstegues damunt d'unes barques. Pel bé de la càrrega i de la rècula en general, s'estimaven més perdre una mica de temps però conservar-ho tot, la vida i el gènere.

Hi havia la creença que el pont era màgic, que estava encantat o, si més no, que estava protegit. La raó d'aquesta superstició sorgia de la presència contínua d'un grup de bruixes que deien que de tant en tant es trobaven en un gorg que hi havia al costat del pont. I com que per accedir-hi havien de passar pel pont, la gent dels pobles del voltant el van batejar amb el nom de pont de les Bruixes, i per això creien que mai no es trencaria.

Entre la basarda de passejar pel buit i de pensar que podia estar embruixat, la gent el travessava tan ràpid com podia, com si fossin esperitats. Un cop a l'altra banda disminuïa la pressió al pit, tornaven a respirar alleujats i seguien el seu camí gaudint del paisatge o es tornaven a capbussar en les seves cabòries.

Els nois van arribar al cap del pont i es van disposar a travessar-lo. Es van lligar els cistells a l'esquena i van anar passant, un per un, tots els del grup. En Jan va ser el penúltim, i l'últim a travessar va ser en Jep. Es van agafar fort a la barana de sarments seques i van travessar amb pas ferm, tot i que les cames els tremolaven i els feien figa. Les llates grinyolaven sota els seus peus. Serraven les dents i tancaven els ulls. Resaven a la Mare de Déu dels Dolors perquè aquelles fràgils fustes no es trenquessin, ells caiguessin al buit i anessin a parar a l'altre barri.

Un cop van haver travessat el pont penjat van esbufegar com si s'haguessin tret un pes de sobre, i tot el grup va seguir un camí que serpentejava per aquell espadat. Es van poder relaxar i gaudir amb alguns dels capricis de la natura. Sense anar més lluny, just al tombant van poder veure uns salts d'aigua preciosos. En aquest punt el corrent d'aigua s'amansia i ja no era tan ferotge com el que havien deixat enrere: ara s'entretenia llepant els sortints de les roques i esculpint formes arrodonides a les parets de la roca, que encaixonaven l'aigua fins a convertir-la en una dòcil riera.

Ja arribaven a l'indret on havien de començar a collir flors quan, en passar per un tros de terreny pedregós i humit, en Jan va relliscar amb una mica de molsa que hi havia damunt de les pedres, va perdre l'equilibri i, tot i que va fer l'intent d'agafar-se al braç d'en Jep, va caure en un gorg, tancat, profund, negre, traïdor. En Jep sabia el que li havia explicat el seu pare, que una gorga formava un remolí d'aigua que feia impossible sortir-ne amb vida. La por no el va paralitzar, al contrari, es va abocar per mirar de treure'l. No sabia com ho havia de fer però l'havia de treure d'allà, no el podia deixar morir.

—Jan! —cridava en Jep—. Jan!

Un instint, gairebé un acte reflex, el va portar a llançar sense ni pensar-s'ho una corda al mig del gorg perquè en Jan s'hi pogués agafar. Massa tard. No es veia res, ni un moviment. L'aigua era fosca i estava preocupantment calmada, no apareixien ni bombolles a la superfície de l'aigua, cap senyal de l'amic. «A més», pensava en Jep, «quan ha caigut es deu haver donat un cop al cap i amb tota la força de l'aigua empenyent-lo inconscient cap avall deu ser impossible que pugui sortir.» La gorga se l'havia empassat i el pànic es va apoderar de tot el grup.

L'únic que es mantenia serè era en Jep, encara que aquella quietud li feia molt mala espina, ja que com més a l'interior del gorg fos, més atrapat estaria per corrents i sifons, uns passos estrets i perillosos on se li podien quedar encallats els peus o les cames i no deixar-lo moure. En Jep estava convençut que en Jan devia ser a l'estadi intermedi, és a dir, ni molt avall ni molt amunt, i resava perquè hagués trobat una bossa d'aire. Si l'aspiració dels corrents i els remolins era molt forta, llavors sí que no hi havia res a fer, perquè la força centrípeta podia arribar a empassar-se'l.

Després d'un breu silenci que per al grup va semblar una eternitat, es van veure les primeres bombolles a l'aigua i en Jep va notar una lleu estrebada a la corda, el cap de la qual aguantava des del peu mateix del gorg. Una mà va emergir de l'aigua, aferrada a la corda que en Jep no parava d'estirar.

—Vinga, ajudeu-me, ajudeu-me, l'hem de treure d'aquí, ràpid! Ho hem de fer abans que el corrent no l'estiri definitivament cap al fons de la gorja.

Tots van obeir i es van posar darrere d'en Jep a estirar amb totes les seves forces aquella corda, ara humida i més pesada. I el cos d'en Jan anava apareixent d'entre les aigües del gorg. Primer el braç, després el tors i finalment les cames. Era un pes mort perquè en Jan estava gairebé inconscient, per bé que agafat a la corda com si l'últim acte reflex abans de perdre el coneixement l'hi hagués mantingut.

—Estireu, estireu! —cridava en Jep, que tenia els palmells de les mans ben ensangonats pel fregament de la corda—. Ànims, que ja gairebé tenim mig cos fora de l'aigua.

Van aconseguir treure'l i refer-lo. Els va costar Déu i ajut que recuperés la respiració i el color, ja que tanta estona sota l'aigua l'havia deixat gairebé sense un alè de vida, morat. Tremolava de fred i, tot i que li petaven les dents i encara no tenia veu, es va girar per mirar-se en Jep amb aquells ulls aigualits i de peix i se li va entendre un «gràcies per salvar-me...» que va deixar anar en un dels esbufecs.

—No parlis, Jan, ara no parlis. Guarda't l'aire, que el necessites per respirar —li va recomanar el seu amic, que li somreia.

Van decidir que no dirien res del que havia passat i van tornar després del migdia, més tard del que estava previst per l'accident d'en Jan. La seva intenció era tornar abans de dinar, però després del que havia passat van decidir agafar el camí de retorn amb el que hi havia als cistells i als cabassos. No estaven plens a vessar, però n'hi havia prou per fer quedar bé els del carrer en la competició de catifes.

Abans d'arribar encara van tenir un altre incident, de menys importància. Pel camí, en Met de cal Flequer va caure, i amb ell totes les flors que duia dins el cistell. En van poder aprofitar només unes quantes, menys de la meitat, i la resta es va fer malbé. En Jep estava segur que en aquella caiguda hi tenia alguna cosa a veure el banc de la pigrícia. A l'escola el mestre sempre castigava en Met a seure en aquesta banqueta sense respatller. A còpia d'asseure-s'hi, l'esquena li havia anat quedant encorbada fins a fer-li un gep que quan s'hi carregava qualsevol pes, com les cistelles amb flors, el desequilibraven i el feien caure. Tal com acabava de passar.

Quan els van veure baixar carregats amb aquells embalums de colors verd i groc, els veïns del barri els van xiular i els van llançar crits d'ànim. Els van dispensar una càlida benvinguda, rebent-los com si portessin una valuosa càrrega d'or i encens. Tots els van ajudar a descarregar aquella preuada mercaderia amb molta cura.

Tot el veïnat s'involucrava en la confecció de les catifes de flors. A banda i banda del carrer on s'estenia la catifa per on havia de passar la processó s'hi plantaven pins, i entre arbre i arbre s'hi estacava una corda que s'ornamentava amb esparreguera i boix. Al marge esquerre s'hi aixecava un petit altar, un tabernacle amb dues llànties que guardava la imatge de Jesús. Mentre la mainada era al bosc es dibuixaven a terra i amb guix les siluetes de les formes florals, que abans de migdia quedarien prenyades de colors. La catifa s'estenia fins a la confluència amb el carrer que portava a Sant Vicenç, d'on sortia el seguici.

La processó en què s'adorava el cos de Jesucrist aplegava tot el cos social que acompanyava. Els carrers per on passava la processó estaven irreconeixibles. S'engalanava fins a l'últim racó: la font, les acàcies, el pou, l'abeurador; res no escapava a l'aire assilvestrat que embolcallava els carrerons d'aquell barri, que convertien en vergers florits, en paratges idíl·lics gairebé bucòlics.

No només carrers i balcons es mudaven i canviaven de fesomia per veure passar el Santíssim sota el tàlem. La indumentària de la gent lluïa com mai. Era com una segona festa major. Entre les dones, sobretot, la roba podia arribar a ser desmesuradament costosa. Hi havia pubilles que treballaven tot l'any i es gastaven el jornal sencer per estrenar el vestit més enlluernador. L'època de l'any —amb una temperatura tèbia— afavoria uns teixits suaus, vaporosos, suggeridors, una combinació de colors pàl·lids i vius per ressaltar la primavera.

La pluja daurada de la ginesta que queia dels balcons, des d'on es tirava a grapats quan passava la custòdia, una dolça tempesta acompanyada de pètals de rosa i fulles de taronger, en arribar a terra es convertia de manera desordenada i capriciosa en els dibuixos que formaven part d'una gran catifa espessa i olorosa.

Algunes de les noies del cor parroquial, cantant, oferien ramets de ginesta i espígol als qui a peu de carrer esperaven veure passar la processó. S'hi acostaven sense cap intenció. No tothom ho interpretava de la mateixa manera. Els seus ulls espurnejaven luxúria i brillaven de desig i repassaven les virginals mosses de la coral, ensalivant i passant-se lascivament la llengua pels llavis tallats i encrostissats.

Era un menador, una mena de captaire, un rodamon que vagarejava pels pobles demanant almoina i buscant-se la vida tot i no tenir cap tara física. Tothom sabia que no se'ls podia tractar malament ni rebutjar-los, i molt menys negar-los l'almoina. Hi havia la creença que, amb les vares encantades d'avellaner o de sanguinyol que solien dur, podien atiar eixams de serps, gripaus, llops, rates, guilles, formigues, talps i altres bestioles nocives contra conreus i cases. També hi havia gent que creia que eren uns aprofitats i que es valien del temor dels vilatans benintencionats per no fer res i viure de gorra.

En Masergues —el majoral de can Terrades—, que sempre havia pensat que aquells personatges eren uns vividors, s'estava estintolat a la paret fumant i observant les males intencions d'aquell homenot. No va dubtar gens ni mica a cridar-li l'atenció:

—Ei, tu, vés amb compte què fas. T'estic veient. No deus pas voler que et vingui a prendre la mida de l'esquena, oi? —I el va amenaçar brandant el puny tancat, a punt per si calia allisar-lo.

El menador va deixar anar un renec, es va gratar l'entrecuix i va passar carrer Ganganell avall fins que es va perdre al revolt que portava cap al prat de Sant Pere. Al tombant es va creuar amb en Jep i en Jan, que ni s'hi van fixar, en aquell menador, tenien altra feina. Es miraven les portes i els balcons. S'endevinava que en portaven alguna de cap.

Les cases del veïnat estaven obertes de bat a bat. Portes i finestres convidaven la gent a celebrar una festa joiosa. Els que tenien horts ja veien la collita que creixia abundant, i els que a més tenien arbres fruiters —nesprers, magraners, cirerers, mandariners...— ja en podien observar algun que tenia un aspecte ufanós, amb unes fruites plenes i delicioses. També hi rondava el bestiar: ànecs, conills, algun garrí i gallines ponedores.

Tots dos van aprofitar que l'atenció estava centrada en el carrer per anar al corral de can Grifou a robar-los uns quants ous. Van passar el portal d'entrada a la casa pairal. A mesura que s'anaven endinsant pel passadís que anava fins al pati deixaven enrere el remombori que venia del carrer. Les gruixudes parets amortien la fressa, que s'anava apagant, i el guirigall va acabar desapareixent. Només ressonaven les seves passes sobre les lloses. Tan bon punt van posar un peu a la sorra del pati, el gos els va rebre amb una bordada que va retrunyir: ja havia advertit la presència a la casa d'aquell parell de pispes, els havia ensumat feia estona. L'aire que corria en estar tot obert s'havia encarregat de dur fins als seus fins narius una olor que no li era coneguda, i per això protestava i alertava amb els seus lladrucs. Els va plantar cara amb un morro brillant i bavejant, ensenyant-los els ullals i bordant. Estirava la corda que el fermava a una estaca a l'entrada del pati, a tocar del corral, i tibava la corretja amb tanta fúria que fins i tot el tronc on estava estacat es bellugava amb les estrebades del quisso. Però tot i els esforços que feia per deslliurar-se'n, no va poder queixalar cap membre dels nois.

Primer els lladrucs van sorprendre i espantar en Jep i en Jan, que s'arrambaven a la paret del pati aguantant-se la respiració. Però quan van veure que estava lligat, li van tirar una pedra, es van enriolar i van passar de llarg sense preocupar-se més d'aquell ca tan ferotge que els ensenyava les dents i les urpes. Van deixar enrere els lladrucs i van entrar corrent al corral de les gallines, esvalotant el galliner; les plomes voleiaven per l'aire, pudent d'excrements gallinacis. Això els va permetre arreplegar els ous molt fàcilment i sortir com dos esperitats per la porta. Un cop van ser fora al pati, van agafar un ganxo de filferro que es gronxava tot sol en una canya sota el teulat del cobert del pati. De les canyes en penjaven fileres i fileres de tomàquets. Van clavar un foradet al capdamunt de la closca de l'ou amb la punta del ganxo, amb molta precaució que no s'esberlés, i se'l van beure ben cru. De sobte, darrere d'en Jan es va sentir un ronc. Era un ronc intimidatori, amenaçador, salvatge. La seva intensitat i el seu volum anaven pujant.

—No et moguis —va xiuxiuejar en Jep, veient que aquell gos ferotge estava plantat darrere d'en Jan amb molt males intencions—. No abaixis el braç —en Jan encara estava escurant l'ou quan els va soprendre aquella bèstia— ni respiris —li va recomanar en Jep, que va veure que al final de la corda que lligava el gos hi duia arrossegant el pal on havia estat fermat fins feia poc—. Tens el gos darrere teu ensalivant les galtes del teu cul —va informar en Jep—. Si el vols conservar i no vols dormir dret quinze dies seguits, ni se t'acudeixi bellugar-te...

—I què vols que faci? —va preguntar angoixat en Jan.

L'animal va deixar de roncar per començar a bordar.

—Calla, ni parlis! —va ordenar en Jep—. No ho sé, deixa'm pensar.

El cap li anava tan de pressa com ho permetia la situació. Rumiava una sortida per a tots dos, perquè també hi podia haver queixalades per a ell, i només de pensar en la possibilitat de rebre una mossegada s'esverava i no podia rumiar amb claredat. Tampoc no es podia moure: un pas en fals i els ullals del gos s'enfonsarien primer en la carn d'en Jan i després en la seva. Va fer un cop d'ull ràpid a l'escenari. Va girar el cap a dreta i a esquerra. A simple vista, l'espai —tancat pels quatre costats— no els oferia cap solució immediata. Només hi havia una sortida en aquell pati, i era la que havien fet servir abans per entrar-hi.

—Ja ho tinc... Ja sé què podem fer —va tornar a xiuxiuejar com si li hagués d'explicar un secret.

En Jan va fer un somriure d'alleujament però no va gosar ni fer ni dir res més. Tenia la bufeta a punt d'esclatar, de fet se li havia escapat alguna gota i estava a punt d'orinar-se a sobre.

—Quan digui «tres!», llançarem les closques dels ous tan fort i tan lluny com puguem cap a l'altre costat del pati. El gos sortirà corrents per empaitar-les i en aquell moment arrencarem a córrer cap a fora. Entesos?

La idea no era brillant, certament, però una maniobra de distracció potser era el que els donava més possibilitats de sortir d'aquell pati sans i estalvis, i sobretot d'una peça.

En Jan va fer un cop de cap que volia dir que hi estava d'acord.

En Jep va començar a comptar en veu baixa, molt fluix: «un, dos i...» i va anar aixecant la veu «...i tres! Llança-les ara! Correm, correm!».

Inquiet, el gos es va esverar i va començar a bordar perquè no sabia què passava. Quan va veure dos objectes en moviment es va desentendre dels dos nois i amb una agilitat felina, impròpia de la seva condició, va sortir disparat rere les closques que volaven en direcció incerta. Tan bon punt les closques van aterrar, es van esmicolar just davant del morro del gos, que ajudant-se amb les urpes de les potes del davant i els ullals esmolats s'entretenia a rosegar-les. Les va escopir i de cua d'ull va veure dos cossos que s'esmunyien pel passadís. Va corregir la trajectòria i va tornar a arrencar a córrer, aquest cop en direcció als nois.

En Jep i en Jan estaven esprintant fins al portal de l'entrada, no es van ni girar per veure què feia el gos. De fet no els calia mirar enrere, perquè els lladrucs sonaven cada vegada més a prop seu.

—Corre, Jan, corre, que ja arribem! —cridava panteixant en Jep.

Però en Jan encara no estava ben refet després de l'ensurt de la gorga i li costava respirar; no podia córrer encara més.

En Jep va arribar al portal i va començar a tancar els dos

batents —primer l'esquerre i després el dret—, i va sortir per la porta.

—Corre, Jan!

L'animal estava a punt d'atrapar-lo i ja ensalivava assaborint la carn fresca quan en Jan, que li portava uns metres d'avantatge, va fer les últimes gambades, va passar la porta i en Jep la va tancar des de fora. Al cap d'uns segons van sentir un cop sec i seguidament uns udols. El gos no havia pogut frenar a temps i s'havia estampat contra la porta.

En aquell precís moment, suats i amb el cor que els sortia per la boca, van haver de fer una reverència: estava passant el Santíssim.

10

El mont de les bruixes

Des de dalt del cim de Rocapastora es veia pujar el seguici del romiatge, d'on sobresortien un reguitzell de puntets vermells, els barretinots que duien els romeus, els homes que anaven al capdavant de la comitiva. En alguns trams de camí empinat i acanalat veien la padrina, però l'aplec de la Mare de Déu del Mont, cada 8 de setembre, dia de les marededéus trobades, era d'obligat compliment per una cosa o altra i ningú se'l volia perdre. I els nois i les noies en edat de merèixer encara menys. Aquella era una bona oportunitat per prendre mides entre les pubilles que estiguessin de bon veure. En Jep i en Jan tampoc no es volien perdre l'aplec del Mont.

Totes les poblacions que creixien a la falda de la imponent muntanya del Mont —Lligordà, Beudà, Sagaró, Maià, Crespià, Lladó i Besalú, i de vegades fins i tot de la parròquia de Banyoles— pujaven a venerar la marededéu que els protegia durant tot l'any. El mossèn feia passar al davant l'home més gran perquè així s'assegurava que la comitiva anava a les bonicoies, xino-xano, a un ritme prou pausat per anar passant el rosari. Però el jovent no s'aguantava i es delia per escapar-se pujant algun marge en un revolt on el rector no els pogués veure i s'esgarriaven corrents i cridant.

A mig camí paraven i feien un mos i un traguinyol llarg del vi de la bóta. Arribats a dalt, cantaven els goigs a la Mare de Déu i s'hi encomanaven per tenir una bona collita i perquè no hi hagués cap mal gam que empioqués el bestiar.

Ara, el que ningú es deixava perdre era la festa que hi havia després a fora de l'ermita, a l'esplanada. S'hi feien unes festes que s'assemblaven molt a les que celebraven per primavera, perquè es festejava l'esplendor de la vegetació i la plenitud i l'exaltació de la vida i els amors, es feien ritus agraris de protecció i fecundació amb creus de flors, focs i fumeres per allunyar els mals esperits i es repartien pans beneïts. Entre les parades n'hi havia una de molt sol·licitada d'ungüents i d'herbes amb virtuts guaridores: era la de l'Atanàsia, una vella fetillera experta en remeis diguem-ne poc ortodoxos.

Tota demostració era poca per celebrar l'aplec de la Mare de Déu del Mont, que durava tot el dia. Un cop sadollat i satisfet l'esperit, tampoc no hi faltava res per alimentar la panxa dels romeus: torrades amb all, botifarra amb seques, cansalada, arengades, peus de porc amb bolets, galtes de porc amb prunes, escudella barrejada, xocolata i melindros. S'havien d'agafar forces per a les activitats que tenien més predicament entre el jovent. Més que les ballades de sardanes i el concurs de tallar troncs, el que tenia molta requesta eren les curses de bótes i els galopants balls populars en què la jovenalla es feria els peus dansant.

—Correu, correu, apa nois, que hi ha curses de bocois! —va cridar un sagal mentre animava a tothom fent voleiar un mocador perquè arribessin a temps de veure aquella cursa en què s'havia de combinar l'agilitat i la traça.

Feien rodolar unes bótes que podien contenir fins a sis-cents cinquanta litres de vi. Els que havien de fer rodolar en posició vertical estaven buits, però tot i això calia gran destresa per no perdre l'equilibri: més d'una baixava rodolant marge avall i s'acabava esclafant daltabaix del cingle i, per tant, el seu boter quedava eliminat. Eren bótes de fusta d'avet, de pi o d'avet roig lligades amb cèrcols de fusta i ferro. En acabar, tots els participants s'acostaven al taulell, on hi havia prou mam per refer-se, a saber: malvasia per a qui era propens a desmaiar-se després d'un gran esforç, garnatxa per a qui li faltés l'aire, aiguardent per revifar-se i aiguardents anisats o aromatitzats amb anís, misteles, moscatell per eixorivir-se. Més d'una ronda s'havia pagat amb els calés que algú havia guanyat jugant a la clotxeta.

La clotxeta era un joc que els dies de cada dia es jugava amb pedres, però en jornades especials, com l'aplec, s'hi jugava amb diners. Els bordegassos buscaven una part del terreny que fos el màxim de llisa, i si no ho era prou l'acabaven d'aplanar pressionant amb les soles de les sabates. Tot seguit feien un clotet a terra que s'assemblava a les clotxes per fer carbonet, se situaven a una distància de sis passes i cadascú tirava un ral al forat que havien acabat de fer a terra. Qui el feia entrar a dins o el situava més a prop, guanyava la mà i tenia dret a començar la partida. S'havia de tenir molta traça per encertar. Llançaven els rals amb l'ungla del dit polze i guanyava qui aconseguia ficar-ne més. No era cap gran fortuna, però el vencedor arreplegava tant els rals que havien caigut dins de la clotxeta com aquells que s'havien quedat a mig camí, i per anar a fer un traguinyol amb els companys n'hi havia de sobres.

—Qui no cull romaní, no té amor ni en vol tenir —va cridar l'Aleix aixecant el got de mistela i escurant-lo fins a l'última gota.

—Flors de romaní i núvies per casar, tot l'any n'hi ha! —li va fer d'eco en Ramon.

Tots els bordegassos de la colla, entre ells en Jep i en Jan, van arrencar a córrer per amagar-se orelladrets entre la bardissa i les oloroses branques de romaní que hi havia al capdavall de la pedra Rossoladora. Aquesta pedra, a la qual la saviesa popular atorgava certes virtuts màgiques, era una penya llisa que es trobava arran del camí que puja de Besalú cap al santuari del Mont. Totes les noies hi volien baixar rossolant perquè la tradició assegurava que gràcies a les propietats de la pedra s'havien celebrat molts casaments en aquestes contrades. Les dones més velles del poble animaven les noies que cada any pujaven a l'aplec a passar per la pedra. Un estol de pubilles de molt bon veure, provinents de totes les cases de Besalú i rodalia, feien cua excitades per asseure's al capdamunt de la pedra i poder baixar lliscant de cul mentre invocaven la Mare de Déu del Mont, que s'ho mirava des del santuari estant. Així, refregant-se les natges a través d'aquella roca, tenien la certesa que trobarien marit, de la mateixa manera que ho havien fet les seves mares i abans les seves àvies i generacions de dones dels voltants. Ara, el que ja no garantia la rossolada per la pedra era la descendència ni la fidelitat del marit. Per a això, ja s'havia de recórrer a altres forces més poderoses que les d'una pedra esculpida pels forts vents tramuntanals i colrada pel sol que escalfava tres comarques i, de retruc, els cors de moltes noies.

En Jep i en Jan, com tots els nois, esperaven que totes les noies que anaven al seguici fessin aquell ritual que es repetia cada any. Es van col·locar estratègicament en un punt que tenia una visió extraordinària, privilegiada, no només de les cuixes sinó també de l'entrecuix de les mosses, que, esvalotades i enriolades, es deixaven caure, lliscant suaument pendent avall, i estaven extasiats com un parell de badocs contemplant aquell espectacle de la natura.

N'hi havia que baixaven amb ben poca gràcia i tenien un aterratge ben accidentat, d'altres que s'allisaven la faldilla sota el cul perquè no es veiés absolutament res des de baix, i sempre n'hi havia alguna que posava totes les facilitats del món perquè la poguessin repassar ben bé de dalt a baix. En canvi, d'altres, amb molta murrieria, feien veure que se sorprenien i xisclaven per mirar de fer desistir aquella presència masculina que escrutava tots i cadascun dels seus moviments, uns moviments que amagaven segones intencions i que al capdavall deixaven entreveure una sensualitat que feia encendre aquell parell de ganàpies. En Jep i en Jan, però, esperaven veure la Maria Cruzet. La veien elegant, espontània i desitjable. N'estaven bojament enamorats.

Encesos per les insinuacions de les verges a la pedra rossoladora i aprofitant els frecs de les pells suades, l'abrandament i la sang calenta que corria per les venes del jovent, durant el ball es creava l'ambient que propiciava l'aparellament o, si més no, l'acostament. Ballaven amb passió al ritme dels timbals i els flabiols. Anaven i venien agafats de bracet. Ara tant feien rotllanes com després dibuixaven unes formes en espiral. Les noies es deixaven anar els cabells i s'arremangaven les faldilles fins als genolls per poder maniobrar millor quan feien els girs, i els nois anaven descamisats i espitregats. S'inflamaven de desig només de veure els moviments sinuosos de les mosses, dels malucs, de les cuixes i del que es bellugava sota la camisa i en notar el contacte dels cossos.

De cop, els tirabuixons de la Maria, que eren de color de magrana i feien olor de sàlvia, van anar a parar a la cara d'en Jep, i l'explosió de desig que va sentir sota la panxa encara va ser més gran. De bona gana l'hauria agafat d'una revolada i se l'hauria endut darrere les margeres, lluny de tothom, per posseir-la, però es va haver de limitar a notar el seu fregament, la seva olor i la seva rialla. Sinuosa, crispada, rabiosa, diabòlica i enjogassada, la Maria ballava com una desesperada amb els peus descalços sobre l'herba. Només va notar el pes de la seva mà damunt l'espatlla i l'alè calent i suau al coll. Només va poder agafar-la per la cintura de vespa que tenia, tancar els ulls i deixar volar la imaginació. Només van ballar, això sí: com autèntics cavalls desbocats.

El cel era de color d'aram, d'aquella tonalitat que agafa quan el sol es comença a pondre darrere la muntanya de la Mare de Déu del Mont i sembla encendre l'horitzó. Les parades del petit mercat que acompanyava els romeus ja s'havien desmuntat i tothom, poc o molt, pensava a anar desfilant cap a casa.

Entre la multitud que s'anava acomiadant d'amics, parents i coneguts i es dispersaven per agafar els seus respectius camins de tornada, en Jep i en Jan van veure que la vella Atanàsia, amb el seus trajos de bou vell, no enfilava el camí de baixada cap a Besalú sinó que se n'anava en direcció contrària. Es van mirar estranyats i van decidir seguir-la. Primer anava amb pas feixuc, però, quan va estar prou lluny de la vista dels romeus i per a sorpresa dels nois, va començar a anar més lleugera fins al punt que els costava de seguir-la.

La curandera anava per sota el cingle que hi ha darrere la font de Rocapastora i, una mica cap a la dreta del camí, al corral de l'Abat, una construcció molt antiga i rudimentària on s'hi havia guardat bestiar, hi va deixar un dels dos embalums. L'Atanàsia va continuar i va deixar enrere el camí que l'hauria duta cap a la serra de Finestrelles. En comptes d'això, es va enfilar per un corriol amb un fort pendent. En Jep i en Jan esbufegaven darrere d'aquella vella. En aquella zona, de terreny molt inclinat, l'aigua de la pluja havia esculpit uns còrrecs molt profunds, la visió de Xaragasters feia basarda, i en arribar al collet de les Sorreres la van perdre de vista: el bosc se l'havia empassada.

S'estava a punt de fer de fosc, quedava només una ullada de sol, un fil de llum que ben aviat desapareixeria. Havien de decidir què feien. Amb prou feines es veien les cares i les mans, però en Jep va fer un cop de cap i en Jan el va seguir. Van abandonar el camí fressat i van entrar al bosc. L'Atanàsia no havia pogut anar gaire lluny. La humitat del bosc de castanyers els començava a calar els ossos i agafaven una mica de fred. Tenien els ulls ben oberts per veure no només què tenien al davant sinó també per saber què trepitjaven. On coi devia haver anat aquella dona? No es podia haver fos.

De cop van sentir un refilar molt agut i persistent que feria les orelles. Primer se les van tapar amb les mans per protegir-se d'aquell intens i recargolat xiulet, però com més a prop tenien aquell so, menys mal els feia i més ganes tenien d'escoltar-lo: era com una dolça melodia que els empenyia a acostar-se al lloc d'on sortia aquella intensa tonada. Era el so d'un flabiol que va quedar estroncat pel repicar d'un tamborí enfurismat i arrauxat sense seguir cap mena de compàs.

Els dos nois, que mentre sonava havien anat avançant cap a la música, van sortir a una clariana i es van haver de fregar els ulls dues i tres vegades quan van veure el que tenien davant seu, al costat d'una ermita enrunada des d'on si aixecaven la vista s'entreveia la silueta retallada del santuari del Mont. El que van veure els va deixar clavats a terra: hi havia una colla de dones que estaven al voltant d'una pedra. Allà sobre, i encerclat per uns ciris grocs i negres que desprenien una llum blavosa, hi havia un llibre i totes s'hi atansaven per fer-li un petó. Era com si fessin un ritual semblant a una missa però amb una litúrgia ben particular.

Ara la música havia canviat la tonada. Entre el grup de dones que començaven a ballar els va semblar reconèixer l'Atanàsia. Eren dones de totes les edats, però el que els va cridar més l'atenció no era la varietat d'edats sinó que totes les ballarines anaven despullades. Seguien un ritual concret: es despullaven i es fregaven contra un matoll espinós i amagaven la roba. Un cop desada, s'afegien a una rotllana que giravoltava al ritme d'aquella música que els havia dut fins allà. Enriolades i enjogassades, s'ajudaven a desprendre's dels vestits, es tocaven i es besaven; d'altres s'untaven amb cera o oli. Els dos nois no sabien distingir la substància lluent amb què s'empastifaven parts del cos —no unes parts qualssevol, sinó les aixelles, les natges i amb especial delicadesa el sexe i el forat del cul. Aquella pomada devia estar feta a base d'algun producte especial o amb capacitat al·lucinògena, perquè després d'aplicar-se-la s'incorporaven al cercle com unes esperitades i dansaven al voltant d'una figura que era la que tocava el flabiol i el tamborí.

Així ho intuïen pel so que sortia del mig del cercle, però no l'acabaven de veure ben bé perquè els cossos de les dones no els ho permetia. Es van enfilar a un arbre amb molt de compte de no ser vistos i es van quedar sense aire quan van veure la figura que estava fent música. Assegut en un tronc, un boc gegant de pèl negre brillant sacsejava el cap i brandava les enormes i recargolades banyes que li coronaven la testa, una cornamenta formidable que estava agafant un color morat. Era un mascle cabró gegant que feia ballar aquelles dones a un ritme que ara era més sensual.

Aquell canvi va coincidir amb una reverència que li feien les dones. D'una en una es desfeien un moment de la rotllana, feien un pas endavant i li dedicaven una reverència. L'adoraven. Les dones es postraven davant d'ell, agenollades, s'inclinaven sobre l'entrecuix d'aquella bèstia humanitzada i començava el ritual. En dos temps, primer el besaven durant una estona i després el llepaven, el resseguien amb la llengua d'una manera salvatge i desaforada, amb un desfici malaltís, com si el que brollés d'allà fos un exquisit licor del qual no se'n podia vessar ni una gota.

S'hi aplicaven amb devoció, i un cop acabaven d'extreure aquella preuada energia es retiraven fent un gest còmplice cap a aquella criatura i tornaven a la rotllana a dansar plenes de força, prenyades d'una vitalitat inusitada mentre una altra dona ocupava el seu lloc.

En Jep i en Jan van comptar que aquest ritual es va repetir fins a tretze vegades, una per dona. Amb l'última, el gran boc va fer una llarga i estrident refilada que va matar amb un repic de tamborí. Tot es va aturar. Els dos nois dalt de l'arbre no deixaven de mirar la rotllana. Les dones estaven quietes. El mascle cabró es va aixecar i va anar passant per davant de totes les seves fidels serventes.

En va triar tres. I a en Jep el va estranyar que les elegides no fossin simplement tres joves. Curiosament, eren dones que representaven les tres edats: la joventut, la maduresa i la vellesa femenines. Les tres, agafades de les mans, van seguir el que semblava que era el seu amo, i la resta de dones que havien estat ballant van fer una segona rotllana al voltant d'aquella endimoniada trinitat. A partir del moment que van entrar en aquest segon cercle, les dones i el mascle es van unir en un sol cos. Una simfonia de gemecs acompanyava aquella escena en què el mascle cabró, amb una força i versatilitat extraordinàries, les posseïa totes tres. Un cop les va haver satisfet, s'hi va afegir la resta de dones en el que es va convertir en una orgia salvatge. Els dos nois, des de dalt de l'arbre, no se'n sabien avenir.

En Jep va sentir un intens batre d'ales a prop de les seves orelles i va notar que l'havia picat alguna cosa. Es va girar per veure què li provocava aquella coïssor tan forta que ara se li estenia per tota l'esquena i poder gratar-se. Notava que tot ell bullia per culpa d'aquella fiblada que acabava de rebre, no sabia de qui o de què. Mirant de rascar-se i alleujar la picor, va fer un mal gest, amb tanta mala sort que va relliscar i va caure. El crit de dolor que va deixar anar quan va espetegar amb tot el costellam a terra va alertar algunes de les participants en aquella festa carnal.

Dues dones que havien aixecat el cap d'entre aquell bosc de cames i braços en què estaven submergides van córrer a buscar-lo. En Jan, quan va veure que s'acostaven aquelles dones, es va enfilar encara més amunt. Des de dalt de tot de la copa de l'arbre, protegit entre les fulles i les branques, ho va poder veure tot. Les dues dones van ajudar en Jep a aixecar-se amb gran delicadesa i el van convidar a entrar a la rotllana i a afegir-se a l'orgia. En Jep sentia una olor molt forta i intensa; era ferum de sofre. No sabia pas què li passava, però amb tot el que li feien li van passar tots els mals.

Amb molta cautela, en Jan va decidir baixar de l'arbre mirant de triar un moment en què li va semblar que estaven tan absorts que no el veurien. Va lliscar per l'escorça rugosa de l'arbre procurant no trencar cap branca i, quan va ser a terra, se'n va anar de recules, sense donar mai l'esquena a l'aplec de bruixes. Va desfer el camí del bosc que havien recorregut abans amb en Jep, no sense abans passar per l'indret on les bruixes havien desat les seves robes i agafar les de l'Atanàsia. Recordava que havia sentit explicar que si algú els prenia la roba podia aconseguir, a canvi de retornar-los-hi, el respecte de la bruixa per a ell i la seva família.

II

Fent pa

Després d'aquell fregament tan alegre i còmplice de la festa a l'aplec del Mont, en Jep i la Maria es van tornar a trobar. Va ser a casa dels Cruzet, a la cuina. Ell hi va anar per un encàrrec que li havia fet el seu pare.

Va trucar a la porta i es va obrir lentament.

—És obert! —va sentir la veu de la Maria que cridava des de l'interior de la casa—. Qui hi ha?

En Jep anava a cridar el seu nom, però no hi va ser a temps. La Maria se li va anticipar:

—Si voleu alguna cosa sóc a la cuina —va proposar ella mateixa.

Va avançar per un passadís petit, fosc i estret que menava fins a la cuina. Una poderosa olor de pa cuit el guiava cap al fons de la casa. Quan va entrar en aquella estança lluminosa, ho va fer amb un somriure.

—Hola, Maria, què fas? —la va saludar amb una pregunta de la qual ja n'ensumava la resposta.

La Maria, incòmoda i a punt de fugir, va fer un saltiró darrere la taula on estava treballant. Estava sorpresa, no s'esperava trobar en Jep a la cuina de casa seva. Anava amb una camisa blanca amb les mànigues arremangades i per sota el davantal treia el cap tímidament una faldilla de farbalans de color vermell. Duia les galtes i la punta del nasset enfarinats, i davant d'aquella estampa tan dolça en Jep la va trobar guapíssima. En aixecar la vista, a la Maria li va caure un ble de cabells a la cara. No es volia tocar els cabells amb les mans brutes i empastifades, i bufant i bufant mirava d'apartar-se'l.

En Jep, veient els seus esforços, se li va acostar.

—Vols que t'ajudi a dominar-lo? —i sense que ella li tornés contesta li va agafar aquell plec de cabells rebels i els va posar bé al costat de la resta de la seva negra cabellera, on naixia la cua que s'havia fet.

—Gràcies —li va dir ella amb un mig somriure nerviós. Se'n va separar una mica per fer veure que anava a vigilar el forn.

—De fet —va començar en Jep—, veig que estàs sola. No hi és, el teu pare?

—No, no hi és, per què?

—No res, només li portava un encàrrec de part del meu pare...

—Ah, molt bé! Si el vols esperar no crec que trigui gaire. Seu —li va dir, i en Jep la va obeir i es va asseure en una cadira de balca al costat de la finestra. Se l'anava mirant i pensava que li costaria ben poc treure-li a petons aquella farina que li anava emblanquinant la cara. Però també es mirava aquell cos femení de corbes plenes, pits dreçats i malucs suaus que es movien sinuosament.

—Estava fent pa, ja ho veus, no? —I obrint els braços li va ensenyar tot l'escampall d'estris i ingredients que tenia sobre la taula: farina, aigua, bols, gerres, sal, llevat i mantega.

—Sí, sí, ja ho veig i... —va tancar els ulls i va dirigir la barbeta i el nas en direcció al forn—, i també ho ensumo.

—La primera fornada ja deu estar cuita i aviat la podré treure —va anunciar la Maria—. Ara començava a pastarne una segona.

En Jep no s'ho va pensar dues vegades, i mentre s'arremangava les mànigues de la camisa li va proposar:

—M'agradaria ajudar-te —va proposar amb un deix de timidesa però empès per unes ganes boges d'estar a prop seu—. A casa de vegades també en fem i hi tinc força traça.

La Maria va dubtar. Tenir-lo rondant a prop seu sabia que la neguitejaria, li semblava que seria contraproduent, però ella tampoc no es volia negar aquell enorme privilegi que li brindava el destí: tornar a sentir-lo a prop.

—D'acord —va accedir finalment—. Agafa aquest bol que hi ha al costat del porró del vi —li va dir aixecant les celles i sense deixar de pastar—. És un bol prou gran. Posa-hi la farina i escalfa-la una mica. Després hi afegeixes una mica de sal, el llevat i ho barreges una mica amb una espàtula de fusta. Vés barrejant i hi tires aigua fins que notis que es pot començar a pastar.

En Josep va obeir i va fer el que li havia ordenat la Maria. Es va estar una estona remenant aquell bol. Ho feia a prop d'ella, que també feia anar una cullera de fusta treballant aquella pasta. El moviment circular i enèrgic del seu braç va permetre a en Jep veure com els pits de la Maria es bellugaven desbocats dins de la camisa; li semblava que havien de sortir per la vora en qualsevol moment. No van aparèixer, però aquelles suaus sacsejades fruit dels embats vigorosos de la fusta contra les parets del bol van provocar que el tercer botó de la camisa es descordés. La Maria ni se'n va adonar, però a en Jep no li va passar per alt. Tenia la possibilitat de veure allò que tantes vegades havia desitjat en somnis. I el desig li pujava per les cames, li tensava la panxa, li bategava el pit i li creixia al seu baix ventre.

—Què, com va? —li va preguntar la Maria sense perdre de vista el seu bol.

—Bé, bé —va contestar en Jep.

—Has de treballar la massa fins que quedi ben fina, sense grumolls, i que no sigui ni massa eixuta ni massa enganxosa —l'alliçonava la Maria—. Si trobes que hi falta aigua, vés afegint-n'hi, però a poc a poc, una cullerada cada vegada. I, al revés, si veus que és massa tova afegeix-hi farina, també a poc a poc.

—Em penso que ja ho tinc —va exclamar finalment en Jep—. Ara que ja està prou homogènia ja podríem amassar, no et sembla?

La Maria va assentir amb el cap.

—Vine, segueix-me —i van abocar la massa damunt d'un pedrís que hi havia a l'altre costat de la cuina.

Es van situar l'un davant de l'altra per poder treballar la massa sense fer-se nosa ni clavar-se cops de colze. La Maria no es podia posar d'una manera millor. Sense adonar-se'n i amb el seu vaivé endavant i endarrere, la camisa se li obria i inconscientment oferia un regal als ulls d'en Jep.

En Jep s'ho mirava amb fruïció mentre acaronava amb tendresa aquella massa flonja i suau, lleugerament tèbia, que tenia una forma arrodonida. Hi enfonsava els dits, la pessigava i, tot i que era tova, la massa es crispava. Veia els pits de la Maria ballant davant seu i notava l'arrodoniment calent d'aquella massa que grapejava amb tota la traça del moment. Sentia plaer. La sang li colpejava les temples.

I més encara en veure que les mans de la Maria estaven donant una forma allargada a la massa que ella molt acuradament amanyagava i treballava. I això que d'una massa casolana sempre costava més treure'n barres allargades.

L'escalfor del forn i l'abrandament que li havia provocat aquella situació feien suar de valent en Jep, que tenia la camisa amarada. La Maria ho va veure i li costava ben poc, mentre amanyagava delicadament la massa, imaginar-se el cos fort i robust d'en Josep perlejat de suor i desprenent aquella olor de bosc que la tornava boja. De bon grat li arrencaria la camisa i li lleparia les gotes salades que regalimarien lliscant tors avall indicant el camí fins a la vall del plaer.

Un cop treballada curosament, la Maria va deixar reposar aquella massa una estona. Després l'havia de deixar créixer, i havia d'arribar a fer gairebé el doble de la mida original. El temps que tardés depenia del vigor del llevat i de la temperatura ambient.

Sabien que el forn estava calent. Tots dos van notar l'escalfor a la cuina, que tenien calor, i que estaven suats per l'esforç i els pensaments que els bullien com la sang. Els brillaven la pell i els ulls. Es van enriolar. I tot seguit, un silenci. Ell se li va acostar, es va inclinar sobre seu i li va menjar les volves de farina que tenia al front amb els llavis. Ella es va estremir i va obrir les cames. Amb el front net, va aixecar la cara buscant els llavis, l'alè càlid, el gust tebi del desig. En Jep es va treure la camisa i amb el permís de la Maria va començar a enfornar.

12

Joc brut

—Sóc el rei! —va cridar triomfant en Jep.

La resta se'l van mirar resignats, no hi havia res a fer. S'havia guanyat a pols ostentar la condició de rei. Per saber qui començava a jugar al bèlit, es plantava una pala a terra i des d'una certa distància cada jugador llançava el bèlit contra la pala. Qui la tocava era qui començava a llançar. En Jep era el *rei* d'aquella partida que ara tot just començava amb la seva tirada. El noi va anar a buscar la cana, la pala de fusta d'uns dos o tres pams de llarg, que servia per picar el bèlit. El bèlit era un altre palet, més arrodonit, també de fusta, gruixut com el dit gros del peu, de mig pam de llarg i acabat en punta a cada cap on s'hi clavava una ploma, de manera que quan li donaven estacada prenia aspecte d'ocell; aleshores les plomes semblaven les ales i el bèlit volava més lluny, que al capdavall era l'objectiu del joc: com més metres volés, millor.

En Jep, com a rei de l'equip, es disposava a picar el bèlit per enviar-lo tan lluny com les seves forces l'hi permetessin. El va col·locar a terra sobre la línia que havien marcat i amb una gran traça i precisió va clavar un cop sec amb la cana a una de les puntes. El bèlit es va enlairar i, quan va arribar a l'altura idònia per colpejar-lo, en Jep li va donar una canada tan forta que va sortir volant com si fos un pardal. Primer va voleiar cap amunt per evitar que cap dels altres equips poguessin interceptar-lo amb les mans o amb les gorres, i després va caure fent una paràbola, lluny de l'abast dels rivals. Els del seu equip, en veure aquell cop, van cridar excitats i van animar el seu rei, que va sortir corrent fins al lloc on havia caigut el bèlit per tornar a repetir la jugada dues vegades més. Les tirades van ser perfectes, perquè cap adversari va aconseguir atrapar el bèlit, ni tan sols fregar amb la punta dels dits les plomes del palet. La distància que havia recorregut el bèlit era considerable i ara es disposaven a comptar-ho amb la cana. La pala que feien servir per picar també servia per canar, és a dir, per mesurar els metres recorreguts pel bèlit. La va posar a terra des de la línia on havia fet el primer cop i va començar a comptar quantes canes hi havia fins al lloc on havia caigut per última vegada el palet alat. Va procurar no descomptar-se'n cap i clavar el número exacte:

—Setanta-tres canes! —va anunciar triomfant en Jep mentre esperava que els rivals contestessin: «Dats!», cosa que voldria dir que donaven per bona la mesura. Però en veure que els altres no obrien la boca, en Jep es va ensumar que no s'ho creien i voldrien tornar-ho a canar.

—No us ho creieu? Molt bé, caneu, caneu... —en Jep va fer un gest amb la mà i els va convidar a fer l'estimació—. Ja sabeu a què us exposeu, no? Si les setanta-tres canes hi són, valdran el doble! —els va advertir.

—Sí, sí, d'acord, però si no hi són perdeu i ens tocarà tirar a nosaltres —va respondre en Jan, que parlava en representació d'un dels altres dos equips que competien contra el d'en Jep.

—Feu, feu —va tornar a concedir en Jep—, però hi sortireu perdent.

En Jan li va arrencar la cana de les mans, es va ajupir i va començar a canar. Mentre en Jan estava a la gatzoneta comptant les canes que separaven el bèlit de la línia inicial, en Jep es va adonar que cada vegada rivalitzaven més sovint i per motius diferents amb en Jan. No només per l'amor de la Maria, que ell sabia del cert que en Jan també l'estimava però no gosava dir-l'hi, sinó també en aquestes foteses, com un simple joc. En Jan s'ho havia agafat de valent, això de capitanejar un equip i desafiar en Jep al bèlit. Com si fos un repte, un desafiament personal.

La cara d'en Jan s'anava empal·lidint a mesura que s'anava acostant allà on havia aterrat el bèlit, perquè veia que en Jep havia donat la mesura exacta de les canes honestament i no els havia enredat.

—Tu guanyes, Jep, tenies raó. Hi ha setanta-tres canes —va haver d'admetre en Jan de mala gana. I li va haver de donar la pala.

—Gràcies —va contestar amb una certa sornegueria—. Ja us ho deia, que m'havíeu de fer cas! —va concloure en Jep amb un somriure d'orella a orella—. Aparteu-vos si no voleu prendre mal, que torno a fer una tirada. —Es va arremangar les mànigues de la camisa, es va escopir a les mans, se les va fregar, va empunyar amb força la cana i va clavar un altre cop magistral al palet alat.

El bèlit va tornar a sortir disparat traçant com un tirabuixó a l'aire. Però aquest cop la fortuna que havia acompanyat en Jep en l'anterior jugada li va girar l'esquena. Tot i que eren en un terreny ampli i espaiós, sense arbres ni cap casa prou alta que els pogués fer nosa, la força i la trajectòria que portava el bèlit el van fer impactar contra els vidres de casa del jurat, Onofre Arrufat. En principi la trencadissa hauria d'haver estat mínima, perquè les dimensions del projectil tampoc eren res de l'altre món, però l'impacte va ser en un angle mort del vidre, cosa que va provocar que cedís tota la vidriera del finestral de la façana.

En Jep hauria volgut que la terra se l'empassés. En un

primer moment va quedar paralitzat, però després va reaccionar. Va deixar anar la cana i va arrencar a córrer, tal com li recomanaven els del seu equip. La resta de jugadors ja havien tocat el dos i havien sortit cames ajudeu-me, fugint del lloc dels fets.

L'amo de la casa era un home molt sorrut amb cara de pocs amics. Va aparèixer per la finestra traient foc pels queixals i escopint renecs i malediccions contra el jovent que veia córrer camps a través.

—Maleïts sigueu! —cridava l'Onofre Arrufat amb un puny alçat clavant cops a l'aire—. Si us enxampo ho pagareu molt car! —cridava amenaçant sense que ningú el sentís ni li prestés atenció. Acabava de proferir els últims insults quan va sentir que picaven a la porta. Per molt que tragués el cap per la finestra no podia veure qui era que trucava a casa seva. Remugant i cagant-se en tot el santoral, va baixar els graons tan de pressa com les cames l'hi permetien.

—Què collons vols, tu, bordegàs? —va preguntar el jurat Arrufat amb mala bava al noi que tenia davant seu.

—He vist qui us ha trencat la vidriera —va informar—. I he suposat que ho voldríeu saber.

—Ah sí, maleït! —I l'Onofre Arrufat li va aixecar el puny per agredir-lo—. Anaves amb ells, malparit! —el va insultar.

—Ei, ei, escolteu... —va contestar separant-se'n prudencialment—. Guardeu-vos els insults i aquest mala llet per a qui realment us ha trinxat la vidriera.

—I per què t'haig de creure? —va tornar a preguntar amb malfiança el jurat.

—Perquè, com vós molt bé dèieu, jo hi era i ho he vist —va corroborar el noi.

—Va, canta —li va exigir el vell Arrufat.

—Us ho diré, però amb una condició.

—Quina?

—M'heu de prometre que l'hi fareu pagar com jo us diré.

—Jo vull que m'ho pagi amb quartos, de quina altra manera m'ho pot pagar?

—Vós accepteu el tracte i ja us ho explicaré, d'acord? —i li va allargar la mà.

De mala gana i rosegant més renecs entre les dents, l'Onofre Arrufat es va avenir a una encaixada de mans.

—I ara, digues: qui ha sigut el malparit que m'ha fotut la vidriera enlaire? —va interrogar-lo el jurat.

—En Jep de can Boquica.

—Ho sabia, aquest carallot... —i va tancar el puny com si volgués escanyar-lo.

—Ara, anireu a can Boquica i l'hi explicareu al seu pare. En Pau us voldrà pagar, però vós li direu que no ho accepteu, que els quartos que val el vidre se'ls guanyi treballant per a vós traginant de franc el temps que faci falta fins a eixugar el deute. Ja veureu que el seu pare s'hi avindrà, és un home just. Ho heu entès?

—Sí, perfectament, però no acabo d'entendre quin interès hi tens. Em pensava que éreu amics, tu i aquell de can Boquica —va comentar encuriosit l'Onofre Arrufat.

—Sí, i ho som —va dir en Jan fent un somriure maliciós—. Només us demano que feu el que us he dit.

En Jan va ser l'últim d'abandonar el camp on jugaven a bèlit i se'n va anar amb la sensació d'haver guanyat la partida.

13

L'Hostal de Can Caules

A finals d'estiu del 1799, abans d'acabar el mes de setembre, en Jan i la seva mare se'n van anar amb la intenció de tornar abans no comencés l'hivern, però ja no tornarien. La Cecília, la seva mare, va anar a veremar a Perpinyà amb una colla d'homes i dones del poble. I allà es van quedar. Ja feia anys de la mort del pare d'en Jan —a mans d'uns bandolers—, un temps durant el qual la Cecília havia guardat un dol escrupolós. Va ser exemple de virtut a donzelles i casades, va ser amiga del *retiro* i enemiga de l'ociositat. Va ser amant de la mortificació i donada a l'oració, i va procurar ser molt gelosa del seu bon nom i el del seu difunt espòs.

Però ara la situació havia canviat i se sentia més viva que mai. Es va enamorar del fill de l'amo de les vinyes, un jove oficial de l'exèrcit. Es van casar i es van establir en una casa a prop de Perpinyà. Quan en Jan va tenir l'edat, va ingressar a l'exèrcit. Volia marxar com més lluny i com més aviat millor d'aquella casa. Sentia que hi feia nosa, perquè la seva mare i en René —que és com es deia l'oficial— van tenir una criatura, el seu germanastre, en Clement. Amb aquell nen al món la seva mare tenia una nova família i allò volia dir, segons en Jan, que ella no volia saber res més de la seva família anterior, de la qual només quedava en Jan. En Jan considerava que la seva mare havia traït la memòria del seu pare i també va optar per desentendre-se'n, fins al punt que quan va rebre la carta que li anunciava la mort de la seva mare, no va voler tornar a la casa de Perpinyà per acomiadar-se'n el dia de l'enterrament. Com a represàlia, el seu padrastre, que encara tenia influències entre els alts comandaments de l'exèrcit, el va fer enviar a les tropes d'ultramar. En Jan va entomar aquell canvi de destinació amb resignació i ràbia. Allò, però, va servir per endurir-li encara més el caràcter, que amb el temps es va anar fent agre.

Sol i sense el seu amic, en Jep va començar a treballar de valent. No només per pagar els vidres trencats, sinó que feia de traginer amb el seu germà gran, en Joan, i aprofitaven les anades i vingudes per fer estraperlo, contraban. Es volia casar amb la Maria i volia tenir diners.

Alguns consideraven el contraban un negoci il·lícit, encara que en el fons no ho era tant. Feia contraban de farina perquè el govern només en deixava fer una mesura controlada, i si les cases en volien per fer pa s'havien d'espavilar i treure la farina d'on poguessin. En Jep els en portava d'estranquis, i també podia traginar tota mena de licors, d'esperit de vi, de cafè, d'alcohol per a les tavernes, mercaderies que estaven totalment prohibides. Sobretot servia a l'Hostal d'en Caules, centre neuràlgic dels negocis de contraban i del que convingués. Ells es van encarregar d'ajudar a introduir al Principat bestiar i productes agrícoles durant les caresties de la guerra, la Guerra Gran, que es va allargar tres anys, des del 1793 al 1795.

A la façana de l'Hostal de Can Caules hi lluïa l'escut identificatiu, l'ensenya característica de l'establiment, unes tiges i uns troncs entortolligats que són els caules, i a sobre un corb de color gris. L'hostal tenia sis llits a la part de dalt que se solien omplir quan passava la diligència i alguns passatgers, sovint negociants, hi feien nit i s'hi hostatjaven durant uns quants dies. Aquestes cambres de vegades, no sempre, també servien per a altres negocis. En Caules ho portava mig d'amagat de la seva dona. La part de baix era una taverna molt concorreguda pels traginers i per tots els homes del poble. N'hi havia que hi anaven a menjar, a fer una gerra de vi, una copa d'aiguardent o d'anís, un cafè o, senzillament, a matar l'estona jugant o veient com jugaven la partida. Era un hostal fosc i rònec que s'aguantava amb unes voltes de pedra, reminiscències de l'època romànica, de les quals en penjaven uns canelobres arrossinats on hi cremaven uns ciris mig consumits.

Amb un aspecte deixat, ple de crits i corrents d'aire, l'Hostal de Can Caules tenia una altra característica: feia molta pudor de ceba, la fortor d'unes cebes coents que abundaven en les amanides. No hi faltava tampoc en els rostits i la seva bravada, juntament amb la de l'all, la del fregit, la de la suor i la del fum; feia una barreja tan desagradable que la roba dels que sortien d'aquell hostal quedava impregnada d'una ferum que provocava el vòmit a més d'un quan se'l creuava pel carrer.

Mataven porc i penjaven l'embotit per assecar a les parets de l'hostal, greixoses i humides. Malgrat això, el seu xai o el seu ànec rostit amb cebes i prunes per la festa major tenien molta requesta. Però els dies de cada dia, la carn que servien era tan eixuta i resseca que per molt que la salpebressin per amagar la pudor no hi havia manera de menjarse-la. Més d'un havia sortit escopetejat a capbussar-se a l'abeurador del bestiar que hi havia a fora perquè la cremor del pebre era insuportable. Ajupit davant de la llar, en Caules deixava anar uns bufets sostinguts en direcció a les flames perquè es mantingués el foc encès. De vegades hi feia carn a la brasa. Tenia una manera de rostir la carn que havia agafat força anomenada: se'n deia rostir la carn a la bruixa, perquè la forma de fer-la a la brasa era semblant a la manera com les bruixes eren cremades a les fogueres.

Als clemàstecs sempre hi havia penjada una olla que bullia. Una perola, que ara estava ennegrida però que havia estat d'aram, bullia tot el dia i mentrestant ajudava a oxigenar el local, que bona falta li feia. A l'olla s'hi feia una sopa bullida amb un raig d'oli i un ou batut, també en deien sopa de clara d'ous. En Caules i la seva dona servien la sopa de l'hostal i farinetes, la vianda dels pobres, i llegums, la menja dels treballadors. Era la dieta de l'escassetat. Lluny quedaven els dies de bones viandes i plates plenes i ufanoses de tant de tiberi que hi havia. Ara que ja tothom estava servit, s'asseia a fer-la petar amb els seus clients de sempre. Aquell dia li va cridar l'atenció el que explicava un dels traginers. Acabava de tornar d'una rècula i no només portava mercaderies, sinó també notícies fresques. El relat d'aquell home era esfereïdor i al mateix temps preocupant per si s'arribava a estendre el costum. Segons havia sentit explicar, la carestia i la misèria eren tan grans que al poble veí s'havien donat casos de canibalisme.

—Es veu que s'ha tingut notícies de la mort de dues dones, dues germanes que vivien soles. Resulta que feia dies que les trobaven a faltar a missa, tot i que mai no se'n perdien ni una per res del món. Algú els va parar una trampa, les van matar i se les van menjar.

—Valga'm Déu, Remigi, és molt gros això que expliques. S'ha d'estar molt desesperat i afamat per fer una cosa així.

—Ja ho crec, ja, i segons diuen —va afegir el traginer mentre tot l'hostal, emmudit, l'escoltava— la carn humana s'ha de bullir entre tres i quatre hores, i s'hi ha d'afegir una mica de blat de moro. Deu ser per donar-hi més gust, perquè diuen que la nostra carn té un gust molt semblant al de la carn de porc.

Els que estaven menjant feia estona que ja havien plegat. Se'ls havia fet un nus a l'estómac i no van poder empassar-se res més. I els que feien un got de vi o una gerra de cervesa torçaven la boca en un senyal evident de fàstic i repugnància, perquè ja s'imaginaven l'escena: una família entaulada escurant els ossos d'aquelles pobres dones, la carn de les quals havia servit per treure'ls el ventre de penes.

—Tant de bo que enxampin els salvatges que hagin pogut fer això i que aquell els enviï a l'altre barri —va cridar un dels clients mirant i assenyalant cap al fons de l'hostal.

Allà, al capdavall de l'establiment, en una taula, arraconat i alliè a aquella explicació hi bevia sol en Modest, abans conegut com el Castanyer, ara convertit en el botxí. Era un funcionari, vivia fora del poble com un proscrit i només venia cada vespre a beure a la tavena. El miraven malament i tothom li feia vores, l'evitaven, tant, que no podia tocar res amb les mans si no es posava guants. Estava mal vist, era com si el perseguís alguna maledicció, pitjor que un empestat. Quan anava a Can Caules a beure, s'havia de portar el seu got, i quan anava a comprar havia d'assenyalar el que volia, no ho podia tocar sota cap concepte. Les seves mans estaven permanentment en contacte amb la mort i amb cadàvers. Amb la cara arrugada i d'un color lletós, només ombrejada per una barba grisa que semblava retallada a cop de tisora, s'empassava els gots d'aiguardent de dos en dos. Aclaparat, com una ànima en pena, no vivia des que li havien pres el que més s'estimava: la seva filla. Sempre deia que era com si li haguessin entrat a robar a casa i se li haguessin endut la joia més preuada. El govern no es va molestar a fer perseguir aquells malfactors, altres maldecaps devia tenir que fer cas a un pobre desgraciat. Li van violar i matar la filla. Aquell crim el va fer decidir: passaria la resta dels seus dies com a botxí. Es va presentar voluntari per a aquesta plaça que ningú més no volia ocupar. Però ell ho tenia claríssim. Així, confiava que algun dia ell mateix podria penjar l'home que li havia pres la filla aquella diada de Tots Sants, quan la noia va sortir per anar a buscar castanyes com feia cada dia i ja no va tornar.

14

El casament

25 de maig del 1800

—Què diu el porquet? —va preguntar angoixat.

—Bones notícies, bones notícies —va anunciar l'Atanàsia mirant de calmar els ànims exaltats del nuvi mentre enfonsava els seus dits arrugats i nerviüts en una massa de carn.

Antigament, a l'època romana, la cerimònia es feia a la casa de la núvia, però en aquella ocasió s'havia portat a terme a la del nuvi. Era un ritual esotèric que consistia a llegir en les entranyes d'un porquet el futur de la parella que s'havia de casar. Per a aquest menester, prèviament s'havia de sacrificar un porc —preferiblement jove i tendre— i després es requeria la presència d'algú que les sabés interpretar i es mirés ben bé la mocada del porcellet, no fos cas, per exemple, que darrere del pedrer hi trobés una sorpresa desagradable per al futur matrimoni.

—Aquest casament no només té futur, sinó que a més hi ha garantida una llarga descendència —va informar l'Atanàsia—. Només que... —i va dubtar mentre s'eixugava les mans ensangonades. No va voler continuar perquè no ho veia ben bé i perquè no volia esguerrar el dia al nuvi.

—Només que què? —va preguntar amb un deix de preocupació en Jep—. Atanàsia, no m'amagueu res, què hi veieu? És alguna cosa dolenta? Algun mal lleig, una desgràcia?

—No, no, res, no res d'importància... —va apuntar la vella canviant de to per mirar de treure importància a l'assumpte. Estava amoïnada perquè no acabava de trobar interpretació a uns granets negres que hi havia aferrats a la melsa del porquet. Tot i els anys que feia que remenava entre budells de porquets no n'havia vist mai abans, i malgrat no saber què podien presagiar es va estimar més no alarmar en Jep.

Era diumenge 25 de maig. Feia un dia preciós de finals de primavera. El cel ere ben serè, completament ras, blau, i no es veia ni el més mínim rastre de núvols. La temperatura era molt agradable. Ni molta calor ni molt fred. Era senzillament un dia perfecte, el dia que volen tots els nuvis.

El casament l'havien fixat per a aquell dia ja feia mesos. Li va costar arrencar-li el sí. En Jep l'havia anat festejant i enredant fins que, al final, la Maria va caure rendida i li va dir que sí. S'havia fet pregar, la Maria, i molt. Però ja no tenia sentit donar-li allargues, fer-se l'esquerpa o fer-li agafar gelosia fent ximpleries amb en Jan. Ja no li servia d'excusa. A més, en Jan feia anys que se n'havia anat i en Jep tenia via lliure, si és que mai havia tingut algun obstacle en el camí que portava cap al cor de la Maria.

En Jep duia un vestit fet pel seu germà, que era sastre. Anava abillat amb una camisa blanca que tenia un brodat floral a la tapeta dels botons. Es cobria les espatlles amb un capot blau fet amb fil de llana pentinada, sense valona però amb mànigues, que li arribava fins a mitja cama, d'on sortien els pantalons negres fins a sota genoll. La mare d'en Gabriel, el Mut, li havia teixit les mitges de cotó blanc i es podia emmirallar a la lluent sivella de llautó que presidia les sabates de xarol negre. Una barretina vermella, la que havia estat del seu avi Silvestre, coronava aquell cap de cabells negres, aspres i gruixuts ben clenxinats i encoloniats.

La núvia, que va entrar de bracet del seu pare, anava amb un vestit blanc, amb un vel de gasa blanca i la mantellina de baieta, d'on sortien aquells tirabuixons indòmits de color grana. Unes arracades petites i brillants i un penjoll que havia estat de la seva àvia Dolors li il·luminaven el rostre. La seva cara irradiava llum. Era l'expressió de la felicitat. N'estava molt enamorada i tenia moltes ganes de ser la seva dona. Era la núvia més feliç, prou que es veia. Fins i tot ho va notar el doctor Cabrot, canonge de la comunitat d'agustins de la col·legiata de Santa Maria, que va presidir la cerimònia i va beneir l'enllaç. No només ho va notar, sinó que se li va encomanar i va somriure en veure'ls tan feliços i somrients. El doctor Cabrot! Probablement l'home més sorrut que existeix sobre la capa de la Terra.

Qui també estava molt content, emocionat, era mossèn Pere Devesa. Els coneixia de petits i ja els havia batejat. Ell es va encarregar de la cerimònia i de fer-los el predicot sobre el matrimoni. Més d'una i més de dues vegades es va haver d'escurar la gola i empassar saliva perquè l'emoció no el deixava parlar, l'ennuegava i, fins i tot, se li entelaven els ulls.

Com era costum en els casaments, el nuvi va oferir dos pans, el pa d'ànsies, l'un per al capellà que oficiava la cerimònia, mossèn Devesa, i l'altre per al qui la presidia, el doctor Cabrot. Dos pans més es van estar damunt de l'altar durant tot el casament. Eren uns pans arrodonits que pesaven una lliura i amb els crostons de la part superior en forma de creu. Un cop beneïts, el nou matrimoni se'ls menjaria durant l'àpat nupcial.

Marxaven refets quan tots dos, agafats de bracet i acompanyats dels testimonis, entraven solemnement a l'església de Sant Vicenç per signar els capítols matrimonials. No ho van fer en un lloc qualsevol, sinó que van entrar a la capella dels Dolors, la seva protectora, de qui en Jep es faria congregant al cap de dos anys.

La festa va ser gran tant a dins de l'església com a fora, perquè per al banquet, que va aplegar uns trenta convidats, van tirar la casa per la finestra. No es van estar de res. Es van servir tantes viandes i tan exquisides, començant per la sopa, l'escudella i la carn d'olla, que van estar una setmana sense menjar. Era el primer plat de cada dia però molt més elaborat i amb ingredients de primera. La sopa era amb mandonguilles, l'escudella era de pasta i s'acompanyava amb formatge ratllat, servit en uns platets perquè tothom se'n posés al seu gust. La carn d'olla estava feta a base de les quatre carns que marca la tradició, és a dir, vaca, porc, gallina i moltó, i s'amania amb dues salses, la de julivert i la de pebre. Tothom se'n llepava els dits i el vi, un bon vi que havien dut d'estraperlo de França, pujava de la gerra al cap. Ni l'aigua fresca de la font de la Quera que havien anat a buscar de matinada els mossos servia per apaivagar la set. Ja feia calor. I com que aquell maig havia estat molt calorós i feia dies que l'estiu havia donat senyals de voler treure el nas aviat, abans de la carn d'olla es van menjar unes figues i uns talls de meló, unes fruites que tenien el punt dolç just de mel que feia que se'ls desfessin a la boca. I encara abans del plat central de l'àpat del casori van sorprendre els convidats amb dues delícies més: escaldums amb suc dolç, fet a base dels menuts del pollastre, i cervellets i fetgets enfilats i endolcits amb sucre. Tot plegat era una festa per als sentits: de la vista, del tacte, de l'olfacte i, sobretot, del gust. Uns entrants de categoria per rebre l'ànec amb arròs cobert d'una fina crosta de sucre acompanyat de peres farcides de carn i guisades amb suc de most. Es van servir altres plats per llepar-se'n els bigotis, com ara unes arengades amb taronges, xai adobat amb salsa de móres i xocolata. De postres, fruita, des d'albercocs fins a raïms i magranes, formatges tendres i cremes i postres de llet.

Els comensals, caravermells i satisfets, sadollats amb aquell tiberi digne de l'emperador de Roma, no podien engolir ni un gram més. De res més que fos sòlid, ja que no hi havia cap problema per continuar ingerint líquid. El vi havia donat pas al moscatell i l'aiguardent, i van començar a cantar cançons. Els tovallons, les llesques de pa mig rosegades, els anissos i els confits, que fins ara havien servit per decorar els gerros i les fruiteres de les taules, van començar a volar per la sala. Tot s'havia convertit en arma llancívola en aquella dolça batalla que ja derivava en alguna trencadissa, i més d'un convidat rondava la taula de les solteres de quatre grapes muntant alguna escena més aviat compromesa. Així ho delataven els xiscles que deixaven anar algunes mosses.

L'ambient es descordava i, mentre la majoria de convidats ja s'havien acomiadat dels nuvis, una parella es trobava dins del rebost. Ella estava vermella i suada. Duia el vestit descordat i deixava veure un canaló que donava pistes de la mida dels seus pits insolents, que s'alçaven per sobre dels traus, deliciosament coronats, com un caprici de la mare natura, per uns mugrons foscos. Ell, enterbolit pels efluvis del vi, procurava alliberar-los. No es van moure, enfonsats en l'abisme de l'èxtasi, panteixant fins a l'últim alè, fins que el plaer els va fondre.

15

El complot dels punyals

—Et venia a portar la capelleta dels Dolors —va anunciar mossèn Devesa des del pas de la porta quan li va obrir en Jep. El capellà la va aixecar perquè en Boquica la pogués veure. Era un tabernacle portàtil que el mossèn, acompanyat pels escolans, duia a les cases que la sol·licitaven. Era una capelleta tancada amb dues portetes i a dins hi havia una imatge de la Dolorosa feta de guix i ben pintada, igual que la que hi havia a la capella de Sant Vicenç. S'obria a prop del llit del malalt i es mantenia així oberta durant vuit dies i vuit nits amb la custòdia de dues llànties que il·luminaven permanentment la imatge. A la base de la capelleta hi havia una ranura perquè s'hi tirés la voluntat. Era una ajuda per a la parròquia.

—Gràcies, mossèn, entreu, entreu —i en Jep va convidar el rector i els sagristans a passar dins la casa.

—He pensat que estant malalt com està, el teu pare aquest any no podrà seguir la processó.

Mossèn Devesa solia portar la capelleta dels Dolors a les cases on hi havia algun malalt o impedit que no pogués seguir la processó.

—Així és, mossèn. No té forces, la febre l'ha deixat molt atuït, i tot i que ell es vol fer el valent, el metge s'ha hagut de posar seriós i li ha ordenat que si vol viure més anys val més que li faci cas i no es mogui del llit.

—Aquest teu pare, és un cas... —va dir mossèn Devesa sacsejant el cap—. És més tossut que les seves mules. Vols dir que tant de temps d'anar per aquests mons de Déu no s'ha tornat una mica com aquestes bèsties, obstinat i mesell? Que es pensa que direm que té febre conillera? Que no surt perquè pensem que no té ganes de treballar i que es queda a casa al llit perquè el planyin? Mare de Déu! —va aixecar els braços clamant al cel—. Digue-li de part meva que faci bondat i que cregui el metge i no faci bestieses. —Mossèn Devesa va concloure el seu predicot.

En Jep va acompanyar el rector fins a l'habitació del seu pare, que en aquell moment dormia. Sense despertar-lo, en Jep va demanar al capellà que fes tot el ritual. Era un cerimonial molt curt i sense importància, però s'havien d'encendre els ciris, obrir les portetes de la capelleta, passar un quart de rosari i espargir aigua beneita. Abans d'acabar, mossèn Devesa va fer una petita reverència cap a la imatge i es va senyar fent tres creus amb el dit polze de la mà dreta: una al front, una altra a la boca i una altra al pit. I va dir molt fluixet per no despertar el malalt:

—Amén!

Va fer un cop de cap als escolans i tots tres, acompanyats per en Jep, van anar sortint i desfilant cap a la porta per anar-se'n.

—I tu, Josep —li va preguntar mentre enfilaven la sortida—, hi seràs per la processó? —es va interessar el rector tement la resposta.

—No s'imagina quin greu que em sap, mossèn —va contestar en Jep arronsant les espatlles—. Però amb el pare malalt se m'ha girat més feina del compte i hauré d'estar una colla de dies fora.

En Jep va haver d'agafar les regnes del negoci mentre el

seu pare va estar convalescent. Tot just ara feia un any que l'havien fet congregant dels Dolors i li dolia molt no ser-hi per la processó. Es va acomiadar del mossèn i se'n va tornar cap a l'habitació del seu pare. El va trobar despert, amb els ulls clavats en aquell nou moble que ara presidia la cambra.

—Ha vingut mossèn Devesa? —va preguntar assenyalant amb la barbeta en direcció a la capelleta.

—Sí, que t'hem despertat?

—No, fill meu, ja estava despert però no he volgut obrir els ulls per no discutir amb ell. Els diners dels capellans cantant vénen i cantant se'n van —i es mirava el calaixet de sota de la capelleta on hi havia els diners que hi dipositava la gent que la tenia durant una setmana—. Que poc que costa gastar-se els diners que es guanyen amb facilitat. —Va sospirar profundament i va tancar els ulls.

En Jep anava a protestar però el seu pare va aixecar el braç. Feia anys que en Pau Boquica i mossèn Devesa estaven renyits per un malentès: una rècula que en Pau havia fet per a la parròquia de Sant Vicenç i mossèn Devesa no li havia volgut pagar perquè tot el material que li havia dut estava trencat i aixafat. I sort que la missa del burro es va deixar de fer, perquè si no en Pau també havia fet creu i ratlla i no li pensava deixar mai més cap animal dels seus per a aquella litúrgia.

—No cal, no cal que t'hi escarrassis, ja sé què em diràs —va contestar desganat en Pau mirant d'evitar un sermó del seu fill—. Però jo ara tinc altres maldecaps i he estat barrinant que com que ja no tens la llet als llavis...

—Què vols dir pare?

—Que ja no ets un inexpert, que ja no et falta pràctica. Ho podràs fer tu.

—Què podré fer, jo? No sé pas de què em parles.

—Acosta't, si us plau, no vull haver d'aixecar la veu —li va ordenar el seu pare. En Jep es va atansar fins a la vora del llit.

—Aquesta rècula que tenim emparaulada a Perpinyà és molt important —i va fer una pausa durant la qual en Jep, que tenia la boca mig oberta, no entenia res—. Amagades entre els farcells de la càrrega hi haurà unes fulles.

—Unes fulles? —va preguntar amb una certa estranyesa

—Sí, unes fulles de punyal. Quan ja estigueu tornant, un cop hàgiu travessat la frontera, us atureu a l'Hostal de Cal Berro de Prats de Molló i en Tiburci, un bosquetà que sempre porta la barretina al revés, us les donarà.

—I et puc preguntar per a qui són i per a què les han de menester?

—Sembla estrany, fill, que no em coneguis. Són fulles de punyal per al bàndol patriota. Aquests punyals han d'enviar una colla de francesos a l'altre barri —i es va enriolar, però en riure li va agafar un tropell de tos que una mica més i l'escanya.

—Però pare, vols dir que... —va respondre dubitatiu en Jep.

—Sí, home, sí. No s'ha de deixar de sembrar per por dels ocells. Allò que és útil i necessari no s'ha de deixar de fer perquè hi hagi un perill o hi pugui haver una dificultat. I tu tens molt de coratge, ets un home valent, Jep!

—Molt bé. —En Jep ho va dir en un to ferm i segur però no les tenia totes—. Entesos, pare, així ho faré. Ara hauries de reposar.

—Parla amb en Cruzet però no en diguis res al teu germà, d'acord?

Des de la porta de l'habitació, en Jep li va fer un cop de cap perquè veiés que ho havia captat. Va tancar i se'n va anar a preparar els animals per anar-se'n abans que sortís el sol.

La traginada fins a Perpinyà va ser plàcida i sense cap entrebanc. De fet, en Jep només pensava en la càrrega que havia de recollir quan fessin parada i fonda a Prat de Molló, a l'Hostal de Cal Berro. Era l'únic que hi havia al llarg de tot el trajecte i, per tant, no hi havia pas perill d'equivocar-se. El seu pare ja li havia dit que el reconeixeria de seguida perquè abans d'arribar-hi trobaria arran de camí dos xiprers plantats. Dos xiprers eren un senyal per als que voltaven per aquests mons de Déu: significaven que sense deixar aquell camí, molt a prop, hi trobarien un hostal on a més de menjar s'hi podia dormir. Si només hi havia un xiprer, llavors volia dir que a l'establiment que trobarien al cap d'una estona només s'hi podia menjar. Era la diferència entre hostal i taverna. I rumiant, rumiant, en Jep va arribar a entendre per què els cementiris estaven plens de xiprers: era l'última parada i fonda, la definitiva, la del son etern. Estava enterbolit amb aquells pensaments fúnebres quan al tombant del camí es van trobar una dona que devia tornar cap a casa. Anava carregada amb un feix de llenya a l'esquena, i el pes la feia anar tan encorbada que amb el nas gairebé tocava el terra.

—Déu vos guard —va saludar en Jep—. Anem bé per anar a Cal Berro?

De darrere el feix de llenya en va emergir un bracic prim com els branquillons de bruc que s'aplegaven a l'esquena de la dona i amb un fil de veu va contestar:

—Sí, sí, tot recte... no deixeu aquest camí... que ja trobareu els dos xiprers al revolt següent —va esbufegar.

—Entesos, gràcies, mestressa.

La dona no va tornar a parlar perquè no tenia prou aire i es va estimar més estalviar-se esforços i contestar amb un gest de la mà, que va tornar a desaparèixer ràpidament enmig de les branques de bruc que li aixafaven l'espinada.

Van cavalcar una estona més i, efectivament, darrere uns matolls van veure primer els dos xiprers i en línia recta un mas, la xemeneia del qual emetia una espès torterol de fum.

A mesura que s'hi acostaven el pols d'en Jep es va anar

accelerant. Va ordenar als homes que desmuntessin perquè farien nit a l'hostal, una decisió que van agrair. Van entrar al local i els traginers, que estaven assedegats, van demanar.

—Una barreja! —va dir un.

—Un *sol y sombra*! —va demanar un altre.

—Jo vull un soldat! —va exigir un dels traginers.

—A mi porta'm vi calent —va ordenar en Cruzet.

—Teniu uns gustos ben estranys —va observar en Jep—. En Cruzet es beu vi ben calent i l'altre es fot un cafè amb gasosa, un refresc d'estiu! Mare de Déu! És ben bé que... Jo amb un conyac ja passaré —va apuntar en Jep—. I per cert, mestre —va preguntar a l'amo de l'hostal—. No sabeu pas si ha vingut, avui, en Tiburci?

—Ara deu estar a punt... a aquesta hora sempre ve a fer la barreja. Ja el veureu passar per la porta amb la barretina al revés, és inconfusible.

—Per curiositat, per què va amb la barretina al revés? —va preguntar en Jep per mirar de sortir de la ignorància.

—És vidu, des de fa més de vint anys que està de dol i no se l'ha tornat a posar del dret per respecte a la seva difunta esposa.

En Jep i en Cruzet, que compartien taula, es van mirar aixecant les celles i donant entenent que aquell tal Tiburci devia ser un personatge peculiar.

Van fer un parell de rondes més de moscatell amb anís i rom amb conyac, barreges, soldats i vi, calent i tebi, i quan els començaven a servir el sopar va fer acte de presència a l'Hostal de Cal Berro un home alt i gros com un roure, cara-rodó i galta vermell, un color que feia joc amb la barretina al revés que duia al cap. Va entrar amb una mà fixa al mànec d'un podall que duia faixat a la cintura. Va passejar la vista per les animades taules de l'hostal i com per instint va fixar la vista en els ulls d'en Jep Boquica, que des que havia entrat no havia parat de repassar-lo de dalt a baix. Es va aixecar i va decidir acostar-se-li i presentar-se.

—Déu vos guard, sóc el fill d'en Pau Pujol... —i va rectificar de seguida en veure que l'home se'l mirava de manera estranya—, d'en Pau Boquica de Besalú. Em dic Josep, vós deveu ser en Tiburci —i li va allargar la mà.

L'home de la barretina al revés se'l va ben mirar. L'escrutava, l'estudiava de prop amb un posat molt seriós. El cor d'en Jep bategava amb molta força i fins i tot li semblava que li tremolava la barba. De seguida, però, l'home va dibuixar un somriure, i sense treure's la barretina en cap moment, li va allargar la mà i li va dir:

—Tiburci Moriscot! —i mentre li engrapava els cinc dits i li sacsejava la mà, va eixamplar més el somriure i va afegir—: Collons, no us assembleu gens amb ton pare! Però després del primer cop d'ull he pensat: «Aquesta mirada de murri és inconfusible!» —I li va clavar un cop a l'esquena que el va fer trontollar—. I doncs, on és el teu pare?

—Està fotut —va contestar en Jep.

—Coi, però ho deu estar molt, de fotut, perquè no hagi vingut ell. En Pau Boquica és d'aquells que no l'arronsa res...

—Ha arreplegat una pulmonia amb molta febre —va indicar una mica preocupat en Jep—, però ara ja es va refent.

— Dóna-li records —va contestar en Tiburci— i a veure si es recupera ben aviat, que en aquesta lluita hem de ser-hi tots! —i va alçar el puny. Es va posar seriós i li va dir—: Guaita, el meu pare sempre em deia: «Si a trenta anys no saps i a quaranta no tens, agafa un cabàs i vés-te'n a plegar fems». Saps què vol dir això, noi? Que ja n'estic tip de collir la merda dels altres. Ha arribat l'hora de tenir allò que ens han pres, m'entens?

En Jep sacsejava el cap amb convicció per deixar clar que sí que l'entenia.

—Vine, acompanya'm a fora que guardo les fulles embolicades en un sarrió.

En Jep va obeir l'home de la barretina al revés i va sortir darrere seu. Es van acostar a un mul que estava estacat en una argolla de la paret de l'exterior de l'hostal i mentre en Tiburci agafava el farcell li va fer una altra advertència:

—Segurament n'hi haurà molts que et diran «Què fas? Sembles el teu matxo, que ensuma el seu pixum i se'n sent orgullós! No en pots estar satisfet, d'un acte com el que voleu fer!». Ni te'ls escoltis. Estigues ben tranquil, noi. Estem fent el que hem de fer pel bé del nostre país!

I dit això li va donar una saca.

—Si això ens surt bé poden canviar moltes coses, i si no, Déu no ho vulgui —i es va persignar—, ho tornarem a intentar. Prou que ho sap el teu pare.

En Jep no sabia ben bé quin era el destí d'aquelles fulles de punyal. No sabia la pell de quins ni de quants francesos esquinçarien aquelles esmolades fulles d'acer que ell traginaria.

—Anem per camins poc fressats, però si ens trobem algun control, què hem de dir que traginem?

En Tiburci es va posar transcendent, el va agafar per les espatlles i li va contestar:

—Si tens por, no parlis. De l'arbre del silenci en penja el fruit de la seguretat. Però si parles i parles des del cor, no tinguis por, que el teu enginy t'ajudarà. A més, no ets de can Boquica? Tu rai, ja t'empescaràs alguna cosa. D'aquesta boca segur que en surt un argument que convenç el més descregut. No pateixis! —Després d'aquell gran consell, es va enfilar al mul i se'n va anar.

En Jep es va quedar amb el farcell als braços i rumiant algun «argument», com li havia dit aquell personatge de la barretina al revés. Va entrar a l'hostal amb el carregament i mentre parlava amb en Cruzet va fer un sopar lleuger per tenir un son fàcil, però el seu cap no va parar de donar-hi voltes en tota la nit.

L'endemà al matí, abans que cantés el gall, en Cruzet va guiar la rècula per uns camins que semblava que mai abans haguessin estat trepitjats. Però ell se'ls coneixia com si hi hagués passat d'altres vegades. Així van evitar tots els controls, i al cap d'un dia de cavalcar van veure l'esquena del santuari del Mont, van baixar fins al pla del monestir de Sant Llorenç de Sous i es van internar per la cova dels Encantats, a l'interior de Rocapastora. L'erosió del vent n'havia arrodonit les formes. La cavitat que segles enrere havia servit d'abric per als ramats que els monjos de Sant Llorenç menaven per aquest rocam escabrós i aspre, i de refugi als bandolers, ara també els guardaria el seu secret. En Jep no hi havia entrat mai i estava bocabadat amb les formes que feien les parets de les galeries esgarrapades per l'aigua. Se sentia el clapoteig dels cascos dels matxos i els muls que aprofitaven el rierol subterrani per beure. El farcell amb les fulles de punyal l'havien de deixar en un plec de guix de la cova de Salvanera. Aquesta era l'ordre que li havia donat el seu pare.

Al cap d'uns dies, mentre assaboria un got de mistela a Can Caules, es va ennuegar tot fullejant *La Gaceta de Gerona*. El cor li va fer un salt quan va llegir la notícia que un grup de patriotes havia degollat i cosit a ganivetades un regiment de francesos que feia nit a Pont de Molins. Passat el primer sobresalt, l'expressió de la cara se li va il·luminar i va somriure.

16

Una proposta enverinada

Les tropes franceses avançaven. Aplicaven la política de terra cremada i ho arrasaven tot al seu pas. Als patriotes cada vegada els costava més contenir l'avenç imparable de l'exèrcit ocupant, opressor, usurpador i heretge. Tant era així, que fins i tot els capellans i frares repartien propaganda en què es recomanava obertament i explícitament matar francesos perquè no eren bons cristians.

En Boquica ja feia temps que s'havia ofert a col·laborar de manera més estreta amb els patriotes. Capitanejava una de les petites guerrilles que es dedicaven a desestabilitzar les línies enemigues. S'encarregaven de desgastar les forces franceses, robant-los les armes, els cavalls, tallant-los les fonts d'aprovisionament o malmetent-los les vitualles. Els habitants dels llogarrets dels voltants no només els ajudaven, sinó que si convenia els amagaven i fins i tot els curaven quan els ferien. Bon coneixedor de boscos, valls, fondalades, camins i dreceres, en Jep va reclutar uns quants homes dels que solien freqüentar l'Hostal de Can Caules i que tenien un fort sentiment patriòtic. Des d'allà miraven de forjar una sòlida estratègia per deslliurar-se del jou que els volien imposar els francesos.

—Tenim a favor nostre dos factors —va començar apuntant en Jep—, el de la sorpresa i el del territori. No saben que existim i nosaltres ens coneixem aquesta terra perquè és casa nostra. Hem de tallar l'avançada d'aquest coi de gavatxos, com sigui! —els esperonava.

I una cridòria exultant va interrompre el discurs d'en Jep.

—Perquè... —va fer una pausa en què tothom va callar per escoltar-lo atentament—, si us entren a robar a casa vostra o us volen prendre les terres, què fareu? Us plegareu de braços sense fer res? Voleu ser testimonis d'aquest ultratge?

—Nooo! —va dir un clam unànime.

—Entesos, doncs, empunyeu les armes per fer fora de les nostres terres aquests gavatxos!

—Síií! —I l'afirmació va sonar acompanyada del retrunyir dels contundents cops de peu que els homes reunits a Can Caules clavaven a terra i dels enèrgics cops de puny que deixaven anar sobre les taules, on trontollaven el gots i les gerres de vi.

Contemplava l'escena, escarxofat en una cadira fumant i bevent, Ildefons de Falgàs i Sagaró. Estava assegut en una taula, lluny de la multitud enfervorida que omplia l'hostal per escoltar en Josep Pujol. Somreia a la reacció visceral que havien manifestat tots aquells homes després de sentir el traginer que exercia de líder.

«Un bon element, aquest Boquica», va pensar en Falgàs mentre xuclava un caliquenyo i n'expulsava el fum lentament. «No li tremola pas la barba, no». Va escurar el got i amb gran dificultat es va aixecar per dirigir-se cap a la sortida. Li costava esmunyir-se cap a la porta i passar entre la gentada que ocupava tots els racons de l'hostal. No hi cabia ni un bri de palla. Finalment, amb penes i treballs, va aconseguir sortir de Can Caules.

Si l'haguessin hagut de comparar amb un animal ho haurien fet amb un gripau. La constitució física d'en Falgàs contribuïa poderosament a donar aquesta imatge, i més encara quan estava arrepapat a la poltrona del seu despatx i duia aquell vestit verd. Completament calb, no tenia ni un pèl, ni al cap ni a la cara. Ara, això sí: se li veien unes berrugues que se li escampaven per tot el cos, una papada imponent, unes bosses liloses sota els ulls i un tic de joventut que feia molt de fàstic quan s'hi parlava de cara: es passava constantment la punta de la llengua pels llavis, com si fos una serp. Alguns li deien l'escurçó, per bé que tots aquests trets el feien semblar ben bé un galàpet.

Ildefons de Falgàs i Sagaró era el vocal de la Junta de Figueres i formava part d'aquella estirp de patriotes i corruptes. Amb una traça i habilitat envejables, havia sabut enredar i enganyar el voluntariós i sacrificat poble prometent-los l'oro i el moro mentre ell procurava anar engreixant la seva fortuna personal. Jugava un perillós doble joc i de vegades semblava que no n'era conscient. «Colla de soques», pensava en Falgàs, mentre repassava amb aquells dits com botifarrons el seu llibre de comptes tot esperant la visita. Aquell dia, després d'haver-lo vist i sentit a Can Caules, havia decidit que faria cridar en Josep Pujol, Jep el traginer, al seu despatx.

Se'l mirava mentre assaboria una copeta de mistela. Després d'haver-lo convidat a imitar-lo sense que el traginer acceptés, va començar a regalar-li les orelles.

—M'han dit que sou el millor traginer que hi ha a Besalú.

—Gràcies, senyoria, procurem fer la nostra feina tan bé com sabem i podem, i amb els temps que corren cregui'm que no és fàcil.

—Ho sé, i per això encara té més mèrit. El vostre batlle, que és qui m'ha parlat de vós, n'està molt content, de la vostra manera de treballar. És per això que us he fet cridar.

—Vós direu: en què us puc ser útil?

—Ja sabeu que des de Lladó fins a Vic el bàndol patriòtic tenim la situació i el territori controlats, i demanem a tots els pobles, el vostre inclòs, que es concentri tot el menjar i el farratge que hi hagi a les cases i a les granges per alimentar els soldats i els cavalls del regiment patriòtic que lluita contra el francès a la zona de Crespià. N'esteu al corrent? —va preguntar en Falgàs.

—Sí que n'estic al cas, senyor —va respondre en Jep.

—I també sabeu que tan bon punt això s'acabi us pagarem per la feina feta: servir el teu país és el millor que es pot fer —va anunciar en Falgàs amb un to solemne.

En Boquica assentia amb el cap.

—Molt bé, doncs prepareu una rècula, perquè els vostres matxos hauran de carregar sacs de menjar per als nostres regiments.

—Això mateix és el que pensava fer, senyor. De fet, ja m'han procurat totes les viandes per a les racions d'etapa dels soldats. —I es va treure un paperot rebregat de la butxaca de la camisa i es va posar a llegir—: Vuit unces de carn salada; dues unces de porc curat; una mica més de quatre unces de bacallà sec; un quart d'oli; quatre unces d'arròs o una lliura de patates i dues lliures de pa és el que consumeixen aproximadament cada dia.

—Sí, sí, ho sé i me n'alegro —va somriure satisfet en Falgàs—. M'alegro que ho tingueu tot tan ben distribuït, però... —i va canviar la fesomia de la cara per adoptar un gest més greu i afectat—. Si us he fet cridar és per un altre motiu, tant o més important. A més d'aquest carregament, n'hauríeu de portar un altre. Un altre que, naturalment, us el pagarem a part i fins i tot una mica millor —va afegir en Falgàs.

—Un altre? —va preguntar arrufant les celles el traginer—. A més de menjar, què més s'ha de portar a les tropes? —continuava preguntant amb un deix d'estranyesa. Potser... —i es va quedar pensatiu durant uns instants—, potser... mantes i roba d'abric perquè els soldats no passin fred?

—No, d'això no en fa pas falta. El que voldria que traginéssiu és un carregament d'armes.

—Armes? —es va sorprendre en Jep.

—Sí, unes caixes plenes de fusells. Però aquestes caixes no les heu pas de portar al front.

—Ah no? —va tornar a preguntar sorprès.

—No, les amagareu en una cova que us indicaré, a prop de la font del Ferro. Han d'estar en un lloc segur i portar-les al front seria una bestiesa.

—Perdoneu, potser em fico allà on no em demanen, però és la meva humil opinió: no trobeu que farien més servei en un dipòsit a la rereguarda per si els nostres soldats necessiten més munició?

—Els comandaments del regiment coneixen el lloc on deixareu les armes —va respondre amb un to molest en Falgàs—. Si els fan falta hi enviaran algú a buscar-les.

—Però... —el traginer anava a afegir alguna cosa quan en Falgàs el va interrompre bruscament.

—Prou! No us he fet venir per discutir si us sembla bé o no. És una decisió que ja està presa. Vós us limitareu a obeir l'ordre que us acabo de donar: portar aquesta càrrega al lloc que us indicarà l'intendent que hi ha a la sortida del meu despatx, i no se'n parli més.

Es va fer un silenci tan espès que es podia laminar.

—Ara entenc per què us diuen Boquica! —va continuar en Falgàs, irat—. Aquesta boca que teniu no para de garlar! Xerreu massa! Sou un bocamoll, sempre voleu tenir l'última paraula, discutiu i ho critiqueu tot. Creieu-me: si voleu un consell, tanqueu aquesta boqueta, feu el que us diuen i tot us anirà bé. En aquesta època que vivim no és convenient portar la contra ni tenir opinions diferents de les veritats absolutes que ens regeixen. Us ha quedat clar?

En Boquica no contestava.

—He preguntat —va insistir, a punt de perdre la paciència— si us ha quedat clar —es va fer eco a ell mateix.

—Us he entès perfectament, no patiu —va contestar ras i curt el traginer—. Me'n puc anar? —va preguntar mentre amb la mà ja feia girar el pom de la porta per sortir d'aquella habitació que l'ofegava.

En Falgàs no es va molestar ni a respondre-li. Amb un gest de la mà, ple de menyspreu, com aquell que espanta mosques, se'l va treure del davant.

Mastegant renecs, en Boquica va baixar de dos en dos els graons de les escales que conduïen al carrer.

17

La primera atzagaiada

Els alts penya-segats de basalt van ser espectadors muts de la seva primera acció. La colla de patriotes comandats per en Boquica es van marcar com a objectiu interceptar un destacament de l'exèrcit francès. I no pas un de qualsevol: era el destacament de les vitualles. Els que duien el menjar. Dos carros i una tartana que avançaven feixucs per aquells camins, un comboi que estava ben custodiat per un regiment i mig d'afilades baionetes repartides de la manera següent: un piquet de vuit davant i dues companyies de vuit homes més cadascuna a les bandes. La rereguarda estava molt ben coberta per dues columnes amb dues dotzenes de soldats ben armats. Qualsevol que els hagués vist s'hauria pensat que allò que traginaven era or i plata, i no pas menjar, però en aquells moments les viandes tenien tant o més valor que aquests minerals tan preuats.

En Boquica, que els veia pujar d'un tros lluny, va engegar el seu pla. Va fer apilar grans pedres, gairebé de dimensions gegantines, tantes com van poder, i va ordenar als seus homes que les llancessin marge avall perquè obstruïssin el camí. Però, a més, els va ordenar que excavessin unes rases perquè si gosaven continuar endavant les rodes dels carros hi quedessin entravessades. Davant d'aquests entrebancs, sumats a les dificultats que ja per si sola tenia la pujada per camins estrets, costeruts i summament perillosos, el contingent francès va optar per desviar-se del camí ral i internar-se per un sender poc fressat que s'obria pel bosc. Poc s'ho podien imaginar que anirien a parar a la gola del llop.

L'estratègia d'en Boquica havia funcionat. Estava a punt de fer el senyal perquè els patriotes es comencessin a escampar pel bosc, on una vegada estiguessin distribuïts entremig del fullam i el brancam donarien el cop de gràcia als francesos.

—Fiu uit! —es va sentit un xiulet en dos temps que va rebotar per les parets despullades i escantonades de l'espadat. L'eco de la cinglera es va encarregar d'amplificar la durada i la intensitat d'aquell xiulet.

El comboi es va aturar. Una gota de suor freda va començar a baixar en paral·lel a la patilla dreta de la cara pàl·lida del comandant del destacament francès. Se sabia vulnerable i va demanar als seus homes que estiguessin alerta i que malgrat el cansament obrissin bé els ulls.

L'espès silenci el va trencar el crit d'un trencalòs que passava volant per sobre les copes dels arbres, un crit que va ressonar per les parets basàltiques. Allò encara va inquietar més els ànims de la tropa, que amb les seves tremoloses baionetes apuntaven cap a la frondositat d'un bosc que estava a punt d'engolir-los. Els nervis es van començar a apoderar dels soldats i a un se li va disparar l'arma.

Més silenci.

Només se sentien dos sons. L'un era el fregadís de les fulles que amb el vent es bellugaven suaument a les branques dels arbres. L'altre, el martelleig angoixat dels cors dels francesos. Va ser llavors quan es va tornar a sentir un segon i definitiu xiulet.

—Fiu uit!

Magnificat per l'excel·lent caixa de ressonància del cingle, la seva intensitat gairebé va eixordar tot el regiment. Durant un moment, uns instants que van ser funestos per a ells, van desenganxar les mans de les baionetes per poder-se tapar les orelles. A partir d'aquí tot va anar tan ràpid que quan els francesos van voler reaccionar, ja havien fet tard. No se'n van adonar i ja tenien tots els homes d'en Boquica que se'ls tiraven al damunt com un eixam d'abelles. Només eren capaços de veure com d'enmig de l'espès brancatge apareixia la lluentor de la fulla d'un podall abans de sentir-ne la fredor del tall a la carn. Se sentien espetecs i les bales de plom travessaven les fulles i s'anaven a incrustar contra el pit, s'enfonsaven en el front, impactaven al cap o s'allotjaven entre les espatlles dels soldats francesos, que queien malferits o morts a terra. Ben poques bales van errar la seva trajectòria. Ben dirigides, totes van impactar i van fer forat allà on l'havien de fer. Ganivetades que els segaven els colls, navallades que els tallaven els membres, coltells que esbudellaven i escorxaven homes i animals. L'atac ferotge i coordinat dels patriotes va desmuntar la fins ara ben ordenada defensa del comboi. Els cavalls van embogir i més d'un, amb genet inclòs, va sortir d'aquella infernal batalla i es va estimbar daltabaix del barranc.

—Fiu uit!

Un tercer xiulet va marcar el final d'aquella carnisseria, que va deixar tenyit de vermell aquell bosc verd i frondós d'alzines i pins. La partida de l'exèrcit francès en aquest cantó de Catalunya havia quedat tocada de mort. En Boquica, que s'ho havia estat mirant des de la distància amb una ullera de llarga vista, va somriure satisfet. Va plegar la ullera, va tancar el puny, el va alçar i com aquell que clava un cop de puny a l'aire va deixar anar un crit que va retrunyir com un tro:

—Resistirem!

La situació de la comarca era més aviat galdosa. La guerra l'havia deixada sense gra. El preu de la quartera de blat havia pujat cent rals en només un any: dels seixanta-nou rals que es pagaven l'estiu anterior als cent seixanta-nou que s'havien de desembutxacar ara. Sense gra, doncs, sense bestiar i gairebé sense gent. Moltes de les cases de pagès estaven abandonades perquè les famílies se n'havien anat a captar per aquests mons de Déu. Però encara en quedava alguna, de casa, que, a més d'estar habitada —per tant els garantia el menjar—, estava ben situada i podia facilitar la vigilància dels principals camins per on es desplaçaven els combois i els soldats francesos. El dubte que tenia sempre en Boquica era com els rebrien: si a escopetades o amb els braços oberts. No podia saber si els de la casa hi eren perquè havien resistit o perquè eren pròxims al règim. Per això els primers moviments sempre eren molt cautelosos.

—Vosaltres dos, veniu! —en Jep va cridar en Dents de Rata i en Negrantí—. Tu, vés i mira't bé la casa i el seu entorn —va ordenar a aquell que pel color de la pell, més enfosquida que la resta, tenia més fàcil camuflar-se entre les ombres—. I tu —dirigint-se a aquell que tenia el llavi inferior enfonsat per culpa de dues dents prominents que el feien semblar un rosegador—, vés a prop de la porta per assegurar-nos que no hi ha presència francesa enlloc. Un cop explorat el terreny de la masia i els voltants, si tot està correcte, ens feu un senyal i entrarem a la casa, entesos?

Els dos homes van fer un cop de cap d'assentiment i se'n van anar en direcció cap a la casa sense fer preguntes i per camins diferents.

Tan bon punt es van assegurar que no hi havia estranys a la casa, només l'amo i la seva família, van fer un senyal i la resta de la partida va avançar fins al portal. En Boquica va fer un gest, un cop de cap en direcció cap a la porta principal, perquè dos homes anessin a trucar a la porta. Van clavar un parell de cops conduntents amb les culates de les seves armes sobre les dues fulles de fusta de roure. Dc seguida es va obrir una finestreta que hi havia a la part de dalt de la porta i hi va aparèixer un nas i una veu que amb més por que gràcia preguntava:

—Qui hi ha i què voleu a aquestes hores? —va demanar la veu.

—Us demano que en nom de la pàtria ens acolliu aquesta nit. Ens busquen els gavatxos i casa vostra podria fer un bon servei al país, us ho pagarem. No us hi podeu negar.

La finestreta es va tancar. Es va fer un silenci i es va sentir un forrellat que grinyolava darrere la porta. Unes xarneres que xerricaven els van donar la benvinguda a aquella casa pairal.

—Passeu! Per mi serà un honor que uns valents patriotes mengin i dormin sota el meu sostre —va anunciar el pagès.

Una figura corpulenta va aparèixer al pas de la porta retallada per la llum d'un quinqué que venia de l'interior de la casa.

D'un en un, mentre es guardaven les armes i es treien els barrets per no tocar el llindar, van anar entrant tots els homes d'en Boquica. Ell va ser l'últim. Abans de fer-ho va encomanar a un dels seus que fes guàrdia i organitzessin torns durant la nit. Va voler assegurar-se que no els havien seguit. Va llançar una mirada a la foscor que els envoltava per veure si percebia alguna llum que es mogués més enllà del fullam. Res.

—Aquí no us trobaran, aquesta nit, no —va dir l'amo de la casa convidant-lo a entrar i tancant la porta darrere seu.

L'olla de verdura que hi havia sobre la llar de foc va servir per alimentar tot el regiment d'en Boquica. Amb una branca d'embotits, una taula de formatges i una mica de vi n'hi va haver prou perquè agraïssin el sopar i l'hospitalitat.

Es van relaxar, fumaven a la vora del foc, parlaven i jugaven a daus i a cartes. L'amo de la casa es va acostar a en Boquica i, abans que li preguntés res, ell se li va avançar.

—A primera hora ens en anirem. No voldria donar-li maldecaps —li va dir sense perdre de vista la finestra, que estava mig oberta—. Tingui —i li va allargar una bosseta de cuir—, això és per les molèsties que us puguem causar i per agrair-vos que ens aixoplugueu a casa vostra.

—Gràcies. —El pagès va fer mitja reverència amb el cap i tot seguit va afegir—: I no patiu pas, que si vinguessin els francesos els engegaria quatre trets i llestos —va fer assenyalant amb el braç cap als porticons de fusta i els va tancar—. Si heu d'estar més tranquil...

—Voleu dir? No sigueu ingenu. No en vindran pas quatre, cinc o mitja dotzena. N'enviaran centenars.

—Tants? —va dir estranyat—. Per què? —va voler saber el pagès.

—Hem desballestat un dels combois vitals per a les seves tropes, el de vitualles.

—Déu que el pela! —va exclamar sorprès l'amo. El comboi dels aliments! —I encara no s'ho acabava de creure—. Aquesta sí que és bona! I ha sigut a prop d'aquí, que l'heu interceptat? —I va esbossar un somriure ample que va deixar entreveure un parell de dents corcades.

—No, ha sigut al camí del cingle d'Espinau, però em fa por que ens hagin pogut seguir la pista. Ja hem procurat no deixar rastres i fer donar tombs als nostres cavalls perquè les seves petjades fessin confondre els rastrejadors. Però no ho sé, no estic tranquil...

—Vinga, home, no us hi capfiqueu. Si hi ha cap perill aquest vigilant que teniu fent guardia ja us avisarà.

Més aviat ho hagués dit. Un jove armat amb un trabuc i un reguitzell de dagues a la cintura es va dirigir a en Boquica.

—Senyor, m'ha semblat veure unes guspires que es bellugaven entre les tenebres, i no eren pas ulls de llop.

—Collons, ho sabia, ens han trobat! —va renegar en Boquica clavant un cop de puny a la porta de l'armari que tenia al costat—. Però de fet —va dir pensatiu—, ara que hi penso ells no saben que som aquí. Tenim els cavalls lligats al darrere, a l'estable, i hi ha prou quietud perquè els puguem despistar.

Però no li agradava haver de fugir i el seu magí ja barrinava alguna idea per sorprendre els gavatxos.

—Hi ha alguna manera de sortir de la casa sense ser vistos? —va preguntar, i el propietari de la masia li va indicar la porta de la cuina que conduïa a l'hort, i d'allà al bosc només hi havia un pas.

—Vosaltres quatre —va assenyalar en Reig, en Múrgula, en Pinatell i en Farinera—, aneu-vos-en pel bosc i espereu el nostre senyal per contraatacar.

Eren caçadors experimentats que estaven acostumats a moure's sigil·losament pel mig dels arbres i no els costava gens esmunyir-se com les guilles per branques i matolls sense ser vistos per les seves preses o, en aquell cas, pels seus enemics.

—I la resta —va dir mirant-se a l'amo— ens hauríem d'amagar en un lloc prou ample i espaiós on els francesos no hi puguin treure el seu nas de mostela.

—A baix, al celler, és un bon amagatall! —els va suggerir el pagès.

—Em sembla bé, però si arriben a entrar a casa vostra no us puc garantir que el vostre menjador no es converteixi en un camp de batalla.

El propietari va arronsar les espatlles acompanyat d'un gest d'impotència, com volent dir «Que sigui el que Déu vulgui!». I seguidament va dedicar una llambregada plena d'angoixa i por a la seva dona, que va entendre que havia d'agafar les seves filles i tancar-se a l'habitació fins que tot s'hagués acabat.

Així ho van fer. El grup de quatre va sortir d'esquitllentes per la porta del darrere, tal com els havia indicat l'amo de la casa. Armats i emparats per la foscor, un cop travessat el bosc van voltar la casa amb la intenció de situar-se a la reraguarda de les tropes franceses.

En Boquica i la seva colla van baixar fins al celler just en el moment que algú picava a la porta de l'entrada i en un català amb accent francès reclamava:

—Obriu la porta en nom de Napoleó!

Silenci és l'únic que va rebre per resposta.

El soldat va tornar a picar amb més força a la porta i va repetir l'exigència, que pel to amenaçador ja era una ordre que s'havia de complir imperiosament.

—Obriu en nom de l'emperador! Si no ho feu per les bones ho haurem de fer per les males! Entrarem per la força!

Es va obrir la finestra del pis de dalt i l'amo va treure el cap.

Assegut des de dalt del cavall, el sergent major li va demanar a l'amo si havia vist un grup de genets catalans i armats.

—No, senyor. No hem vist ningú i ningú excepte vós ha trucat a les portes de casa aquesta nit.

—No sé si creure't, pagès! —va dir el francès amb escepticisme—. No hi ha cap més casa en tot el camí que hem fet i un nombre d'homes com el que ha assaltat el comboi no es fàcil d'amagar.

—Si us heu de quedar més tranquil podeu entrar. Entreu i podreu comprovar que no us enganyo, que us dic la veritat. Ara baixo i us obro.

Va tancar els finestrons i va baixar feixugament els esglaons que el menaven cap a la porta. Els va fer entrar.

—Aneu alerta, que no prengueu mal i caigueu a la cava. Hi ha una porta oberta que dóna al femer —va indicar l'amo als soldats, que obeint les ordres del mariscal van passar de llarg d'aquella porta que desprenia un tuf pestilent. Es desplegaven per tots els racons de la casa, inclòs el primer pis, però deixant a una banda el celler i el femer.

Els va deixar visitar les habitacions per fer veure que no hi havia ningú, però es va oposar que entressin a les altres perquè, segons va al·legar el pagès, hi havia la seva dona i les seves filles, que dormien. El sergent major l'hi va acceptar. No tenia dubtes. La predisposició a col·laborar d'aquell pagès no li va fer sospitar ni malfiar res.

Mentre els francesos empudegaven tota la casa amb la seva bravada de suor, en Boquica ja havia traçat el pla. En el fons, esperava no haver de posar-lo en pràctica i comptava que un cop haguessin tafanejat tota la casa, els francesos guillarien, girarien cua i no hi hauria d'haver vessament de sang.

Però un soldat, segurament amb ganes de fer punts davant dels seus superiors, va desobeir l'advertència que els havia fet el pagès de mantenir-se lluny del celler i del femer. Tapant-se el nas i la boca amb un mocador, va baixar fins aquelles estances. Va passar de llarg del femer però va gosar treure el cap al celler. Els homes de la partida d'en Boquica van deixar de respirar perquè el jove soldat francès no sentís res. Dues dotzenes de vides pendents de la curiositat malsana d'aquell jove que estava a punt de perdre la seva. Quan a més del cap el soldat va decidir entrar mig cos, va rebre una ganivetada a l'estómac i una altra al coll que el van anar dessagnant, amb tan mala sort que en caure es va disparar la seva arma. La trajectòria de la bala perduda va ser molt curta: va impactar al maluc d'un dels homes d'en Boquica.

L'espetec del tret va posar en alerta el sergent major, que estava agraint la col·laboració del pagès, i els soldats que anaven sortint de la casa.

—Fiu uit!

Tant els que ja eren fora com els que van recular van sentir un xiulet. Un xiulet llarg i sostingut. El xiulet que va tornar a desencadenar un atac sense pal·liatius. Era el senyal que en Boquica donava als homes que eren al bosc i que ara atacaven la rereguarda francesa, però també la indicació perquè els que eren a dins passessin a l'acció.

Els soldats es van veure sorpresos i no van poder reaccionar. No s'ho esperaven i van quedar com paralitzats. En canvi, els homes d'en Boquica, acostumats a les baralles i les batusses, eren molt perillosos en les distàncies curtes. Feien anar la navalla i els ganivets amb una destresa esparverant, els seus talls eren precisos i incisius. Seccionaven mans, colls, cames.. i esquivaven tots els trets que sortien dels fusells gavatxos. Els francesos, desconcertats per aquell atac a dues bandes, van fugir per cames sense tenir temps de socórrer ningu ni d'endur-se els ferits. En Boquica va ordenar que rematessin els que haguessin quedat més malferits per estalviar-los el patiment i que interroguessin els que poguessin parlar. També va donar permís als seus homes perquè, arribat el cas, els torturessin si no volien xerrar.

18

Misèria i desesperació

Baixava de les golfes. Hi havia pujat amb l'esperança que potser allà dalt hi trobaria algun colom arraulit. Un grapat de plomes i unes taques de sang a terra indicaven que algú havia tingut la mateixa pensada i ja se li havia avançat. No hi va haver sort i es va resignar. Ara, amb pas ferm però cautelós, travessava el pati. Mirava a banda i banda perquè ningú el pogués sorprendre. Sabia que corria perill. Es dirigia cap a la porta de darrere la cuina, i des d'allí tenia la intenció de sortir cap al carrer. Confiava sortir sencer, tot d'una peça, sense haver-se de llepar cap ferida. Quan fos fora de la casa, també hauria d'extremar les precaucions i anar alerta que no l'empaitessin: no s'hi valia a abaixar la guàrdia si volia tornar a veure sortir la lluna al cap del dia. Tots els seus músculs estaven en tensió i era conscient que una distracció podia tenir conseqüències funestes. Calculava amb precisió matemàtica tots els seus moviments, perquè un pas en fals podia significar anar al canyet. Va treure el cap tímidament pel forat i no va saber ensumar perill enlloc. Més confiat, però amb totes les alertes activades, va sortir a l'exterior. I quan l'última part del seu cos estava a punt d'emergir va notar un fortíssim cop al cap que el va deixar estabornit. De seguida va notar que un líquid calent i viscós li regalimava pel front i per darrere les orelles i li semblava sentir de lluny crits d'alegria. De cop va notar que l'aixecaven de terra i se l'emportaven corrent, com si es tractés d'un gran trofeu. De fet era un gran trofeu.

—Ja el tenim! Ja el tenim! —cridava la mainada del carrer amb una excitació fora del normal. I un somriure murri il·luminava les cares grises i brutes per la misèria i la ronya.

A finals de juliol del 1809, els gats ja no gosaven passar pels forats arrodonits de les portes. I si no hi passaven no era pas per gust: s'havien convertit en unes preuades peces de caça. Gats i ratolins estaven junts, penjats amb un garfi l'un al costat de l'altre a la carnisseria. L'espatlla de gat es pagava a dos rals. Un ratolí o un pardal valien un ral cadascun. La fam era tan rabiosa que la misèria els havia portat a menjar-se aquells animals. A pagès, la situació no era pas gaire més bona. Les famílies, desnodrides i desnerides, assistien impotents a la lenta i agònica mort de la terra. Fèrtil com havia estat feia només uns mesos, ara aquella mateixa terra s'havia convertit en eixorca per culpa dels aires de guerra que ho empestaven tot. Ja ningú la treballava i no es plantava res, i això feia que no hi hagués res per menjar ni farratge per al bestiar, de manera que tampoc no es podia dur res a mercat.

En Sebastià, l'hereu de can Bellaire, estava assegut pensatiu sobre una pedra a l'era de la casa pairal. Rumiava en tots aquests maldecap i per més que barrinava no trobava cap solució per tirar endavant. No parava de donar-hi voltes quan va aixecar la vista cap a l'horitzó. Es va posar la mà al front fent visera perquè li venia el sol de cara i va veure una columna de pols que s'acostava en direcció al seu mas. «Els francesos», va pensar, i instintivament es va aixecar i va entrar dins de casa a buscar el fusell que tenia guardat a l'armari de l'habitació. Armat, en Sebastià es va tornar a plantar davant de l'entrada del casalot. Ara, aquell núvol de pols no era tan difús, s'acostava amenaçador i estava força més ben definit.

Ja s'entreveien molts homes, uns a peu i uns altres a cavall. Dels que marxaven a peu n'hi havia alguns que portaven armes i d'altres que anaven lligats. En Sebastià va cridar el seu pare perquè sortís a fora a l'era amb ell i va ordenar a la seva dona i a les seves filles que sortissin de casa i s'amaguessin al paller fins que no hagués passat el perill.

Les dues generacions de can Bellaire, pare i fill, esperaven el gran exèrcit que s'aproximava envoltat d'una fressa infernal, el soroll de més de mil parells de botes trepitjant amb força retrunyia per les parets de la vall i era capaç de crear un estat de por i angoixa que feia defallir el més valent. Aquest era el cas de l'hereu de can Bellaire, que es preguntava en veu baixa i tremolosa: «Què voldran? Què ens faran?». Notava que les cames li flaquejaven. A ell, que s'havia encarat i barallat amb mitja comarca i part de l'altra, a ell que era alt i gros, símbol de fortalesa i virilitat. Ara notava que tenia les aixelles ben xopes de suor i les gotes li baixaven en paral·lel a les patilles que li emmarcaven la cara, colrada de treballar de sol a sol. Tot i les ganes que tenia de deixar-ho tot i fugir, va decidir esperar-los apuntant en direcció a les primeres files d'homes, que s'acostaven amb una bandera francesa polsosa i arrossinada. Havia perdut la funda amb què solien protegir-la. La bandera era un dels símbols més preuats de les unitats militars, però tot i això la brandaven orgullosos.

Quan els soldats van veure aquella silueta que s'aixecava i els encanonava, el devien considerar una amenaça. Perquè en un tres i no res es van sentir quatre o cinc espetecs i l'hereu de can Bellaire va caure tocat de mort sense haver disparat ni un sol tret.

—Sebastià! —va cridar el seu pare, que es va afanyar a aixecar-se per anar-lo a socórrer. Però l'esforç va ser en va, inútil.

En sentir els trets, l'Àgueda i les seves dues filles van sortir corrent tement el pitjor.

Les quatres bales havien impactat al pit i a la panxa del cap de família i l'havien esbudellat. Es dessagnava als braços de la seva dona. Mentre se li escolava la vida entre glops de sang, va aprofitar l'últim alè per demanar perdó a la seva dona i a les seves filles per no poder-les defensar. L'Àgueda estava desfeta plorant sobre el cos ja sense vida i destrossat per l'impacte de les bales del seu home.

Indiferent, altiu i arrogant, l'exèrcit francès, amb el general Lamarque al capdavant, ni es va immutar davant d'aquella escena de tragèdia familiar. És més, va ordenar a mitja dotzena dels seus homes que entressin a la casa i a la granja a requisar tot el que trobessin per menjar. Quan l'avi, el pare d'en Sebastià Bellaire, ho va veure, ja es volia aixecar amb la intenció d'anar-los a estomacar, però l'Àgueda, la seva jove, el va fer desistir.

—On voleu anar? No veieu que us matarien? Deixeu-los estar... que agafin el poc que tenim —deia abatuda i resignada la ja vídua de can Bellaire.

—Però les gallines i el porc que miràvem d'engreixar per dur-lo a vendre a mercat què...? —No va tenir temps d'acabar la frase que uns xiscles el van deixar amb la paraula a la boca.

Eren els xiscles del porc que un parell de soldats arrossegaven cap a fora de la cort. El duien lligat com aquell que estira un gos que es resisteix a obeir el seu amo. La mateixa resistència oferia el porc a aquell parell de forasters que a guitzes i empentes el van treure de la propietat de can Bellaire. La mateixa sort van córrer les gallines: dos soldats van sortir de dins del corral amb un parell de gallines a cada mà; les portaven de cap per avall i amb les potes lligades. Somrient, aixecaven els braços en senyal de victòria mostrant el suculent botí que acabaven d'aconseguir sense la més mínima resistència.

La tropa i els detinguts que arrossegaven els peus pel

camí pedregós i polsegós van passar el mas d'en Soler i el d'en Roset. En rodejar el gran roure, van albirar la casa pairal d'en Bonaventura Puig. Havia mort només feia unes setmanes i la seva vídua, Remei Dalmau de Puig, havia quedat molt afectada. Deien que havia perdut la xaveta. El cas és que els homes del general Lamarque van advertir que algú sortia de la part de darrere de la casa a cavall d'una mula carregada de paquets i embalums. La pobra bèstia no podia anar gaire lleugera ni córrer gaire amb tanta càrrega, al marge del pes de la mestressa. El general va donar l'ordre i quatre soldats van tibar les regnes, van clavar els talons al ventre dels seus cavalls i van sortir al galop per anar a l'encalç d'aquella fugitiva. Amb una dotzena de gambades van atrapar la pobra vídua. La van fer aturar i la van obligar a baixar de la mula. No en van tenir prou de prendre-l'hi tot: malgrat la seva edat i que durant la seva vida només havia estat amb un sol home i no havia gosat familiaritzar-se amb ningú que no fos el seu difunt espòs, els quatre uniformats la van violar repetidament. Després d'haver-ne abusat i de deixar-la mig morta, van rematar la seva ignomínia i la van penjar. Quan van tornar a la formació de l'exèrcit, el general va preguntar què havia passat, per què havien trigat tant a tornar.

—S'hi resistia i... —va llançar una mirada irònica i còmplice a la resta de companys— no volia deixar anar les joies —va contestar un dels soldats per tancar el tema.

Sense miraments ni escrúpols, l'exèrcit dels fills de França s'acostava a Besalú. Era una massa de colors vius, sobretot blaus i vermells força cridaners per identificar-se al camp de batalla: el fum de la pólvora dificultava la visibilitat, i no convenia disparar als del teu bàndol. No en va, els uniformes que duien eren molt característics i de diverses peces. La principal era la casaca, que estava confeccionada amb llana tenyida de blau, el mateix color per a tots els components del regiment. Per davant es cordava amb unes grans solapes al pit i per darrere tenien dos faldons que els tapaven les natges, de color vermell i blanc. Duien una gran quantitat de botons daurats i platejats que, si estaven nets i llustrats, els dies de sol se'ls veia brillar d'un tros lluny.

També duien unes calces que arribaven per sota dels genolls i unes mitges. Per protegir-se les cames des dels genolls fins als peus, duien unes polaines cordades amb una llarga fila de botons. Anaven força mal calçats: botes o sabates amb sivella o cordons, poc pràctiques perquè s'esparracaven de seguida, i un soldat mal calçat és com si anés desarmat...

Tenien el costum de dur un barret alt que es deia morrió, que tenia una visera per protegir-se del sol i uns reforços de cuir per als cops de sabre de la cavalleria enemiga. Al capdamunt, rebregades i polsoses, oscil·laven les plomes i les cintes amb el blau, vermell i blanc de la bandera francesa.

19

Els francesos i els miquelets

«Eren 200 miquelets els que en Pujol comanava.
Ni servien a n'el rei ni servien a la pàtria».

Fragment de cançó popular

—Estan a punt d'arribar! —va entrar xisclant i com una exhalació a l'Hostal de Can Caules—. Ja han passat per Banyoles! —va anunciar en Caramella, que li deien així perquè la seva veu sonava tan aguda com el so que feia aquest flabiol.

—Ens mataran a tots —va dir espantat en Salvador, el cadiraire.

—No, home, no —va assegurar en un to tranquil·litzador en Martirià, el cisteller.

—Ah, no? —va contestar incrèdul en Tomàs, el vidrier—. Ja sabem què van fer a can Bataller i quina va ser la trista fi de la Remei Dalmau de Puig.

—Què podem fer? —preguntava en Pere, un jornaler de la Miana—. No tenim capacitat de defensar-nos. Tampoc els podem rebre a cops de trabuc.

—Tenim les de perdre —va reconèixer abatut en Xicu, l'hereu de Vinyals.

—Més no hi podem sortir perdent! —va sentenciar en Jep de can Boquica—. Els que han pogut o tenien possibilitats se n'han anat, i nosaltres no podem fer res més que deixar que arribin i que diguin què volen fer.

Havien esperat amb candeletes els pagaments que els havien promès tant les diputacions com les juntes per haver servit i ajudat la pàtria. Però aquells doblers per haver traginat —en condicions de molt perill i sense cap més protecció que els sants patrons— menjar i mantes als soldats del front no van arribar mai. Els comandaments i les autoritats, a remolc dels regiments, s'havien anat retirant cap a territoris més segurs, i havien abandonat a la seva sort els habitants dels pobles —com ara Besalú— que havien donat cobertura als patriotes.

La misèria trucava a la porta de la majoria de les cases, a la d'en Josep Pujol, en Jep de can Boquica, també. En el seu cas, els francesos requisarien els muls i els matxos. Per tant, no només no hi hauria mercaderies per traginar, sinó que tampoc tindria les eines per treballar, ni ramats per pasturar ni camps per batre. Aviat no hi hauria cap feina per fer i, per tant, cap feina per cobrar.

La fam, que és la companya de la misèria, no va trigar gaire a aparèixer i a fer estralls entre els més dèbils, la mainada i la gent gran. Hi va començar a haver una gran mortaldat. N'hi va haver prou que en Josep Pujol veiés les cares de les seves quatre criatures afamades i desnodrides que cada dia es barallaven per queixalar un rosegó de pa perquè prengués una determinació.

—Treballaré per als francesos, ho tinc decidit. Així em tornaran els matxos, podré traginar i podré portar diners i menjar a casa. Aquella colla de caragirats, molt parlar de l'amor a la terra i d'omplir-se la boca parlant de la pàtria i que la pàtria ens ho recompensaria, i què? Al final, res de res! Ja se la poden ben fotre al cul, la pàtria. No penso moure ni un dit més per aquesta pàtria, com a mínim no per aquesta que defensen aquests malnascuts que no tenen ni escrúpols ni paraula. No hi crec. Al meu país no hi vull gent com aquesta. El meu país no es mereix aquesta colla de politicastres. Mentre ells ara es deuen estar omplint la panxa amb viandes i carns adobades, els que ens ha tocat defensar de veritat allò que ells anomenen pàtria estem patint la cruesa de la guerra. Juro per la Mare de Déu dels Dolors que tard o d'hora ho pagaran!

El desembre del 1809 les tropes franceses van arribar a Besalú i s'hi van estar molts dies. Totes les cases, tots els barris estaven envaïts pels gavatxos. Tot estava ple de francesos i d'animals. Un regiment complet.

—A casa —explicava en Tonet— hi ha el general *quefe* i juntament amb ell un comandant, un oficial, dos assistents de graduació i vuit de servei. Han volgut tota la casa per a ells, qualsevol els diu que no! Excepte les dues habitacions on ens estem nosaltres, jo, la dona i els fills. Una és a prop de la cuina, que ens serveix de menjador, i l'altra per dormir. Els vint-i-dos animals que porten han consumit seixanta quintars de palla, tota de casa nostra, és clar! Això sí, totes les despeses les paga el general, fins i tot el vi, que se'l fa portar de Garriguella en una bóta una mica més petita que les ordinàries. És una bóta de fusta amb cèrcols de ferro. Tota la plana major de l'exèrcit menja a casa amb el general i havent dinat es tanquen a dalt a l'estudi i fan plans. Ahir al vespre encara es van reunir. Normalment són una vintena, però l'altre dia em penso que passaven dels trenta, hi va haver molt d'enrenou. Fan els dos àpats grans a casa: el dinar i el sopar. Ja podeu comptar que les molèsties i les despeses que ens ocasionen són moltes en menjar, en roba, en utensilis, en oli... S'ho han acabat tot: fesols, cols, raïms... No ens queda res.

La desesperació es podia llegir a la cara d'aquell pagès, que ara enfonsava el cap entre les cames buscant refugi enmig de tanta incertesa.

—A casa nostra —va explicar un altre home que havia tingut terres, ara confiscades— també tot ha quedat ple de francesos. Tot ple i brut, tant els jaços de palla per jeure com els corrals i les corts per als cavalls. Els dos generals que s'hi han establert ens han pres les habitacions de la galeria perquè quan van arribar hi van trobar roba de llit. Van repassar tots i cadascun dels racons del mas i van saber trobar aquell racó secret on hi amagàvem objectes de valor, papers i altres coses. Es van encarregar bé prou d'obrir calaixos i armaris i d'escampar i fer voleiar els papers que acuradament guardàvem en sacs i calaixos. Van trobar unes tovalles noves de tela fina amb brodats d'or i en les van requisar. Dos canelobres de plata, coberts i ganivets fets del mateix material i que havien pertangut als nostres avantpassats també se'ls van quedar. Fins i tot un calze daurat que m'havia regalat el meu germà en honor i glòria al nostre sant patró, sant Galderic, me l'han manllevat. Hem trobat a faltar tot això i, del celler, de tot el vi que hi havia no en queda ni una gota, es veu que tot el que van haver de menester, que és molt, se'l van beure. L'aulet, aquest bosc d'alzines tan ufanós que ens alegrava la vista només d'obrir les finestres, està arrasat. N'han fet tres mil estaques per aixecar una palissada per protegir no sé què.

Els francesos havien entrat a Besalú. I ho havien fet amb poca violència i sense cap resistència local. Les tropes del general Souham van trobar un camí planer d'entrada a la vila i de seguida van fortificar notablement el poble, el castell i la col·legiata de Santa Maria; l'església del monestir de Sant Pere van decidir fer-la servir com a dipòsit de municions. La girola del monestir es va convertir en un polvorí, en un magatzem improvisat d'armes, i per tenir més espai van decidir enderrocar el claustre. I al cap de pocs dies, a la mateixa porta de fusta del monestir, perquè ho veiés tothom, un soldat clavava el decret que acabava de promulgar el general McDonald. Era una ordre de reclutament destinada a pobles de més de dos-cents habitants per formar un destacament de miquelets. Havien d'actuar com a vigilants de la llei i l'ordre del territori i havien de cobrar la contribució per als francesos. També es creaven per evitar els bandolers, però, com que tampoc cobraven ni menjaven gaire, a les nits assaltaven granges i masies; i com que a les granges tampoc els en sobrava, de menjar, s'acabaven matant per una gallina. En definitiva, més d'una partida de miquelets va acabar bandolejant. De fet, més d'una i de dues...

L'ordre era directa per al batlle de Besalú.

McDonald li havia dit:

—Trieu-vos-els vosaltres mateixos, vosaltres sabeu qui teniu de bo i qui es coneix prou bé el territori.

Una quarta part ben bona eren homes que havien estat gent d'ofici: paraires, teixidors, sastres, barretaires, assaonadors, blanquers, sabaters, serrallers, fusters, esparters, vidriers i altres botiguers de diversos rams que ara no tenien feina s'hi van presentar. Els uns havien arribat a superar tot just la fase d'aprenents i alguns altres eren mestres gremials. També van provar sort estudiants i fins tot capellans que havien decidit abandonar els estudis, els llibres, els bons propòsits i penjar els hàbits per uns de més terrenals. Una part important de població desarrelada que malvivia de feines temporeres, itinerants o canviants, com garbers o segadors estiuencs, pastors i rabadans que seguien la petja dels ramats transhumans per les carrerades del país, quincallaires ambulants no gaire diferents dels petits i autèntics contrabandistes fronterers, gent de bosc i de muntanya, com ortigaires, carboners, llenyataires, moliners... en definitiva, gent d'ocupació vaga i indefinida, inclosos pobres i rodamons, també buscaven un lloc a la partida que comandaria en Josep Pujol. Gent dels voltants i gent que tenia ganes de salvar la pell i de poder menjar calent com a mínim tres cops al dia, sense importar-los sota quin bandera estaven, altres maldecaps tenien... Gent com el de Vinyals, el de can Ribes, el del Torn, el de la Miana, el de Lligordà i tants d'altres, que amb l'oferiment de cobrar una bona soldada en tenien prou.

Era un jornal que en principi havia de ser prou llaminer perquè de gent no en faltés. A més, la idea de portar una vida mig de bandoler i no haver de passar comptes amb la llei va atreure'n més d'un, fins i tot els desertors. Després dels combats i de l'allistament forçós, molts homes que havien estat obligats a ser soldats de les tropes regulars es dispersaven i es convertien en pròfugs, i la seva sortida era incorporar-se a una partida com la que s'estava formant a Besalú fent córrer la veu per tavernes i hostals. Aquell era el cas del Barceloní, que es deia Maties Collell i era natural del barri de la Ribera. No li feien por els càstigs que preveia la justícia militar per haver deixat l'exèrcit: els judicis sumaríssims i la pena de mort. S'estimava més provar sort o, més ben dit, temptar la sort.

En Jep de can Boquica es va encarregar personalment de fer la tria i limitar la partida a no més de trenta homes. Molts homes de diverses procedències van acudir a la crida. En Boquica estava assegut i concentrat en el relat que li feia un exseminarista acusat de violació que volia allistar-se a la seva formació.

—El dia vuit de maig del 1799 vàrem arribar al poble de Miànegues una colla de missionistes del seminari. El principal predicador, el que dirigia la missió, les pregàries i impartia la doctrina, era el doctor Ribera. L'acompanyaven el senyor Gomis, el senyor Coll, el senyor Viladiu i el senyor Daroca i jo, que era el més jove del grup. Ens hi havíem d'estar un mes però vam acabar la missió abans. Rectifico, ens van obligar a acabar-la abans. Ens van fer fora. Hi havia dos serveis: un al matí i un altre al vespre. Naturalment, el més concorregut era el del vespre, un cop tothom ja havia acabat de treballar. Aquell servei congregava la major part de la parròquia, les noies joves també, i se solia acabar tard, pels volts d'un quart de deu.

»El cas és que allò va passar una nit que sortia de l'esglesiola tot sol. Tots els companys de missió més veterans s'havien retirat a la casa de la beneficència on ens allotjàvem i m'havien encomanat que recollís la sagristia. Vaig sortir i quan tancava la porta del temple se'm va acostar una dona i em va dir:

»—T'he estat mirant durant tota la funció i no me'n sé avenir, que un home jove tan ben plantat com tu es dediqui a aquests assumptes tan poc terrenals. Ja sabeu tot el que us deixeu perdre? —va dir amb un somriure juganer mentre es resseguia tot el cos amb un dit.

»Vaig quedar perplex davant la insinuació d'aquella dona. Vaig aixecar la llàntia que duia perquè m'il·luminés durant el camí i vaig poder comprovar que era d'una bellesa salvatge, capaç de fer perdre el nord al més assenyat dels homes. La veritat és que era de molt bon veure i que només em faltaven temptacions com aquella per fer-me perdre la meva ja prou feble i vacil·lant devoció. La crisi de fe que m'havia assaltat feia dies al seminari ara s'eixamplava, més ben dit, s'inflamava, amb la visió d'aquella noia que se m'oferia, sense miraments. Haig de dir que vaig mirar de convèncer-la amb bones i mesurades paraules, però no hi va haver res a fer. Em va portar darrere de la capelleta, a redós d'un desmai, i em va posseir. No ens va veure ningú, però si ens hagués vist algú s'hauria pensat que allò que hi havia sota l'arbre eren dos animals copulant. La violència de les envestides i els udols que de tant en tant deixava anar la noia feien pensar en dues bèsties més que en dues persones. En acabar, es va abaixar les faldilles i amb aquell somriure juganer i deliciós als llavis em va dir:

»—Aquells que van tant a missa és que s'han de penedir de moltes coses, no trobeu?

»Se'n va anar enriolada i corrent, deixant-me deixondit i decaigut, en clara consonància amb les branques del desmai. Em vaig incorporar i vaig anar fent cap a la casa de beneficència. Pensava en el que m'acabava de dir i en el que acabava de passar.

»L'endemà al matí em van despertar uns crits. Em vaig aixecar del llit, vaig obrir la finestra i a baix, davant de la porta principal de la casa de la beneficència, hi havia un cor de gent bramant, cridant i exigint la pell d'un violador.

»El doctor Ribera va entrar a l'habitació i em va demanar si era veritat el que feien córrer. Va resultar que corria la brama que la nit anterior, a la sortida de la missió, jo havia comès aquella acció ignominiosa. Astorat per aquella afirmació, li vaig explicar com havien anat els fets i que, si de cas, a qui havien violat era a mi i no pas jo a la noia. Resulta que la noia li havia dit al seu pare que el jove seminarista de la missió l'havia seduït i enganyat amb l'única finalitat d'abusar d'ella, i que l'acte s'havia consumat aquella nit a la sortida de la funció. Us podeu imaginar el que segueix. He hagut de deixar el seminari, i ara no vull una altra vida que no sigui la que m'oferiu.

Estava molt clar que aquell jove tenia el futur lluny dels altars i els convents, com a mínim no per honorar-los i retirar-s'hi en recolliment, sinó més aviat tot el contrari.

Aquell perfil contrastava amb el del següent home que aspirava a formar part de les files del capità Boquica. Tenia el cap gros i els membres fluixos, una combinació nefasta, perquè quan caminava amb els trajos de bou vell el cap li gronxava com si fos un pèndol. De vegades la gent es pensava que anava begut, però en realitat era la seva manera natural de caminar. Un caminar feixuc perquè arrossegava els peus. En Boquica no es podia creure que fos l'assassí d'una xafardera de Talaixà.

—Com us dieu?

—Bonifaci Jordà.

—I és veritat que fugiu de la justícia i que us acusen d'haver mort madrona Jerònima Soler?

En Jordà va sacsejar aquell cap enorme, però sense gaire convenciment:

—No... no ho us cregueu pas —i es va quedar amb la boca oberta i el llavi penjant.

Jerònima Soler era una vídua molt coneguda del llogarret de Talaixà, dins el cantó de Besalú. Va aparèixer morta al pas de la porta de casa seva enmig d'un bassal de sang. Era una dona que tenia la mala fama de murmurar, li agradava mantenir converses de tafaneries i escampava rumors pel poble. I l'últim que va airejar es veu que li va costar la vida. Jerònima feia córrer que la jove dona del batlle s'entenia amb el capellà i que aquest l'havia deixada prenyada. Tot i que no hi va haver testimonis, perquè el crim va tenir lloc una negra nit del mes de febrer a la porta de la casa de la finada, tothom assenyalava com a responsable de l'assassinat en Jordà, el mosso que treballava a la rectoria del mossèn. Els mal anomenats testimonis, ja que no havien presenciat res, sostenien que si en Bonifaci Jordà ho havia fet era a petició del rector, per evitar que la seva reputació se'n ressentís si aquelles noves arribaven a orelles del bisbat.

—Saps què passa, Bonifaci? Que no ho dubto pas, que el teu nom fa honor a la teva condició de bona persona i incapaç de matar ningú. Però no me'n puc refiar, de tu —li va dir en Boquica—. Ho sento, però amb aquestes acusacions series una llosa per a nosaltres. Em sap greu.

En Bonifaci Jordà va arronsar les espatlles com volent dir «entesos» i abans d'anar-se'n, tot i semblar que no hi toqués gaire, va deixar anar un comentari que va sorprendre en Boquica.

—A Besalú prometen molt i no donen res a ningú!

—Què vols dir amb això? —li va preguntar molest en Boquica.

—Ah, no ho sé! —i en Jordà va tornar a fer el mateix moviment d'arronsar les espatlles que havia fet abans—. Ho he sentit a dir per aquí fora a un que tampoc l'heu volgut, i m'he pensat que potser s'havia de dir això quan surts d'aquí...

—Au, au, aneu! —i en Boquica el va acompanyar personalment fins a la porta.

En Jep es va haver de sentir de tot de part d'aquells que van quedar fora, però és que havien fet mèrits de sobra perquè no poguessin pertànyer al cos de miquelets. Al cap de poc temps de la seva creació, els miquelets del ja ascendit de grau capità Pujol s'anirien implicant més en l'estructura militar de les tropes franceses que s'anaven desplegant per tot el país, fins al punt que, per a disgust d'alguns uniformats, cobraven com a membres de l'exèrcit.

En Boquica, desencantat del tracte dels patriotes, es va prendre molt seriosament la seva missió al capdavant de la seva unitat i les seves campanyes van començar a ser terribles. Entre les seves activitats, hi havia la d'*estimular* el cobrament dels impostos a les poblacions controlades pels imperials. A la pràctica, el pillatge i l'assassinat eren el pa de cada dia per a aquelles poblacions que, fidels als patriotes, rebien les desagradables visites dels homes d'en Jep Boquica. Com la que va tenir lloc el 21 d'abril a casa de Mateu Font. En Font era un pagès terratinent, afecte al bàndol espanyol i alcalde de Sous. Ell es va poder escapar i fugir fuita pellot cap a Sant Llorenç de la Muga. Allà, un cop refet de l'espant, i en presència del batlle, el jutge i el mossèn reverend, va relatar les salvatjades que en Boquica i els seus miquelets havien fet a les seves propietats.

—Va ser una nit freda de primavera que havia de ser tranquil·la. Em vaig acostar als estables i a les corts perquè els xais semblaven neguitosos: no paraven de baladrejar. Escamnat, vaig procurar d'anar tan lleuger com les meves cames m'ho permetien, tement que un llop estigués esquilant les ovelles. Però ai las! Quan vaig obrir la porta vaig veure un parell de punts grocs que semblaven les ninetes dels ulls d'un llop, però que en realitat eren flames que s'acostaven cap a mi. Em van mig estabornir amb un cop fort i sec amb un objecte de fusta. Uns minuts abans de perdre la consciència els vaig veure entrar als corrals amb un manat de palla encesa a les mans i van començar a calar foc primer a les corts i després als camps. Tot el bestiar que tenia va morir devorat per les flames. El foc també va destruir els conreus, que estaven a punt de ser collits. Això sí, abans ja van mirar d'arraconar una vintena de xais per al seu propi benefici, i mentre un parell d'ells els lligava, uns altres amb les atxes ben enceses van entrar a dins de casa. Havien entrat a cops de culata de fusell, de punxades de baionetes i més cops de sabre. Quan vaig tornar en si, amb un trau al cap i fent tentines, em vaig acostar fins a la porta de la casa pairal, que era oberta. Una empenta em va llançar a terra i des d'allà vaig poder sentir-ne un que em va amenaçar amb una veu retronant:

»—Font, això només ha estat un avís, com si fos una bestreta, com un avançament del pagament que faràs demà. Font, demà tornarem per cobrar la contribució sencera i pobre de tu que no hi hagi alguna cosa més. —I feta l'advertència se'n van anar.

»A casa no va poder dormir ningú en tota la nit. Atemorits, només desitjàvem que no es fes de dia. Tan bon punt va clarejar, vam sentir el senyal d'un flabiol sonant i en un tres i no res vam tenir plantat a l'era de casa un exèrcit de facinerosos, el doble d'efectius que ens havien visitat la nit anterior. Ens van obligar a quedar-nos fora de la casa custodiats per pedrenyals i baionetes, mentre ells a dins la saquejaven al seu gust obrint caixes i cofres, vessant les tines de l'oli sense que els qui habitàvem la casa poguéssim defensar les nostres pertinences. S'ho enduien tot al seu pas. Fins i tot es van emportar el segell per segellar els documents de l'ajuntament. Quan ja es batien en retirada van passar per la casa d'en Ferrer i la casa d'en Solé i els van robar tot el que els convenia, roba inclosa, però sobretot viandes, carn salada, llonganisses i oli.

Pràctiques com aquestes eren les que incomodarien fins i tot els oficials napoleònics, que veien en els actes d'aquests miquelets caragirats un impediment afegit a l'hora de controlar la revolta i pacificar el territori. Aquest pillatge va acabar provocant actes de represàlia en territori francès per part dels guerrillers catalans. Les queixes van arribar fins al ministre de la Guerra, a París, però no van anar enlloc gràcies a la protecció de mariscals com McDonald o de generals de divisió com Jean Maximilien Lamarque.

20

Interessos compartits

El cant d'una òliba marcava el pas d'Ildefons de Falgàs, que arribava puntual a la cita que havia concertat amb Gaspar de Chavagnac entre l'església de Sant Martí i l'entrada al cementiri. Se li posava la pell de gallina. No pas perquè sabés que darrere d'aquella tàpia hi havia centenars de difunts que reposaven eternament, no. Tenia esgarrifances de fred per la humitat que pujava del riu. Bufava un aire glaçat que li eriçava els pèls del clatell. En Chavagnac era un influent i important militar francès d'alta graduació. Havia arribat amb les primeres tropes i era un dels pesos pesants de l'administració francesa a Besalú, que també jugava al mateix doble joc que practicava en Falgàs. Aquest prepotent personatge tenia moltes influències, amistats i relacions. Era el cap visible d'un bàndol, d'una facció de notables de la vila. Tenia el cap ben proporcionat, com el d'un antic general de l'imperi romà, ulls d'àguila, acostumats a veure com s'ensorren i se sotmeten molts imperis, i faccions dures, com si estiguessin acabades a cop d'escarpell. Tenia un rostre poderós. I els cabells tupits, amb algun rinxolet als costats. En Falgàs tenia notícies dels avenços que estaven fent les línies franceses de nord cap a sud i es veia venir que el que li convenia era entendre's amb els que ben aviat ostentarien el poder. I ara que podia, més li valia posar-los les coses fàcils i que els francesos el tinguessin per un bon col·laborador. Així s'assegurava que un cop passada la guerra podria mantenir el tren de vida que duia abans de la invasió. En Chavagnac encara no havia passat el dol per la mort de la seva dona. Se l'acabava d'endur una malaltia infecciosa que es va convertir en epidèmica. Febre alta, forts mals de cap, vòmits, taquicàrdia i erupcions a la pell van caracteritzar els últims dies de la seva esposa, afectada per unes fortes veroles. Els estralls de la malaltia no es van fer gaire públics per no rebaixar la moral del poble i, sobretot, de l'exèrcit. Com a mínim, vint homes van morir aquell dia, el mateix que va finar Madame de Chavagnac. Ja feia temps que unes febres fustigaven tota la columna de l'exèrcit. Les males condicions higièniques van afavorir la propagació d'una altra malaltia: l'escorbut. El francès va arribar i va engegar sense saludar:

—Aneu al gra, no tinc temps per perdre, i menys després d'aquest atac contra el comboi al cingle d'Espinau.

—Entesos, com vulgueu. Anem per feina. —I li va proposar el que tenia pensat—: Us ofereixo un tracte. Jo us dono informació sobre les tropes patriotes perquè no sorprenguin cap altre més comboi i, a més, us venc fusells a molt bon preu. Sé que esteu faltats d'armament, i que els vostres homes han d'anar requisant armes arreu on van.

—A canvi de què?

—De diners i de protecció quan tot això s'acabi. Què hi dieu? —va preguntar en Falgàs.

—D'acord, però quan tot això s'acabi no teniu por que us acusin de corrupció i us pengin o us facin guillotinar?

—Hem transgredit uns compromisos que en el seu dia vam adquirir amb el poble. Trair la confiança i els privilegis que ens han atorgat els ciutadans fruit d'aquests acords tàcits presos amb la societat per obtenir-ne un bé personal té un preu, un risc. Jo l'assumeixo, però ja me'n guardaré bé prou que no arribi mai aquest moment —va sentenciar, i encara va afegir—: Les corrupcions fan menys mal que un mal govern. Això ho vaig aprendre del polític més corrupte que hagi existit mai, i que a més va ser el millor polític que hàgiu tingut a França.

—A qui us referiu, senyor?

—Estic parlant del cardenal Richelieu, amic meu.

En Chavagnac va fer una ganyota de sorpresa i en Falgàs va continuar:

—De Richelieu, només espero que el que va deixar escrit per a la seva tomba també serveixi d'epitafi per a la meva.

—Ah, sí —i va fer un somriure sarcàstic—. I què hi ha escrit a la llosa sota la qual reposen les despulles del cardenal?

—«Aquí descansa el cardenal Richelieu, que va fer molt de bé i poc mal, però el bé el va fer malament i el poc mal el va fer bé».

—Amb tots els meus respectes, teniu uns gustos ben estranys, senyor Falgàs. I espero que aquestes corrupteles, a la llarga, no ens comportin complicacions.

—I ara, Monsieur de Chavagnac, em sorpreneu: d'on surt aquest atac d'integritat? Què us agafa ara? Us molesta aquesta alteració de la puresa? De què teniu por?

—No tinc por de res. Sé prou bé que la por paralitza i que els perills s'han d'afrontar quan es presenten. Si els augures no fas res més que empitjorar la situació: el temor augmenta, l'amenaça els fa més grans a causa de la nostra imaginació, que els engreixa i ens fa veure problemes allà on no n'hi ha. Només em limito a estudiar la situació per després poder actuar més ràpid i sense improvisar.

—Si un exèrcit vol guanyar un poble, amic meu —li va dir en Falgàs somrient afablement i obrint els braços—, ha d'estar disposat a enfonsar la mà fins a la merda. No n'hi ha prou de derrotar-lo al camp de batalla. Cal que a la rereguarda s'hagin mogut les fitxes adequades i s'hagin fet bellugar els fils necessaris. I això és el que farem.

Abans d'anar-se'n, en Falgàs es va acostar a cau d'orella al francès i, xiuxiuejant, li va deixar anar una pregunta inquietant que deia molt del tracte que acabaven de tancar.

—És pecat dir mentides? —i amb això li va donar entenent que presumia algun engany amb qui feia tractes i l'exhortava a no dir-ho.

21

La font del Ferro

Bartomeu Escatllar, el batlle, va ordenar a un grup de bosquetans que anessin a fer llenya perquè les tropes franceses acampades i establertes als afores de Besalú es poguessin escalfar fent unes bones fogueres. No hi van anar sols. Una petita dotació de soldats francesos els va acompanyar. De fet, més que acompanyar, els van portar fins a un determinat racó del bosc, molt a prop de la font del Ferro. En Boquica també s'hi va afegir, però per interès, no només per ajudar a traginar els feixos de llenya amb els seus muls. El movia la curiositat. Volia comprovar una sospita que tenia.

Armats amb les eines que solien fer servir per estassar, per podar, per fer feixines o, senzillament, per arreglar marges i corriols, els homes d'aquest grup feien basarda. Destrals, serres de dues mans, podalls, estassabarders, xerracs, falçs bosqueres amb un mànec llarguíssim... Més que un grup de jornalers del bosc, semblaven un petit exèrcit que avançava decidit a combatre l'enemic. Res més lluny de les seves intencions, tot i que no els feia gens de gràcia que els vigilessin com si fossin uns delinqüents.

Abans de començar van fer un bon esmorzar: una arengada amb un tros de botifarra i un got de vi. Mentre ells agafaven forces abans de començar la jornada, els francesos es van dividir en dos grups: uns van continuar el camí per on havien vingut i van enfilar en direcció a la Font —en Boquica els va seguir perquè tenia un pressentiment—, i els altres es van quedar per vigilar els bosquetans. Els observaven de ben a prop amb una certa recança. Se'ls notava a la mirada, com aquell que vigila un animal i en tem una reacció de resultats imprevistos.

Un cop van haver trencat el dejú, la trentena d'homes es van distribuir per la cleda. Es van arremangar, es van escopir al palmell de les mans, se les van ben fregar i van començar a tallar arbres. Un cop a terra, uns feien anar els xerracs i les serres de dues mans per estellar la llenya més grossa, mentre d'altres reduïen les branques a socs i a estelles a cop de destral i de podall perquè fossin més fàcils de traginar. Tot i el domini i la traça que tenien, un dels bosquetans no va poder evitar que la fulla flexible d'un xerrac s'esberlés per la meitat en topar amb el nus d'una branca. La fulla va sortir volant, amb tan mala fortuna que va esquinçar la roba i la carn de la cuixa d'un dels soldats que els vigilaven de prop i que en aquell precís instant passava pel costat del bosquetà. Va ser un accident, però els francesos ho van interpretar com un atac. Primer error. Va ser l'espurna que va fer encendre el foc. Els companys del soldat francès, quan el van sentir cridar de dolor, no s'ho van pensar dues vegades i van anar corrents a ajudar-lo, brandant les baionetes i els sabres per amenaçar els bosquetans. Aquests també s'havien posat en guàrdia, i estrenyien fort dins els punys els mànecs de les dalles i els podalls esmolats amb ganes d'enfonsar-los en aquells cossos uniformats. El nombre de bosquetans era superior al de francesos, perquè la majoria de la unitat havia continuat el camí cap a la font del Ferro i només s'havien quedat una dotzena de soldats. Tot i la diferència numèrica, els francesos ni se'n van adonar, que estaven en inferioritat, i encegats per la set de venjança i empesos per la ràbia es van abraonar contra els bosquetans. Es pensaven que lluitaven contra uns simples pagesos. Segon error. Es tractava d'uns homes que, amb les seves eines a les mans, eren letals. Les feien anar amb la mateixa traça que quan estassaven un marge, pelaven escorça, tallaven branques o estellaven troncs, amb la diferència que ara no segaven males herbes, sinó braços i cames, canons de baionetes, colls i caps.

No gaire lluny d'on hi havia aquesta sagnant carnisseria, en Boquica va presenciar el que ja temia. D'una cova feta a partir de les penyes del cingle d'Espinau, a tocar de la font del Ferro, els soldats francesos n'estaven traient les armes que en Falgàs li havia fet traginar fins a aquell indret fent-li creure que serien per als patriotes. Es va sentir traït i burlat. «Collons de caragirat!», va mastegar entre dents en Boquica. En realitat, les havia venudes a l'enemic. No ho va dir a ningú, però es preguntava: «Què deu buscar amb aquest doble joc en Falgàs?».

22

Política de saló

El valor que havia demostrat i els serveis prestats van ser la seva targeta de presentació. Tot i això, la majoria d'oficials presents a la recepció que el governador oferia a l'emperador li feien vores. Li dispensaven una salutació freda i un tracte distant. Malgrat que la traïció els era profitosa, no s'acabaven de sentir còmodes amb aquell home a prop. Temien que pogués desertar en qualsevol moment, l'evitaven i no es mostraven gaire complaguts de la seva presència. En Jep de can Boquica s'ho tirava a l'esquena. Els saludava amb una encaixada de mans i els dedicava un somriure de menyspreu.

—Com pot ser que traïu els vostres compatriotes? —li va etzibar un dels militars que l'envoltaven.

—No traeixo ningú. Només miro de sobreviure en aquest món sense sentit. No m'ha agradat mai enganyar, ho considero un acte d'una vilesa extrema. Procuro ser recte i conseqüent, i m'estimo més comptar amb algú que sigui capaç d'assassinar que no pas de dir mentides. Amb els temps que corren, la falsedat no és una bona moneda de canvi.

Amb aquesta contundència que deixava sense resposta els seus interlocutors s'expressava en Boquica. No li calia res més. Només havia vingut amb un objectiu: conèixer l'emperador. Havia de passar per la festa als salons del governador de Barcelona i el mariscal McDonald li havia dit que l'hi presentaria.

—I tota aquesta gent que hi ha aquí coneixen l'emperador o són amistats interessades, llepacrestes que esperen alguna cosa a canvi? —va preguntar en Boquica a en McDonald mentre els rancuniosos i malfiats militars el repassaven de dalt a baix sense amagar-se'n tot allisant-se, cargolant-se o pessigant-se les puntes dels bigotis.

—L'emperador, com us podeu imaginar —va respondre el militar—, té més enemics que amics, i, com també podeu entendre, per entrar al seu cercle d'amistats, els més íntims, s'ha de ser molt especial, com ara el capità Dupont.

—Qui? —va fer repetir en Boquica.

—El capità Dupont. —I el mariscal es va explicar—: S'havia enemistat ja feia temps amb Napoleó per causes que ara no vénen al cas. Resulta que un dia van coincidir en una recepció, però Napoleó, en veure el capità, li va girar l'esquena. Quan Dupont se'n va adonar, se li va acostar amb pas ferm i diuen els que hi eren que li va dir: «Gràcies, senyor. Gràcies per tenir-me entre els vostres amics». I es veu que Napoleó, estranyat per aquella conclusió que havia tret el capità, li va contestar que què li feia pensar que el considerés amic seu. Dupont li va respondre que es considerava amic seu perquè tothom sabia que Napoleó no donava mai l'esquena al seu enemic. N'hi va haver prou amb aquell exercici, barreja de diplomàcia i de lucidesa, perquè des de llavors Napoleó través una sincera i profitosa amistat amb el capità Dupont.

En Boquica assentia amb el cap mentre acabava d'escurar la seva copa.

—Déu n'hi do quin caràcter! —va exclamar, i s'anava mirant a tothom del seu voltant, mudats de vint-i-un botons, fent veure que estaven encantats de saludar-se encara que tots estaven tensos i amb el cap pensant en el moment que saludarien l'emperador.

Quan se'n va anunciar l'arribada, les diferents capelletes que formaven oficials, comandants, mariscals i altres comandaments de l'exèrcit es van desfer immediatament per oferir un sonor i càlid aplaudiment. De sobte es va sentir un «Visca l'emperador!» que va anar seguit d'un «Visca!» entonat per un cor de veus masculines que retrunyien per la sala dels miralls. Aquesta era la claca que va acompanyar l'entrada de l'emperador en aquells brillants i llustrosos salons.

S'acostava el moment de coneixe'l, i a mesura que s'hi atansava els ulls d'en Boquica es van clavar en un punt molt concret. Li va cridar l'atenció una medalla de plata lluent que duia penjada al pit, al costat esquerre, gairebé a l'altura del cor; era una petita cinta vermella que sostenia una elegant corona de llorer d'argent que al mateix temps subjectava una estrella de sis puntes platejada. Segons li explicaria més endavant el mariscal McDonald, aquella medalla era una condecoració de la qual Napoleó n'estava molt orgullós. Ell havia estat general de l'exèrcit durant la revolució, i l'estrella de sis puntes era un reconeixement a ell i a cinc generals més durant aquella fita.

Tot i l'admiració que li professava, en Boquica va tenir una decepció molt gran quan el va conèixer en persona. La imatge de Napoleó no era, en absolut, la que li havien venut, sovint situant-lo entre Carlemany i Anníbal, ni l'uniforme que duia el revestia com l'home poderós que era. Es va trobar donant la mà a un home baixet, flac, força consumit, tísic, capgròs, més aviat malforjat i amb unes dents negres per la regalèssia i que li sortien per sota els llavis quan en encaixar les mans li va dedicar un somriure.

Fins al 1808, la imatge de Napoleó a Espanya havia estat excel·lent. A partir d'aquell any, l'admiració es va convertir en odi. Napoleó va esdevenir un tirà, un dèspota fanfarró.

D'altra banda, entre els afrancesats hi havia fascinació, devoció i s'idolatrava aquell home com a regenerador de la pàtria que havia de solucionar els problemes ocasionats per les dinasties de Carles IV i Ferran VII.

Per forjar la seva idea d'una Europa unida sota un sol nacionalisme central i jacobí en què França havia de ser el centre de l'imperi, va començar a estendre's territorialment: Bèlgica, Holanda, Luxemburg, el nord d'Itàlia, la Confederació Suïssa i la del Rin, i Catalunya. Catalunya, que durant la guerra dels Segadors ja havia estat sota dominació i adscripció francesa, estava a punt de tornar-ho a ser. Aquell home, que tenia el món a les seves mans —per no dir que tenia el món sotmès i prostrat als seus peus—, ara l'allargava a un altre home que només volia ser lliure.

—M'han informat —mentre es mirava el mariscal McDonald— que vostè és un dels valents comandants dels miquelets que lluita per la nostra causa.

En Boquica va assentir amb un cop de cap sense deixar anar la mà de color de mantega i una mica humida de l'emperador.

—Aviat el meu germà Josep també serà el rei d'aquestes terres i esmenarà els errors comesos en el passat.

—No li demaneu a un traginer si vol que el rei sigui aquest o l'altre. A nosaltres ens és igual si la corona la porta Ferran VII o Josep Bonaparte. Això ens queda molt lluny, el que volem tenir és pa per als nostres fills, i ara vostès ens el garanteixen.

—Pa per avui i fam per demà! —li va respondre Napoleó, visiblement contrariat. El mariscal McDonald tampoc no entenia aquella reacció.

En Boquica va sacsejar el cap i va fer petar la llengua.

—Tinc entès que vós vau venir al món quan Còrsega feia dos anys que era en mans franceses, no és així? —va preguntar el bandoler canviant de tema.

—Així és... —va contestar Napoleó sense saber on volia anar a parar amb aquella insinuació.

—...i el vostre amor i fascinació per la terra que us ha vist néixer i créixer no us ha abandonat mai, m'equivoco?

—No, no s'equivoca. Porto Còrsega al cor. M'ho va ensenyar el meu pare, que entre els seus millors amics hi tenia un enamorat de la pàtria corsa, Pasquale Paoli. No entenc què pretén amb això.

—De seguida ho entendrà, emperador. Deixi'm acabar, l'hi prego.

Napoleó va fer un gest amb la mà perquè en Boquica pogués continuar.

—Jo inculco als meus fills el mateix sentiment d'independència que a vós us va inculcar el vostre pare. Perquè puguin ser lliures i no depenguin de ningú. Ni sota el domini espanyol ni el francès: lliures! Si no ets amo de tu mateix, et converteixes en l'esclau dels altres...

Napoleó estava perplex davant de les paraules d'aquell home que li defensava la independència d'una manera tan convençuda.

—L'idealisme és tan delicat que si un no és capaç de portar-lo, és molt perillós.

—Tinc les idees molt clares i lluito perquè un dia siguin una realitat. Hi ha vegades en què la lluita per la llibertat és la lluita per la pròpia identitat, i això no significa immediatament que qui ho faci sigui un idealista, ni molt menys un insensat.

—Jo us puc dir que no només hi estic disposat sinó que ho faré, en un gest de bona voluntat: oferiré una forma d'autogovern per a Catalunya, independent de la corona del meu germà, Josep. És més, penso decretar l'oficialitat del català —va afegir, i en Boquica va creure que allò era només un intent de l'emperador francès de guanyar-se la simpatia dels catalans davant dels patriotes espanyols.

—Majestat.

La conversa entre Napoleó i en Boquica es va estroncar de cop. Un alt comandament del seguici imperial va interrompre el diàleg.

—Lamento la interrupció —es va disculpar el suboficial—. Majestat, el governador, el general Mathieu i la seva esposa us demanen. Si em voleu acompanyar —i va acabar la frase amb una reverència, com mostrant-li el camí que conduïa cap a la sala on l'amfitrió de la festa i la resta de convidats esperaven l'emperador.

—Benvolgut, dispenseu-me... Haurem de deixar aquesta conversa per a un altre dia però... —i va fer una pausa per mirar-lo fixament als ulls—. Sobre això de la independència podeu estar ben segur que la veureu, vós i els vostres fills, creieu-me —va sentenciar l'emperador.

—D'acord, senyor, celebro que penseu així i que tingueu aquesta determinació. Tant de bo que ho aconseguiu, serà millor per a tots. —En Boquica va fer una salutació amb el cap i Napoleó se'n va anar.

Poc s'hauria pensat en Boquica que en la seva conversa amb l'emperador parlaria d'unes idees que mai no gosava expressar en veu alta i que es guardava bé prou de comentar amb els seus homes.

23

Caragirat

—Han arribat a Montserrat, han arribat a Montserrat!

Era la notícia que es pregonava pertot arreu. Corria l'estiu de l'any 1811 i les tropes imperials acabaven d'arribar al capdamunt de la muntanya sagrada.

—I com ha estat, això? —va preguntar en Boquica amb ben poca esma i gens d'entusiasme.

Per la manera com va formular la pregunta, semblava que li sabia greu que l'exèrcit pel qual treballava s'apoderés d'un lloc tan significatiu com Montserrat. De vegades, quan estava amb els seus homes, no podia amagar el neguit que tenia dins seu, un desassossec que creixia més cada dia que passava, una certa lluita interna que no el deixava viure. Mentre una part li qüestionava nit i dia, constantment, la seva decisió de donar suport al bàndol francès, l'altra lluitava per afavorir com fos la gent del país, els patriotes de veritat que estaven tenallats per la guerra entre els dos bàndols. Víctima i botxí d'un doble joc que estava a l'ordre del dia per la supervivència.

—Diuen que els ha guiat un traïdor de Collbató. Es veu que els ha conduït a través d'una ruta que els gavatxos mai no haurien sabut trobar. El bassal dels Gats, em penso que m'han dit que es deia. Resulta que gràcies a aquest element, les tropes franceses han arribat per sorpresa fins al cor mateix de les fortificacions patriotes i la victòria ha estat contundent.

—Montserrat... —i en Boquica va deixar anar un sospir després d'escoltar el relat que li oferia en Brauli.

Al cap d'uns dies i després d'haver-s'ho rumiat, en un cop d'efecte va mirar de canviar de bàndol. De cara als seus homes, però, no els va pas explicar que havia decidit oferir els seus serveis al baró d'Eroles. En Boquica es va estimar més curar-se en salut i dir-los que havia rebut una carta del baró d'Eroles, que comandava les tropes patriotes, en què li demanava de trobar-se en terra de ningú. Com que es malfiava de tothom, no volia veure's descobert pels francesos negociant amb el baró. I a fe que el baró d'Eroles ja feia temps que havia mirat, sense èxit, de convèncer en Boquica perquè tornés a les files de les quals no hauria d'haver marxat mai. Per això el dia que va rebre el missatge que en Boquica s'havia avingut a trobar-se per negociar una sortida a la seva situació de miquelet, afrancesat, bandoler fora de la llei, no se'n sabia avenir. Va estar a punt d'anar-hi ell mateix en persona, però va trobar més prudent delegar una feina de tan alta responsabilitat en un home de la seva màxima confiança.

L'home triat per a aquesta empresa era, segurament, el capità del corregiment que li mereixia més respecte, tot i ser molt jove. Tenia vint-i-tres anys. Nascut a Sant Feliu de Guíxols i amb un full de serveis impecable, el capità Narcís Massanas s'havia distingit per haver encapçalat nombroses campanyes i sempre n'havia sortit airós. En aquella empresa que li encomanava, el baró d'Eroles estava convençut que no li fallaria. No només n'estava segur, sinó que posaria la mà la foc i sense por de cremar-se que més tard o més d'hora en Josep Pujol i Barraca, en Jep de can Boquica, tornaria a les seves files. El baró d'Eroles somiava en la tornada d'aquell traginer i miquelet únic i valent per ajudar-los a derrotar els francesos. Sobretot ara, amb els coneixements que havia obtingut durant el temps que havia estat entre els gavatxos. Hi confiava perquè sabia que en el fons en Boquica estimava el seu país i la seva gent. I era cert, per bé que parlaven de països i gent diferent. Abans que el capità Massanas se n'anés per trobar-se amb en Boquica, el va fer cridar.

—Em volíeu veure, senyor? —va dir Massanas al baró des del pas de la porta del seu despatx.

—Sí, capità. Passeu, passeu —va dir el baró sortint de darrere l'escriptori del seu despatx per anar a l'encontre del capità, fer-li una encaixada de mans i convidar-lo a seure—. Seieu, si us plau. No us entretindré, només serà un moment.

El capità va entrar, va assentir amb un cop de cap, va donar la mà enèrgicament al seu superior i es va asseure davant del baró.

—Vós direu, senyor. —I es disposava a escoltar atentament el seu cap.

—Capità Massanas, aneu amb molt de compte. No us en fieu, d'en Boquica.

—Per què, senyor? Que hem de patir per res? —va preguntar desconcertat el capità.

—No ho sé, és una sensació. Potser m'equivoco, i tant de bo que sigui així —va dir el baró aixecant els braços fins al cel—. Però, tot i la bona voluntat que ha manifestat en Pujol de tornar a les nostres files, continuo pensant que per molt que els remordiments l'estiguin rosegant per dins i el temps l'hagi convençut, no me'n fio. Però això us dic que si quan sou allà no ho veieu clar, teniu el meu permís per deixar-ho córrer. L'últim que voldria és posar-vos en perill en va.

—Si em permeteu, senyor, no caldrà que patiu —va aclarir en Massanas—. Hem quedat en un lloc neutral, i a més els nostres homes vigilaran en tot moment els voltants i els moviments que hi hagi entorn del punt de trobada. No passeu ànsia: al més mínim indici o la més petita sospita d'ensarronada, el deixarem amb la paraula a la boca i... —el capità es va fer petar els dits— tocarem el dos —va assegurar.

—D'acord, ja sabeu en quins termes heu de negociar i amb quines condicions. I sobretot, fermesa, capità, molta fermesa. És ell qui ha vingut a nosaltres, és ell qui s'ha de rebaixar. No cediu ni una mica. Ja sabeu com les gasta i, segons diuen, no hi ha manera que ningú pugui acabar mai amb ell. Sembla que hagi fet un pacte amb el dimoni.

—Sí, senyor, així ho faré. Déu vos guard! —El capità Massanas es va acomiadar del seu superior i va enfilar cap al pati de darrere, on l'esperaven en formació els homes que l'acompanyarien fins a trobar-se amb en Boquica. Abans d'anar-se'n els va advertir:

—Crec, amics meus, que si donat el cas heu de liquidar en Boquica, la manera més efectiva d'eliminar-lo no és disparar-li quatre o cinc trets. Amb aquestes armes no n'hi haurà prou per abatre'l: el millor serà fer el senyal de la creu, portar a les mans un hisop i cenyir-nos ben lligat a la cintura un got petit d'aigua beneita. És l'Anticrist, Satanàs personificat, l'autèntic dimoni! —va assegurar Narcís Massanas.

Van assentir amb el cap, i mentre uns ajustaven les seves muntures, els altres van anar a buscar el que els feia falta per si arribat el cas necessitaven més l'aigua beneita i l'hisop que un grapat de pólvora.

Al sud del riu Fluvià, a tocar de Figueres, entre Camallera i Sant Mori, s'hi amagava Vilaür, un petit i tranquil poble de pagesos. Envoltat de camps de conreu, sobretot de secà, entre suaus elevacions i petits turons ocupats per boscos frondosos, apareixien les cases dels habitants de Vilaür. S'agombolaven al voltant de la plaça i de l'església, tot plegat dins de la muralla que s'havia fortificat en l'època que pertanyia a la baronia de Sant Mori. Extramurs s'alçaven un parell de cases pairals, can Pou i can Puig, que menaven el comerç de la fusta que s'extreia dels arbres que creixien forts i ufanosos als boscos de prop del riu. En una de les clarianes del bosc d'alzines, un lloc on només s'hi respirava quietud, és on s'havien de trobar en Boquica i el capità Narcís Massanas, l'enviat del baró d'Eroles per parlamentar amb Josep Pujol. En Boquica anava a la trobada amb un oferiment.

En Jep i els seus homes van arribar al punt de trobada abans que els patriotes del capità Massanas, així van poder prendre posicions i jugar amb un cert avantatge. Els homes que acompanyaven en Boquica es van escampar per diversos punts del bosc, entre els arbres i les penyes, buscant un amagatall prou bo des d'on poguessin veure el vigilant. Enfilat en un arbre hi havia en Fredolic, el vigilant, a l'espera de veure el destacament d'en Massanas. Ell havia de ferlos el senyal —imitant el cant de la cadernera— si advertia algun moviment sospitós o estrany.

Tots plegats estaven enfredorits. Bufava un vent gèlid que els glaçava l'alè i els entumia els ossos. S'embolicaven fins al nas amb les mantes, i el cap el duien doblement protegit amb el barret i, a sota, amb un mocador calat fins a les celles. Només se'ls veien els ulls, que escrutaven l'horitzó, i les pestanyes, que, com que estaven humides, començaven a quedar arquejades. Picaven de peus a terra amb les botes perquè els peus no els quedessin congelats. Per sort, no van haver d'esperar gaire: una petita columna de pols s'aixecava al final del camí, abans de l'últim revolt que donava a la clariana. Estaven arribant.

En Boquica es va dirigir cap al punt d'encontre per esperar en Massanas. En sortir del revolt, el capità Massanas va encarar tot sol els dos-cents metres que hi havia fins on l'esperava en Pujol. En Boquica va somriure: no el sorprenia gens veure'l sol, perquè sabia que els homes d'en Massanas

—igual que els seus— s'havien internat pel bosc per amagar-se en un lloc que els permetés ser a prop del punt de trobada. La diferència era que els de la seva quadrilla tenien el bosc dominat per dalt i per baix i que difícilment el podrien sorprendre. Amb una llambregada entre els arbres en va tenir prou per distingir que, malgrat el vent que bufava, hi havia massa branques que es movien. Va tornar a somriure i va respirar satisfet. El bosc estava ple d'homes armats a punt per intercanviar-se una simfonia de trets, tot i que esperava que no fos necessari.

—Capità Massanas, Déu vos guard! —va saludar en Boquica alçant la mà fins al pols.

—Capità Pujol. —El patriota li va tornar la salutació militar dirigint dos dits fins al front i retirant-los ràpidament.

—On heu deixat els vostres homes? Els heu perdut en tombar la roureda? —va preguntar sornegueraament en Pujol mentre assenyalava el lloc d'on venia en Massanas.

—Veig que res no s'escapa a l'atenta mirada del capità de miquelets.

—Són molts anys traginant pel bosc, capità Massanas, i conec prou bé les estratègies del baró d'Eroles per saber que no us deixarà venir tot sol a aquesta trobada. Tot i que no heu de témer res. Teniu por d'un sol home.

—Au vinga, capità Pujol, em voleu fer creure que ara mateix estem sols com un parell d'òlibes aquí al mig del bosc? —va preguntar un incrèdul Massanas—. Us penseu que sóc tan il·lús per no saber que ara mateix tinc dotzenes d'ulls pendents dels meus moviments? —continuava preguntant sense por ni pèls a la llengua—. N'hi hauria prou que jo fes qualsevol gest brusc —i es va posar la mà a la cartutxera que duia cordada a la cintura— perquè m'apuntessin al cap, al cor, als braços i, fins i tot, al meu cavall, m'equivoco?

—Penseu el que vulgueu, capità Massanas. Jo us puc garantir que estem segurs, molt segurs —va dir amb un to insolent en Boquica.

—No, d'això no en tinc cap mena de dubte —va assentir en Massanas mirant al seu voltant cap a un boscatge aparentment calmat i tranquil on només una persistent ràfega de vent gronxava les fulles dels arbres.

—Ja sabeu que he fet arribar al baró d'Eroles el meu desig de posar fi a aquesta etapa de miquelet i tornar a les files patriotes.

—Sí, això m'ha dit el baró, però el senyor d'Eroles vol saber quina garantia tenim que no és una ensarronada. Per què ara, precisament? —va voler saber en Massanas.

—I per què no ara? —va contestar en Pujol—.Val més tard que mai, no trobeu, capità Massanas?

La mà dreta del baró d'Eroles va assentir amb el cap.

—Molt bé. Digueu-li al baró que, com a prova de la meva bona voluntat i predisposició a tornar al bàndol patriòtic, us ofereixo la possibilitat de lliurar-vos la fortalesa de Sant Ferran.

—El castell de Sant Ferran de Figueres? —va esclafir a riure, i els quatre pardals que hi havia als arbres del voltant van sortint volant espantats per aquella riallada—. No em feu riure, capità Pujol. Per qui m'heu pres? Una cosa és que tingueu un parell de centenars de miquelets a les vostres ordres, i una altra de ben diferent és que pugueu obrir les portes de Sant Ferran.

—Sé tot el que heu de saber per facilitar-vos-en l'entrada i prendre el control del castell. Us ho prego, capità, no menystingueu el meu ascendent sobre les forces napoleòniques. Els meus homes i jo estem més integrats del que us penseu en l'estructura de l'exèrcit. I no només això. El general de divisió Baraguey d'Hilliers em té en molt bona consideració. M'escolta quan parlo i em demana parer quan té dubtes. Tinc informació privilegiada i de primera mà. Si accepteu, penseu que seria un cop d'efecte en la desigual pugna que ara manteniu amb l'exèrcit francès.

El capità Massanas se'l mirava atentament. En Boquica no abaixava ni apartava la vista. Era convincent i contundent en els seus arguments, però en Narcís Massanas no sabia si creure-se'l: no les tenia totes, no se'n refiava. «Per què ara?», es preguntava. «I si tot plegat només és una jugada per fer-nos caure en mans franceses i així quedar bé davant dels alts comandaments de París?». En Massanas estava ple de dubtes: «...però, d'altra banda, sí que és una oferta molt temptadora. Sant Ferran és una plaça important, i si poguéssim reconquerir-la faria molt mal a la moral francesa i alhora serviria per aixecar i esperonar la moral patriota». Estava confós.

Des de la seva talaia privilegiada, a en Fredolic li va semblar observar nous moviments al bosc. Va mig tancar els ulls per fixar-s'hi més, va observar atentament perquè li havia semblat que entre el fullam i el brancatge havia vist una brillantor inusual i uns colors que pel que va distingir hauria jurat i perjurat que no eren els de les casaques dels patriotes. Es tractava d'una guarnició de l'exèrcit francès que, vestits amb casaca i pantalons blau fosc i armilla i corretges blanques, avançaven cap a la clariana i els superaven clarament en nombre. Un grup de soldats francesos ja feia dies que vigilaven alguns dels homes d'en Boquica, especialment els que es veien més vulnerables i proclius a caure en qualsevol temptació, si era de la carn encara millor. De fet, va ser gràcies a una meuca que havia deixat que en Fredolic la posseís que van poder saber que en Boquica tenia la intenció de trobar-se amb un enviat del baró d'Eroles. No sabien amb quines intencions ho faria, i per aquest motiu van creure convenient no perdre'l de vista i el van fer seguir.

Quan va voler fer el cant de la cadernera ja va ser massa tard. Una cinquantena de baionetes havien emergit del bosc i s'havien desplegat per la clariana com si fossin les punxes d'un eriçó. Apuntaven en la mateixa direcció i s'acostaven, amenaçant els dos homes que fins aleshores havien estat parlant. No se'n va voler estar i en Fredolic va fer el soroll que imita la cadernera quan canta.

Abans que les forces napoleòniques no l'interroguessin i el tanquessin als calabossos de Sant Ferran per desertor, en Boquica es va anticipar i es va dirigir a l'oficial que estava al capdavant d'aquella unitat.

—Sóc el capità de miquelets Josep Pujol —va cridar desafiador mentre baixava del cavall d'un bot—. La meva companyia està integrada en la dels dragons del coronel d'Hilliers. Estava en una missió secreta.

I el jove oficial se'l va creure i es va quadrar davant d'en Boquica.

—Deteniu aquest home —va ordenar assenyalant en Massanas—. Està acusat d'haver-me volgut subornar perquè tornés a les files patriotes.

—Ho lamento molt, senyor. Abaixeu les armes! —va cridar, i va ordenar als seus homes que les baionetes que apuntaven en Pujol encanonessin en Massanas.

En Pujol es va acostar a en Massanas, a qui estaven immobilitzant.

—Sou l'home més menyspreable que he vist mai! —I el de Sant Feliu de Guíxols li va escopir a la cara.

—Dubtàveu de si entrar o no a Sant Ferran, capità Massanas. Doncs ara hi entrareu per no sortir-ne. A trenc d'alba us afusellaran. Vet aquí el trist servei que haureu fet a la pàtria que defensa el baró d'Eroles —i va deixar anar un somriure que al capità Massanas li va recordar la cara del dimoni.

24

El bandoler

Sempre que es movien ho feien de nit per no ser vistos, s'havien de moure com les ombres. Només els acompanyaven els llops. Se sentien els seus udols molt a prop però mai els atacaven, els seguien perquè sabien que els facilitaven la feina. Assaltaven un mas i ells entraven als galliners i als corrals i feien festa major degollant xais i gallines. Com aquella nit que van envoltar una casa pairal, quatre homes es van esmunyir del bosc cap a la paret de darrere de la masia, dos per cada flanc i cinc de cara. Tapats fins als ulls, s'atansaven a bon pas encarant la porta principal del mas. Un gos va començar a bordar, però els lladrucs es van estroncar de seguida en convertir-se en uns udols esgarrifosos. Uns crits forts, sostinguts i prolongats primer, esllanguits i planyívols després. Uns xiscles arrencats pel dolor. Un dels homes estava apallissant el gos perquè no tingués temps d'avisar els propietaris del mas. Però havia fet tard: ja es veia llum darrere de les cortines de les habitacions de dalt. Una flama nerviosa es va moure cap als finestrals i l'amo va sortir al balcó de la finestra principal.

—Qui para per aquí fora?

Els bandolers es van dispersar.

—Si sou prou valents, doneu la cara!

De la foscor es va sentir un tret que va impactar a la panxa del masover, que va recular ensangonat fins a dins de l'habitació.

—Vinga, entrem! —El cap de la quadrilla va donar l'ordre als seus homes, que van obeir diligents cap a l'entrada de la casa. Van obrir el portal de bat a bat amb una puntada de peu i amb una correguda van ser dins del pati. Al voltant del pou que presidia l'era no hi havia ni una ànima, només un parell d'oques i quatre gallines que amb l'enrenou aletejaven esvalotades i corrien pertot arreu. Els bandits es van dispersar; els uns van pujar cap a les habitacions de la primera planta, els altres es van internar per les estances que hi havia sota les voltes del pati. Es van començar a sentir els primers trets i els primers crits, crits que esquinçaven l'aire, que ja començava a fer pudor de socarrim. Un torterol de fum sortia del paller. I tot seguit més laments. Xiscles d'algú que, pels esgarips i els brams, el devien sotmetre a tortures salvatges. El masover, ferit de bala a la panxa, el tenien lligat i assegut damunt d'un trespeus; a sota tenia un bon paternal de foc. L'estaven socarrimant.

25

El segrest

Com una sinistra mortalla que envoltava el campanar i els grups de cases sobre la vall del Fluvià, la boira s'aixecava lentament. El so de les campanes ajudava a escampar la fidel aliada dels bandolers. Amagats al mig del bosc de les alzines, havien fet guàrdia tota la nit i ara, embolicats amb les seves mantes, esperaven la diligència.

—Quan es viatja per aquests mons de Déu el més sensat, creguin-me, és fer testament —va dir el senyor Nicodem Campàs. Acostumat a veure món, Nicodem Campàs ja estava de tornada de tot. Era una mica fatxenda, però bon home al capdavall. Tenia unes enormes patilles blanques que se li ajuntaven amb un bigoti del mateix color, tot retallat de manera acurada i exquisida. Mentre parlava a l'interior de la diligència, brandava un monocle que de tant en tant feia reposar damunt del nas quan s'entretenia a llegir les notícies que duia *El Eco de los Pirineos*. Notari de professió, Nicodem Campàs compartia aquell petit espai de la diligència amb dos homes més: Esteve Estevanell, un cirurgià de Vic que anava a Besalú amb diligència per treballar a l'hospital, i Cels Bargalló, un negociant de teixits. El passatge el completaven una dona i un nen.

—Què vol dir? —va preguntar amb cert esglai Llogaia Salvatella, la comare encarregada d'acompanyar i vetllar pel nen de Gaspar de Chavagnac, Climent.

—Senyora, no se sap mai què es pot trobar per aquests camins. Aquesta —i va tocar el seient encoixinat— és una bona diligència que com a mínim ens fa suportable el trajecte, però he anat amb algunes que eren autèntiques carraques. Et clavaves uns cops i el cotxer ens feia fer uns salts i un vaivé que quan arribàvem al nostre destí estàvem cruixits, desfets, havíem tret el sagí i ningú no tenia res al seu lloc. Tothom estava xarbotat i masegat. Per no parlar d'aquells conductors que estan conxorxats amb les quadrilles de bandolers i et fan passar per uns camins i caminois que només els falta dur-nos davant mateix de la cova o del campament dels criminals perquè ens desplomin, i si algú fa el ronsa i no vol deixar anar la bossa amb els quartos —i va fer un gest amb el dit polze resseguint la base del coll— el pelen!

—Què em diu ara? —el va interrompre la senyora tota sufocada—. Que hem de patir per la nostra integritat i per les nostres pertinences?

—Sí i no, senyora. No li dic pas que ens hagi de passar res, però que sovint una diligència com la nostra és la víctima propícia dels bandits i que alguns s'hi queden pel camí.

—Ai, verge santa! —va exclamar la dona mentre se senyava i se li empal·lidia la cara.

—Perdoni, senyora, però viatjar a través d'una zona agresta, muntanyosa i d'espessos boscatges, infestada de saltejadors de camins i bandolers, no em negarà que, si més no, aventurar-s'hi és perillós —va intervenir en la conversa en Cels Bargalló, el negociant de teixits. I va afegir—: Les autoritats han intentat moltes vegades tallar de soca-rel aquesta plaga amb cossos especials però —i va moure el cap— res a fer, l'hi dic per experiència. És la misèria la que produeix els bandolers.

I després d'aquella sentència va continuar:

—A veure, ja m'explicaran quin sentit té imposar tributs a un poble que està arruïnat. Si escanyes una persona no pots pas pretendre que respiri i a sobre treballi per a tu. Així és com els homes es fan bandolers i es tiren al bosc a la desesperada per robar al primer que passa, i després l'Estat ha de gastar encara més per mirar de garantir la seguretat d'uns camins que són impossibles de fer segurs.

—Exacte. Ho veu? No m'ho invento pas, mestressa, però el senyor té raó —va continuar Nicodem Campàs—. Pensi que som un caramel molt llaminer, i que tothom poc o molt ho sap. Pensi que a cada poble on hem parat, se'ns han acostat tota mena de persones a fer-nos preguntes i a fer el tafaner. No només hi havia nens, dones, rodamons, pidolaires i pobres, que ens miraven encuriosits, treien el nas dins d'aquest compartiment i ens repassaven de dalt a baix. Barrejats entre la multitud que surt a rebre aquestes diligències hi ha aquells que informen els bandolers. Els diuen el nombre de passatgers que viatgen i, si hi ha dones, si porten joies o només és quincalla. —I la senyora es va palpar el collaret i les arracades de maragdes que anaven de conjunt, com si ja els trobés a faltar—. I també passen informes de la quantitat d'embalums que porten i, sobretot, i més important, de què poden portar de valor. Una informació que és molt útil per als bandolers, perquè quan l'assalten ja poden anar per feina i ja saben què trobaran. I si hi ha algú que ofereix resistència l'envien al canyet... Miri, miri —i va apartar les cortinetes i va assenyalar per la finestreta cap a la vora del camí, sembrat de creus.

Es va sentir un crit ofegat de la senyora, seguit d'una imprecació:

—Mare de Déu senyor, que sant Antoni ens guardi —i amb les dents es mossegava el llavi inferior. Va abraçar el vailet que estava assegut al seu costat, amb les galtes rosades i pigallades i uns cabells de color de palla, i que estava mort de por. Tot seguit va començar a resar una lletania que resultava incomprensible per a la resta del passatge, que feia estona que havia emmudit. Nicodem Campàs va fer el mateix i no va tornar a obrir la boca en tot el trajecte.

En Rasclet ho havia sentit a la taverna: la diligència amb el fill de Gaspar de Chavagnac, terratinent francès i col·laborador amb la causa, arribaria divendres a primera hora. Així ho va comunicar a en Boquica, que va ordenar a un grup de sis dels seus homes que l'acompanyessin a cometre l'assalt i el segrest.

—Els esperem a sota de Rocapastora i allà els escometrem. Tu, Xerrac, amb l'ajuda d'en Basté us encarregareu del majoral i de frenar els cavalls. Un cop s'aturin, deslligueu les bèsties i que se'n vagin.

—Vosaltres dos —va assenyalar en Rasclet i en Camasec— haureu de mantenir a ratlla la resta de passatgers, sobretot la dona que acompanya el nen, la seva institutriu. En Girgules, en Fontàs i jo, després d'agafar tot el que valgui la pena, lligarem el nen i ens l'emportarem.

Aquell dia van sortir de la cova amb el ferm propòsit que quan tornessin a aquelles parets humides i fredes, ho farien amb un ostatge, el fill de Gaspar de Chavagnac. Arrecerats darrere una penya i embolicats amb les seves mantes per guardar-se del fred que glaçava l'alè i les idees, la colla d'en Boquica esperava que passat el revolt se sentís el renillar dels cavalls, el so inequívoc que la diligència s'atansava. No van haver d'esperar gaire. No havien tingut temps que la rosada que queia els calés i els entumís els ossos, que van sentir rebotar contra les penyes del cingle de Rocapastora els renills cansats dels dos cavalls que estiraven el carruatge per aquell camí costerut, l'últim tram abans d'enfilar la baixada que els portaria fins al poble, final del trajecte.

L'espetec del fuet en l'aire fred i els crits del cotxer esperonant els cavalls van despertar els passatgers de la diligència, que, vençuts pel cansament i ajudats pel vaivé del carruatge, havien estat dormitant una estona. La fusta del cotxe de cavalls cruixia i les sacsejades eren més fortes. Ara se sentien més crits i, de sobte, es van sentir un parell d'espetecs, amb un so molt semblant al d'un tret. Una forta sotragada els va fer anar tots endavant.

—Què coi passa aquí fora? —i Nicodem Campàs va apartar les cortinetes de la finestra.

No li va agradar gens el que va veure: tres bandolers tapats amb una manta fins al nas apuntaven amb trabucs els morros fumejants dels cavalls que tot just acabaven de frenar. No s'hi havia fixat, però damunt del llom d'un d'ells i aferrat al coll de la bèstia hi anava un quart bandoler. Va córrer les cortines, va respirar fondo i es va quedar clavat al seu seient. S'estava imaginant l'escena. Un dels bandits s'havia llançat des de dalt d'un arbre sobre les muntures i havia fet aturar els cavalls. Per això des del pescant el majoral cridava i fuetejeva els cavalls com un desesperat. Ho devia fer per dos motius: perquè no paressin i per mirar de fer caure aquell indesitjable. Els trets a l'aire intimidant-lo i els homes armats plantats al mig del camí devien haver fet actuar amb seny el cotxer, que va obeir aquells bandits, va frenar la diligència i va deixar el seu passatge a mercè d'aquella quadrilla. La sort del cotxer per haver oposat resistència va ser una altra. Però no el van pelar: el van estabornir, el van lligar dalt d'un dels dos cavalls i van clavar una xurriacada a l'animal perquè s'emportés el majoral ben lluny. Mentrestant, Llogaia Salvatella havia abraçat el nen tan fort com podia i feia estona que passava el rosari mentalment. El doctor Estevanell, igual que Nicodem Campàs, estava força tranquil, tenint en compte la situació que els venia a sobre. En canvi, en Cels Bargalló patia. Estava blanc com un glop de llet i suava de valent. Es va descordar el botó del coll de la camisa. Li costava respirar.

De cop, la porta del carruatge es va obrir i hi va entrar una veu poderosa que els va dir:

—Vagin sortint, si els plau!

D'un en un, els passatgers d'aquella diligència van anar baixant. Primer el notari Campàs, seguit del doctor Estevanell i la senyora Salvatella, plorant i abraçada a l'hereu de Chavagnac, i l'últim a sortir va ser en Cels Bargalló, que es va posar en fila al costat dels seus companys de viatge. Quan va gosar aixecar la vista, davant seu hi va trobar un home de mitjana edat que calçava espardenyes, es tapava amb una capa de pastor gascona, una roba que entrava al país de contraban, empunyava dues armes de foc de canó curt —d'aquelles que estaven prohibides per les autoritats— i encara en duia dues més.

Les empunyadures d'aquells pedrenyals li sobresortien de la faixa que li lligava la cintura, molt a prop de la banya de pólvora que li penjava d'un costat del braç: ben a prop de la mà perquè pogués carregar ben ràpid si ho necessitava.

Darrere seu, un grup d'homes armats els apuntaven amb tota mena d'armes: dagues, sabres i unes escopetes de metxa i canó llarg i prim que feien feredat. Portaven unes jupes de colors llampants i, a sota, una roba virolada que semblava de qualitat però que perdia tot l'encant en estar creuades per unes grans cartutxeres ventrals. Cadenes d'or i arracades acabaven de completar el sinistre retrat d'aquella quadrilla que els assaltava.

Sense mirar-se el nen, que era, de fet, el motiu del seu assalt, el cap dels bandolers va fer una ràpida repassada als passatgers i va fer un capmàs. Va calcular que en podien treure una bona picossada si, a més de segrestar el marrec, ara els robaven. Es va treure la manta que duia a les espatlles i la va estirar davant dels peus dels assaltats.

—Si són tan amables —els va dir en un to cortès—, vagin traient-se la roba fins a quedar amb el mínim per tapar-se les vergonyes, és a dir, en calçotets i samarreta els senyors i en *viso* la senyora, i després vagin llançant aquí damunt de la manta tot el que portin de valor, ja m'entenen, sobretot joies i diners. I quan dic que vull que ho buidin tot, és tot. Si s'estimen la vida, creguin-me, obeeixin, facin el que els dic i no els passarà res.

Amb més o menys dignitat davant d'una situació humiliant, tots van seguir les ordres del bandoler. Però en Cels Bargalló estava entrant en un estat d'exaltació que si hagués fet cas a les seves cames hauria sortit corrent. Ell mateix es procurava calmar, però no ho aconseguia. El bandoler va notar el neguit del negociant i se li va acostar per intimidar-lo:

—I vós, no teniu res per a mi? —el va interrogar—. No pot ser —es va respondre ell mateix.

En Cels Bargalló va llançar una llambregada ràpida a la part de dalt del carruatge. El bandit ho va veure i va donar ordres a un dels seus homes, que en un tres i no res ja grimpava per la diligència i s'enfilava fins al capdamunt. Amb un cop ben donat de daga, va tallar les corretges que lligaven els embalums que formaven part de l'equipatge i amb un parell d'empentes i coces els va fer caure daltabaix de la diligència.

—Carai, si que porteu fato, no?

La cara d'espant d'en Cels Bargalló el delatava. Pel desassossec d'aquell home, el bandoler no va trigar gaire a interpretar que en una d'aquelles maletes hi havia alguna cosa molt valuosa.

—Tu! —va cridar mirant-se en Cels—. M'ho penses posar fàcil o t'estimes més que et faci cantar la Matilda?

—Qui... qui... és la Matilda? —va preguntar el negociant sense saber-se avenir d'haver fet aquella pregunta, perquè realment no tenia cap ganes de saber qui era la Matilda.

—Si hi tens tant d'interès —el bandoler se li va acostar mentre es posava una mà dins de la faixa—, ara te la presentaré. —I es va treure una navalla que un cop desplegada feia dos pams de llarg. En Cels Bargalló es va veure reflectit en la immensa fulla, freda i afilada, que el bandoler li passejava per davant dels ulls. Li va posar la punta a la nou del coll i la pressió damunt d'aquella pell tan tendra li va fer una lleugera ferida, un punt de sang que de seguida es va convertir en un petit regueró que va provocar el desmai de Llogaia Salvatella. El doctor Estevanell es va ajupir per afanyar-se a socórrer-la, això sí, amb el permís dels bandolers. El pols d'en Cels Bargalló se li va accelerar tant que es pensava que trauria el cor per la boca. No va ser això el que va sortir del seu cos: va ser una altra cosa que el va fer sentir incòmode i ridícul.

—Aaarrgg, quina pudor! Mestre, esteu podrit! —cridava el bandoler, que s'apartava del negociant tapant-se el nas mentre la resta de la quadrilla es trencava de riure i es mofaven d'aquell pobre home.

—Agafeu el que vulgueu —deia tremolant el pobre Cels—, però no em mateu, si us plau, misericòrdia... —suplicava amb un fil de veu i somicant.

Dos dels bandolers es van acostar a una maleta que assenyalava el negociant. Amb les dagues van fer saltar els cadenats i davant seu es va obrir un autèntic tresor. Van arreplegar-ho tot, les joies de dins de la maleta i les que els passatgers havien anat dipositant sisplau per força damunt de la manta: rellotges d'or, anells, segells, medallons, collarets i les carteres dels tres homes.

—A aquest bernat pudent ja ens el podríem carregar —va dir en Rasclet assenyalant amb la seva navalla en Cels Bargalló.

—No, aquí no pelarem ningú —va dir el cap dels bandolers, i el negociant va respirar alleujat—. Ja sabeu què hem vingut a fer.

I dit això van separar els tres homes del nen, que mort de por i sense oferir cap resistència va esclatar a plorar. Dos bandits el van fer pujar a una de les seves muntures. La quadrilla ja es disposava a marxar, però abans el cabdill es va adreçar a en Nicodem Campàs:

—Quan recobri el coneixement, digueu-li a la senyora que ens hem endut el nano. Digueu-li que s'asseguri ben bé de fer-ho saber de seguida al senyor de Chavagnac. Si vol tornar a veure amb vida el seu fill, ens haurà de pagar un rescat que ja li farem saber de quina manera s'ha de fer efectiu.

—D'acord —va concedir en Nicodem Campàs—. Però em podríeu dir quin és el vostre nom?

—Només us diré que em diuen Boquica.

26

Males notícies

La flaire de l'amoníac que li entrava pels narius la va revifar de cop. Va obrir els ulls de bat a bat i mentre feia la intenció d'incorporar-se va preguntar:

—I el nen, en Climent, on és el nen?! —va preguntar cridant Llogaia Salvatella.

—Calmi's, calmi's —mirava d'assossegar-la el doctor Estevanell, que ara es guardava el flascó al maletí de les medicines, gairebé buit després que els bandolers s'havien endut més de la meitat dels medicaments que portava el doctor—. Ha de mirar d'asserenar-se, senyora Salvatella —li insistia el metge—. Ara, quan es trobi una mica millor, ens aixecarem i anirem fent cap a Besalú. No som pas tan lluny. Hi anirem tot passejant —el doctor Estevanell buscava amb la mirada la complicitat dels seus altres dos companys de viatge, en Nicodem Campàs i en Cels Bargalló. El negociant no el va seguir, però en Campàs sí.

—I tant que sí, teniu raó, doctor Estevanell. És clar que sí, senyora Salvatella —i s'hi va acostar—, xino-xano arribarem al poble.

—Se l'han endut, oi que sí? —començava a vessar les primeres llàgrimes—. Contestin-me, si us plau —els implorava amb els ulls ben negats.

Els tres homes es van mirar com volent dir «és absurd que li amaguem una obvietat». En Nicodem Campàs va ser l'encarregat de confirmar-li el que ja sabia des que havia recuperat la consciència. N'hi va haver prou amb un cop de cap, un gest d'assentiment del senyor Campàs, perquè Llogaia Salvatella es posés a cridar i de poc no li agafés un atac d'histèria. A punt va estar de tenir un altre cobriment quan li van assegurar que els bandolers s'havien emportat el nen. La imatge que oferia aquella pobra dona era la de la desesperació en persona. Abrigada amb una manta, només anava amb el *viso* perquè els bandolers li havien pres el vestit. Esperrucada, amb els ulls vermells i inflats i la cara desencaixada, va treure forces de flaquesa per aixecar-se i enfilar el camí cap a Besalú. Ho va fer recolzant-se en Nicodem Campàs i en el doctor Estevanell.

L'endemà, al saló de plens de l'ajuntament, en Nicodem Campàs i el doctor Estevanell explicaven al batlle, a les autoritats i a en Gaspar de Chavagnac, el pare del segrestat, el que havia passat. Però el pitjor d'aquella reunió encara estava per venir. Un cop exposats els fets, en Nicodem Campàs va tornar a prendre la paraula.

—Si em permeten la meva humil opinió. He tingut la sort de conèixer persones molt honrades que van tenir la desgràcia de passar per una experiència similar i, sobretot —i es va girar cap a en Gaspar de Chavagnac—, ja sé que és dur sentir-ho, Monsieur de Chavagnac, però que van tenir la sort de sobreviure i explicar-ho. No tothom ho pot fer, siguem-ne conscients. Bé, pel que fa al cas és igual. El que és possible que facin a partir d'ara els bandolers és que una vegada siguin a lloc avisin la família i donin a conèixer les seves demandes. I també solen demanar a la família que triïn dues persones de confiança per anar a recuperar, amb un llistat de condicions, el familiar segrestat.

—Això, fan? —va preguntar estranyat en Falgàs.

—No ho sé, senyor, a mi és el que em van explicar. Els solen convocar en un lloc i en una hora per fer l'intercanvi. Normalment accedeixen a alliberar-lo a canvi d'una important suma de diners que hauran de portar aquests individus triats per la família, que hauran de marxar de nit per arribar a temps al matí al lloc convingut.

—Molt bé, si és així els farem seguir per una patrulla armada fins a les dents —va apuntar en Falgàs— i els arrestarem.

—No, no és tan fàcil, i cregui'm que no seria gaire assenyat.

—Per què no?

—Perquè normalment la quadrilla vigila el lloc de l'intercanvi. I, com a mínim en el cas que vaig conèixer, els intermediaris tenien instruccions que un cop arribessin a un punt del camí que prèviament els havien assenyalat s'anunciessin fent tres xiulets en intervals de cinc minuts. Si els bandolers no només suposen sinó que veuen que els homes van armats o que els ha seguit alguna guarnició, avisen amb un senyal: un tret de fusell a l'aire. El cap de la banda entén que no és segur fer l'intercanvi i es retiren amb el segrestat. Per tant, si tenen aquesta manera d'actuar, haurem d'anar amb molt de compte i seguir al peu de la lletra les seves instruccions. Així serà més fàcil que li tornin el seu fill —va concloure en Nicodem Campàs. Estava a punt de continuar quan van trucar a la porta i un assistent es va acostar a en Falgàs i li va xiuxiuejar alguna cosa a l'orella. En Falgàs, horroritzat i incrèdul, es va mirar l'assistent:

—N'esteu segur? —li va preguntar mentre la resta dels reunits frisaven per saber què era el que li havia comunicat.

El mosso va assentir amb el cap.

—Molt bé, doncs que pugi.

—Què es tant de misteri? —va voler saber en Chavagnac mentre l'assistent desapareixia de la sala.

En Falgàs es va explicar:

—M'han dit que a baix hi ha un pagès que porta una nota, allò que se'n diu una carta comminatòria de part d'en Boquica. —I va mirar el notari, el negociant i el metge. La senyora Salvatella l'havien convidada a la reunió, però s'havia estimat més quedar-se al llit recuperant-se i no haver de passar pel tràngol de sentir i reviure aquella experiència—. Se suposa que és una nota per exigir un pagament pel rescat del vostre fill —va explicar dirigint-se a en Chavagnac.

—Molt bé, i quin problema hi ha? —va preguntar el francès.

—Cap problema, Monsieur Chavagnac, però... —i va respirar profundament—, en aquestes cartes també es vol donar entenent a la família que el seu parent és viu...

—I?

—I... s'hi sol adjuntar una prova que així ho demostri...

No va acabar de dir això, que van tornar a picar a la porta. L'assistent d'abans anava acompanyat d'un camperol cara-rodó i galtavermell que duia un sobre mig obert a les mans. Un sobre que va cedir a l'assistent, que el va lliurar a en Falgàs.

—Qui us ha donat això, bon home? —el va interrogar en Falgàs.

—Estava feinejant a l'hort i un parell d'homes se m'han acostat i m'han demanat que vingués a portar aquest sobre a l'ajuntament.

—I no us han dit res més?

—No, senyor.

—Els coneixeu, els havíeu vist mai abans?

—No, senyor.

—Per tant, tampoc em sabreu dir on viuen o on s'amaguen?

—No, senyor, em sap greu no poder-vos ajudar —va fer el pagès arronsant les espatlles.

—Està bé, està bé, no us amoïneu. Us en podeu anar.

I en Falgàs va fer un gest al seu secretari perquè es tornés a endur el pagès.

—Obriu-la i llegiu-ne el contingut, us ho prego —insistia en Chavagnac.

—De seguida, Monsieur, però abans heu de saber que el contingut d'aquestes missives sovint no és gens agradable, al contrari. No solen portar bones notícies.

—Per què? —va preguntar angoixat el francès.

—Doncs perquè en aquesta mena de cartes el que fan els segrestadors és posar-hi algun membre amputat del segrestat perquè la família pugui veure com les gasta la banda i per deixar ben clares les seves intencions si no s'avenen a les condicions que volen els de la quadrilla.

Gaspar de Chavagnac va fer el cor fort i, revestint-se del seu valor militar, va demanar a en Falgàs que acabés d'obrir el sobre i que llegís les exigències d'aquella colla de salvatges.

En Falgàs va posar la mà dins el sobre i en va treure un paper doblegat per la meitat i va començar a llegir:

«Replegueu els vostres homes de la zona de Besalú. Feu que els exèrcits que ens han dut la guerra, la misèria i la mort de les nostres criatures se'n vagin de casa nostra i de les nostres terres. Que ens deixin viure en pau, amb dignitat i en llibertat. Igual que vós i els vostres voleu un futur per als vostres fills, nosaltres també en volem per als nostres, per a aquells que encara són vius. Si us estimeu la vida del vostre fill, feu el que us demano i desocupeu aquesta terra que us és hostil. Quan comencem a veure moviments de tropes el deixarem anar. Si no feu el que se us mana, el vostre fill ho pagarà amb la vida. L'escorxarem de viu en viu, l'esquarterarem i els trossos els repartirem per tots i cadascun dels punts de la geografia on hi hagi soldats vostres. Ah!, i no patiu, perquè els meus homes ja s'han assegurat que si ha de cridar de dolor no se sentiran massa forts, aquests crits. Li hem estalviat un futur pati-

ment, cregui'm. I per veure un gest de bona voluntat vostra, deixeu una bossa amb tres-cents doblers a la primera casa que trobareu pujant el camí cap a Sadernes al costat de l'alzinar. Al costat de la casa hi ha uns ruscs d'abelles, que el vostre emissari deixi la bossa darrere l'últim buc, a tocar del riu. Agraeixo per endavant la vostra generositat.»

Era una actitud que els generals i mariscals que donaven cobertura a en Boquica no haurien aprovat però el deixaven fer. Eren conscients dels seus mètodes poc ortodoxos i malgrat tenir la certesa que jugaven amb foc no hi intervenien, de moment. Miraven cap a una altra banda, feien veure que ignoraven el problema.

En Falgàs va acabar de llegir la nota i va donar el sobre a en Chavagnac.

El francès, que havia escoltat serè i seriós el contingut de la carta, la va agafar amb un posat marcial i quan la va obrir i va mirar el que contenia es va desmuntar. Va començar a plorar i a cridar:

—*Mécréant!* —va renegar en francès en Chavagnac, i tot seguit va canviar de llengua—. Cínic, miserable sense escrúpols, fill de puta... me les pagaràs!

I va treure el que semblava una orella petita tenyida de sang resseca.

Els assistents a la sala van deixar anar un crit ofegat davant aquella mostra de crueltat i es van afanyar a consolar en Chavagnac, que sabia que havia de resoldre aquest problema pel seu compte, sense de moment poder recórrer als seus superiors. Un dels homes presents es va anar retirant cap a la porta per sortir sense fer soroll de la cambra, aprofitant aquell moment d'aflicció tan sentida. Va baixar els esglaons amb grans gambades i de seguida va ser al carrer. Va mirar que no el veiés ningú, es va carregar una pedra a l'esquena, es va calar un barret i es va encaminar cap a l'Hostal.

27

Estratègies brutes

—Vinc a esmolar els ganivets de cuina —va dir un home fornit acostant-se al mostrador de Can Caules. L'esmolet que havia entrat a la fonda amb una mola lligada a l'esquena anava vestit amb calça negra i armilla de pana del mateix color, camisa blanca i un barret que ara sostenia entre els dits d'unes mans clivellades i plenes de talls. Esperava que l'amo de l'hostal li tornés contesta.

En Caules va aixecar les celles, se'l va mirar i sense dir res, només amb un gest de la mà, li va donar entenent que el seguís. L'afilador el va obeir i el va seguir fins al final del local, que a aquella hora era ple de fum i crits.

La cridòria venia de les diferents taules on hi havia diverses partides de catxo, algunes començades, d'altres a punt de fer-ho, i es repartien uns naips que de tan rebregats costava de veure-hi el segell de Casa Comas. El catxo era un joc molt popular en què es jugava amb la meitat de les cartes, des dels sisos fins als reis, o amb l'altra meitat, graduant per aquest ordre el valor de cada carta. S'augmentaven els punts segons s'anaven lligant els colls, la major era sis o cinc de cada un. Es repartien tres cartes per cada jugador, i en totes es podia mirar. Quan es lligaven les tres d'un coll es feia catxo i el màxim, el catxo major, era si s'aconseguia el de tres reis.

La parròquia de Can Caules, doncs, estava prou entretinguda i engrescada amb el catxo perquè algú prestés atenció a l'home que acompanyava l'amo de l'hostal. De seguida van arribar al fons de la fonda, on hi ha havia el celler. Allà, darrere la porta, s'hi obria una petita sala folrada amb bótes de vi on l'esperaven dos homes d'en Boquica: en Dalmau Barcons, conegut com el Borbollaire, perquè quan parlava ho feia precipitadament, a borbolls, i a més era més famós per les seves mentides que per res més, i en Valentí Subirós, el Borinot, nom que li havia quedat gràcies a la seva habilitat per escarnir el so d'aquest insecte. Asseguts en una tauleta, el Borbollaire i el Borinot assaborien dos gots de vi. L'hostaler va deixar l'esmolet en aquella saleta i quan se'n va anar va tancar la porta darrere seu. L'esmolet va deixar la mola en un racó i sense pèls a la llengua els va increpar:

—Això de l'orella ha estat una salvatjada! No hi toqueu gens ni mica —va dir assenyalant-se la templa amb un dit—. No era necessari i no heu fet res més que embolicar-ho tot. Ara tot el bosc està infestat de gavatxos i homes armats fent batudes per mirar de trobar el nen i escarmentar els captors.

—Ep, ep, pareu el carro, mestre! —va dir un dels homes aixecant el braç com si de veritat volgués aturar una tartana—. L'orella no és pas del nen. L'orella és d'un porcell que havíem robat d'un mas i ens el vam cruspir. Vam pensar —i es va mirar al seu company rient— que com que del porc s'aprofita tot —va deixar anar una riallada—, li podríem donar un últim servei!

I els dos homes, que ja en duien més al cap que als peus, es partien de riure sense cap motiu aparent.

—És igual, és igual. Ara el mal ja està fet —va contestar l'esmolet.

—Millor, tu! Així potser s'espavilaran a pagar més ràpid i tocaran el dos!

—No t'ho pensis pas. Sí, estan replegant els homes, però no pas per anar-se'n. Els estan concentrant tots cap aquí. Això s'està convertint en un formiguer de gavatxos!

—I els quartos?

—Els diners? Que us penseu que aquest francès estaca els gossos amb llonganisses o què?

—Què vols dir? Que no té ni un ral?

—No l'enfiten pas, a l'exèrcit francès. Té diners però trigarà a reunir-los.

—I doncs, per què no ens en recomanaves un altre per segrestar?

—Refotut cabró... La pròxima vegada us el trieu vosaltres!

—Escolta, que tu també t'emportes la teva part del rescat, tu mateix, tu sabràs...

—A mi no m'emboliquis, que jo només m'he limitat a donar-vos quatre indicacions. No em barregeu amb els vostres crims, no em vull implicar en els vostres jocs bruts.

—Ai collons! —va clavar una puntada de peu a la tauleta i la gerra de vi i els dos gots que hi havia a sobre van sortir volant, van impactar contra les bótes de la paret i van caure engrunats a terra. Es va aixecar i es va encarar amb l'esmolet—. Ara resulta que com que van mal dades no en vols saber res. Que no cobres la teva part? —va interrogar acaloradament el bandit a l'afilador—. Doncs deus tenir la mateixa part de culpa que nosaltres, no trobes?

L'esmolet, impertèrrit, va aguantar estoicament el tuf de vi i els capellans que li havia tirat a la cara aquell home.

—Vosaltres procureu que el nen arribi sa i estalvi per a l'intercanvi i el lliurament dels diners i no us compliqueu la vida —li va contestar sense que li tremolés la barba.

—Si te'n comences a penedir —li va dir el Borinot—,

si et comencen a rosegar els remordiments, ja saps què et toca fer: entres a Sant Vicenç i te'n vas a la capella dels Dolors, t'agenolles davant de la Mare de Déu i li expliques les teves penes. De totes maneres, em penso que els que de veritat busquem Déu dins dels santuaris ens ofeguem, i ara ja començo a entendre per què. —I el Borbollaire va assentir amb el cap.

Li va entrar per una orella i li va sortir per l'altra. Tenia la consciència ben tranquil·la i cap necessitat de discutir amb aquell parell de tarambanes. L'esmolet va insistir:

—Obriu bé els ulls i aneu alerta. La persona o persones, encara no sé què decidiran, que enviïn amb els diners la vigilaran de prop. O sigui que —i amb la punta del dit es va abaixar lleument la pell del pòmul esquerre—, ull viu si no la voleu dinyar!

Va girar cap i cul i va sortir del celler de Can Caules.

28

Rescat frustrat

El rumor es va convertir ràpidament en notícia i es va estendre com la pudor. Després del segrest de Climent, el nen de Gaspar de Chavagnac, a Besalú no es parlava de res més. Les dones que anaven a rentar al riu, els que anaven pel carrer, els que es trobaven al cafè, els que estaven asseguts al banc de les mentides, on s'aplegaven aquells que ja tenien tota la feina feta, o davant de les parades d'un mercat magre i deslluït: arreu planyien el francès. Dubtaven que pogués tornar a veure viu el seu fill i les mirades es dirigien cap als finestrals de la casa de la vila. Des d'allà es coordinaven les accions per l'alliberament del *garçon*, i el pare de la víctima esperava estoicament alguna novetat que li permetés ser una mica optimista.

—No pararé fins a enxampar-lo, i quan el trobi l'esclafaré!

Gaspar de Chavagnac va clavar un cop de puny sobre l'escriptori mentre rosegava entre les dents aquelles paraules. L'aflicció del primer moment, dels primers dies, després de rebre la nota comminatòria, havia deixat pas a la ràbia.

—Vull sentir el cruixir dels ossos del seu coll com quan el pes de la meva bota aixafa aquest escarabat —i va trepitjar una bestiola que corria pel terra de l'habitació amb la intenció d'amagar-se sota la calaixera. No hi va arribar a temps; es va sentir un soroll escardalenc com si el francès trepitgés una closca d'ou, com si es trenqués un grapat de branquillons sota el seu calçat. Va aixecar la bota i estampat contra el terra hi havia el cos aixafat d'aquell insecte. La cuirassa que feia d'escut protector de les dues ales del coleòpter no va ser prou dura per suportar el pes del taló de la bota.

—Sortirem de seguida, senyor —va assenyalar un dels suboficials—. Hem aconseguit que un dels seus homes cantés i ens assenyalés sobre el mapa on s'amaga. Com més aviat hi arribem, més aviat podreu recuperar el vostre estimat fill.

—Som-hi, doncs, no perdem més temps.

Una nodrida dotació de soldats francesos va sortir cavalcant a bon ritme des del centre de Besalú cap a l'indret que en Barrancot havia marcat al mapa.

Estimbant-se pel barranc com si fossin bocs, d'altres arrapats a les roques com lluerts i llangardaixos, els homes d'en Boquica anaven abandonant la cova. Havien vist que els francesos s'acostaven però no entenien per què. Primer no sabien qui coneixia l'amagatall que els hagués pogut trair, i després no aconseguien entendre què buscaven amb tant de desfici.

En Boquica feia dies que havia alliberat el fill de Chavagnac, perquè des d'un principi tenia molt clar que no volia cap mal a la criatura, només buscava espantar i escarmentar el seu pare. El bandoler i els seus homes, però, no sabien que el nen s'havia perdut. En qualsevol cas, no es van quedar per preguntar-ho als soldats. Van salvar la pell fugint a través del bosc, el seu aliat més fidel.

Els crits, les ombres desfigurades a la paret, els esbufecs i les passes apressades omplien el corriol costerut que menava a la cova on es creia que s'amagava la quadrilla d'en Boquica. Els soldats s'internaven per la gruta humida i pedregosa amb l'arma en una mà i a l'altra una teia que els il·luminava mentre avançaven. Van arribar al centre de la cova. Hi havia restes del que havia estat una foguera i les pedres encara estaven calentes. Restes de menjar, de roba estripada, d'ossos d'un porcell, de senglar i de llebre, però ni rastre del fill de Chavagnac, ni tampoc d'en Boquica i els seus homes. Semblava impossible. Eren molts els que pensaven que voler-lo agafar era com voler agafar el fum. Sempre se'ls escapava, se'ls escolava entre els dits. Els embolcallava i els deixava la seva intensa olor de bosc. Això era l'únic que els quedava d'ell, res més...

La impotència, la decepció, la ràbia i la tristesa capitanejaven el grup de tornada cap a Besalú. Capcot, abatut i sense ànims, en Chavagnac plorava desconsoladament i amargament per la impotència de no saber ni on era el seu fill ni els seus captors.

—Monsieur! Monsieur de Chavagnac! —el van cridar—. Monsieur, aquí hi ha alguna cosa que hauríeu de veure —va anunciar un dels soldats que anava uns metres més endavant, avançat a la resta de la guarnició.

En una altra cova més petita i no excessivament lluny de l'amagatall d'en Boquica hi van trobar, arraulit i embolicat amb una manta vermella, el fill d'en Chavagnac. Havia mort de fred. Amb una salut delicada com tenia i poc avesat a córrer per camins i boscos, a Climent de Chavagnac no el va matar ningú, ni cap colla d'assassins li va prendre la vida: es va morir tot sol de fred i de gana. Un cúmul de circumstàncies explicava la mort del minyó francès, que, un cop alliberat, s'havia perdut. A la pluja, que no havia parat de caure nit i dia durant gairebé una setmana, s'hi van afegir les gèlides temperatures d'aquells últims vuit dies. Analitzant aquestes funestes coincidències es trobava una explicació ràpida i convincent de la mort del petit Chavagnac.

Gaspar de Chavagnac va baixar del cavall, es va acostar al plec de la cova que guardava l'últim alè de vida que havia deixat anar el seu fill i se'l va mirar. Es va agenollar per abraçar-lo ben fort, com si volgués donar-li l'escalfor que el seu cos havia perdut, com si confiés que amb aquella abraçada el revifaria i li retornaria la vida. Sabia que era inútil. Era mort. Però en Chavagnac s'aferrava al que per a ell encara era carn de la seva carn. Amb els ulls tancats, feia que no amb el cap mentre les llàgrimes li baixaven galtes avall.

Va ser llavors que se'n va adonar. Mentre amanyagava els cabells freds i passava la mà per les galtes entumides i liloses de la seva criatura, va notar que tenia les dues orelles. Aquella orella que acompanyava la carta comminatòria no era pas la del noi. En Chavagnac es va sentir burlat i l'amargor per la mort del seu fill es va apoderar d'ell. Va considerar en Boquica responsable de la mort del seu fill i així ordenaria que s'expliqués perquè tothom sabés la classe d'home que era, capaç de matar una pobra i indefensa criatura de dotze anys. La venjança l'encegava, i malgrat saber que no era cert, estava segur d'una cosa: si aquell malnascut i els seus sequaços no l'haguessin segrestat, ara el seu fill seria viu.

—Busqueu-lo, busqueu-lo i porteu-me'l, viu o mort, m'és igual. Però atrapeu-lo.

Va poder fugir. Tots havien agafat direccions diferents. No podia anar a amagar-se a la cova que feien servir sovint perquè ja la tenien vigilada. De fet, va pensar que seria el primer lloc on el buscarien. Llavors, en Boquica va recordar aquell indret excavat de manera natural a la roca a sota d'un penya-segat que havia servit a uns antics pastors i els seus ramats per buscar la fresca al pic de l'estiu i per aixoplugar-se de les tempestes. Si no li fallava la memòria era cap al nord, i per no perdre's es va orientar mirant cap al cel. Recordava el que feia molts anys li havia explicat el seu pare i buscava el cullerot, l'Óssa Menor, que li marcava el nord. La va trobar de seguida. Feia estona que era negra nit i no li va costar gens seguir el rastre del cel. Anava camp a través, per una immensa esplanada sense cap nosa a banda i banda.

De cop, però, la vista se n'hi va anar cap a la muntanya. Un llum que feia pampallugues el va posar en alerta. No podia ser que el seguissin —es va dir—, ja feia molta estona que els havia deixat enrere i era impossible que algú l'hagués empaitat. Per precaució, va desmuntar del cavall i va decidir seguir el camí a peu per dins del bosc. Va anar pujant per senders i dreceres poc fressades esgarrinxant-se la cara, les mans i les cames. No estava tranquil, perquè continuava veient el llum i ara ja no es bellugava com abans, ara estava quiet, fix al mig de la muntanya. «Què coi deu ser allò?», es preguntava en Boquica. Encuriosit, s'hi va anar acostant. La sensatesa s'imposava a la curiositat, i tot i que la veu de la consciència li deia que seguís el seu camí, el seu nas intuïa que li convenia anar cap a la llum. I així ho va fer. Va passar grimpant per les roques d'un rierol, el va travessar i es va enfilar per una sendera, un camí estret pedregós i ple de bardissa. Les branques li fuetejaven les cames i li costava avançar. Cada vegada tenia el llum més a prop. Va sortir d'aquella massa boscosa que l'havia embolcallat en els últims minuts, va lligar el seu cavall en una branca i es va trobar en un descampat on un home baixet i rabassut feinejava dins d'una cabana de fusta. D'un dels fustots en penjava un quinqué. «Vet-ho aquí el llum que havia vist», es va dir en Boquica. «S'ha acabat el misteri». I va pensar que si primer feia pampallugues era perquè aquell home, caminant, es devia acostar a la cabana, i després, en arribar-hi, havia penjat el llum.

El soroll d'unes branques en trencar-se va posar en alerta un parell de gossos de l'home, que van sortir bordant cap al lloc on havien sentit aquell cruixit. En Boquica no se n'havia adonat i acabava d'aixafar un feix de branquillons de pi sec que hi havia a terra. Els gossos el van ensumar de seguida i quan el van veure se li van encarar escopint lladrucs i ensenyant-li les dents. L'home, sense alterar-se massa, es va acostar cap allà on els seus mastins bordaven amb un podall a les mans.

—Què passa, què passa, què heu trobat? —els preguntava mentre s'acostava.

I en Boquica, que no es podia moure, va contestar:

—Un pobre desgraciat que s'ha perdut per aquests mons de Déu.

—Vatua Déu, què hi feu vós, rondant per aquests verals a aquestes hores de la nit?

—Ja us ho he dit: m'he perdut.

—Us heu perdut? No m'enredeu, mestre, jo ja sé que casa meva i el meu cobert no estan precisament situats en un camí ral que sigui gaire transitat.

I en acabat de dir això va fer un xiulet. En aquell moment, els gossos que bordaven i grunyien van parar i es van anar a situar al costat del seu amo.

—Veniu, anem cap a la cabana. Encara n'hi ha per una estona abans el foc no estigui a punt. Però, digueu-me, de qui o de què fugiu?

En Boquica va seguir aquell home petit amb la cara emmascarada i les mans ennegrides. Portava una boina aixafada per tapar-se el cap i s'aguantava els pantalons amb uns elàstics. Del llavi li penjava una cigarreta.

—El foc? —li va preguntar—. Quin foc? Jo no veig flames enlloc.

L'homenet va somriure i mentre xuclava el tabac li va assenyalar dues piles que s'aixecaven només a unes passes de la cabana.

—El foc és allà dins de les clotxes. D'aquí a una estona ja hi podré tirar la llenya per fer carbonet.

—Sou carboner, doncs?

—Sí, des que tinc ús de raó que m'hi dedico, de fet... com tota la meva família —va afegir—. La vida aquí sempre ha estat difícil i viure envoltats de boscos ha fet que la gent ens dediquéssim, a més a més de treballar la terra i de tenir bestiar, a fer de bosquerol: a tallar arbres, fer fogots, transportar llenya o fer carbó... Voleu un cafè? —li va oferir el carboner.

—Prou —va contestar agraït en Boquica.

Es van asseure en un parell d'escambells de fusta i l'homenet li va servir un cafè amargant com la tinya i fort a més no poder. En Boquica va fer unes ganyotes que van provocar una riallada del carboner.

—El trobeu massa fort, potser?

En Boquica li va fer que sí amb el cap perquè no podia respondre-li amb paraules.

—Penseu que em convé estar ben despert tota la nit. Jo treballo des d'aquesta hora i fins que clareja —li va dir l'homenet.

—Quina llenya feu servir per fer carbonet? —es va interessar en Boquica.

—Menys la llenya de tamarell, que per aquí n'és ple —i amb els braços va encerclar tota l'extensió de bosc que hi havia al seu darrere—, la que vulguis!

—Què passa amb el tamarell?

—El tamarell no serveix perquè treu moltes guspires, d'aquí la dita: «Carbó de tamarell, guardeu-vos d'ell». Mireu, el carbonet és carbó petit de la llenya que hi poses —explicava el carboner—. Quan hi ha pi, pi, i si no, alzina. El d'alzina tarda una mica més a encendre's, però un cop tens la carn cuita encara hi ha caliu. Per mi va més bé el d'alzina, però el pi no és tan car perquè pesa menys: tot depèn —va concloure.

—I en feu gaire?

—Va com va. Hi ha temporades que no dono l'abast i omplo de vuitanta a noranta sacs de carbó al mes, i d'altres èpoques més tranquil·les i assossegades que amb menys de la meitat ja faig.

—Teniu molts clients?

—Un parell de cases pairals d'aquí dalt a Oix, uns masos de cap allà a Sant Aniol i després hi ha l'amo de l'hostal de Sadernes, que té molta clientela i necessita molt de *gènero,* i jo que me n'alegro —va dir somrient.

—I com ho feu?

—Tiro els feixos de llenya ben seca i eixuta al foc perquè cremin durant uns cinc o sis minuts, i llavors el tapo perquè s'ofegui. El deixes ben bé una hora i al cap d'aquest temps ja tens el carbonet. El deixes que es refredi durant un parell de dies, el garbelles i ja està, ja el pots ensacar.

—Les nits que plou o fa vent no deveu poder treballar.

—No, aquelles nits són llargues i costen de passar, però ja hi estic acostumat.

Va fer una altra pipada d'aquella cigarreta escanyolida. L'escurava tant que gairebé li cremava el llavi superior. Es va empassar una part del fum i l'altra la va treure en un bufet suau.

—I vós, a què us dediqueu?

—Sóc traginer.

—I per això fugiu? Que heu fet uns tractes poc honrosos, que us vinguin al darrere? —el va interrogar el carboner.

No va acabar de preguntar que els gossos, que fins llavors havien estat quiets, van aixecar les orelles i van sortir bordant com uns esperitats cap al darrere de la cabana.

—S'acosta algú —va afirmar el carboner.

—Són soldats francesos que em busquen a mi. Amagueu-me, si us plau —li va suplicar en Boquica.

—Entesos. Veieu aquella clotxa que hi ha al costat d'aquella sitja que fumeja?

En Boquica va assentir amb el cap.

—Doncs correu i tireu-vos-hi de cap.

En Boquica va dubtar un moment.

—No patiu, no us cremareu: no n'hi ha pas, de foc. Allà dins segur que no us trobaran.

En Boquica va córrer a amagar-s'hi. Va pujar per uns troncs que, aguantats per unes pedres als extrems i disposats un per sobre de l'altre, feien d'escala en aquella muntanya de sorra en forma de volcà. Un cop dins va sentir soroll de cascos de cavalls barrejat amb els lladrucs nerviosos dels gossos. Va treure una mica el nas per la vora de la pila i no li va agradar gens el que va veure: dos soldats tenien agafat pels braços el pobre carboner, que, sense oferir resistència, responia les preguntes d'un oficial francès que des del cavall estant l'interrogava.

L'apallissaven i va decidir defensar-lo. Va sortir de la clotxa, va agafar una atxa que encara estava en flama enmig del foc, al voltant del qual feia només una estona havia fet un cafè, i la va entaforar a la boca d'un dels soldats que, cridant com un vedell, va sortir a escometre'l. El soldat va continuar bramant, però ara de dolor per la cremor que li abrandava tota la cara. En Boquica va aprofitar per prendre-li el sabre que duia lligat a la cintura. Ja n'havia deixat fora de combat un, però encara en quedaven quatre més que s'estaven desfogant a cops amb el carboner.

Dos d'aquests es van girar en sentir els crits punyents del seu company, que s'estava consumint als peus de la clotxa.

Era un combat desigual: dos contra un. Pensava que primer n'hi vindria un i després l'altre, però s'equivocava. Els dos gavatxos es van mirar, van veure l'avantatge que tenien sobre aquell individu i no s'ho van pensar dues vegades: van llançar un atac conjunt, tots dos de cop, contra el bandoler. En Boquica va ser prou ràpid per repel·lir la primera escomesa. Es va agenollar i va interposar el seu sabre de manera horitzontal. Van saltar guspires del xoc de les fulles dels tres sabres. En passar els dos francesos, en Boquica els va guanyar l'esquena i des de sota es va girar ràpidament cap al que tenia a l'esquerra i li va clavar el sabre als ronyons. Va tirar la fulla enrere i en un altre moviment ràpid de malucs va saltar cap a la dreta i va segar el ventrell de les cames de l'altre soldat. Els tenia a tots dos malferits i només els va haver de rematar. A l'un li va enfonsar l'acer fred dins de la budellada i l'altre, que havia quedat de genolls perquè havia perdut l'equilibri en tenir el tou de les cames segat, li oferia el coll: un tall net i el cap del soldat va rodolar fins a la vora del foc. No el van consumir les flames perquè les pedres que encerclaven el foc ho van evitar. De totes maneres, se sentia pudor de carn cremada perquè la primera víctima jeia al costat de la clotxa traient fum per la boca.

En Boquica s'havia d'espavilar si volia salvar el carboner de la mort, perquè els dos soldats li continuaven pegant sense compassió i l'home ja no oferia resistència. Feia estona que havia defallit, però encara no era mort.

—Eh, gavatxos! —va cridar en Boquica. Els militars francesos se'l van mirar amb cara de ràbia, i ell els va fer senyals que se li acostessin—. Veniu, veniu!

Van arrencar a córrer, grunyint i bramant amb les armes a la mà, cap allà on hi havia en Boquica. Un duia la baioneta, i l'altre amenaçava amb el sabre. En Boquica també va arrencar a córrer cap a ells i quan va estar a una distància d'un parell de metres es va llançar a terra, va fer un capgirell i va passar rodolant pel mig dels soldats. Quan es va mig incorporar, es va treure les navalles que duia a la faixa i els les va clavar a l'altura de la cintura. Els gavatxos van deixar anar les armes i van proferir un crit de dolor. Va anar tot tan de pressa que en un tres i no res tenia els dos gavatxos arrossegant-se per terra. A un li va donar el cop de gràcia clavant-li la seva mateixa baioneta entre cap i esquena, i a l'altre li va disparar, deixant-lo esbudellat al costat del seu company de files.

Al costat de l'altra clotxa on s'anava coent lentament la fusta, estès a terra, masegat i ensangonat, hi jeia el carboner. En Boquica s'hi va acostar i li va parlar perquè tornés en si.

29

Por

Un cop reagrupada la quadrilla d'en Boquica, als saquejos com el del cingle d'Espinau se n'hi van afegir d'altres, i no només contra els interessos de l'exèrcit francès sinó també contra aquelles localitats que depenien administrativament dels gavatxos. En aquells moments, per la Garrotxa i l'Empordà corrien diverses partides: la d'en Josep Buxons, en Papus de Castelló d'Empúries; la d'en Joan Silot de Vilamalla; la d'en Josep Vila de Tortellà; la d'en Bartomeu Pi de Llers, o la d'en Damià Bosch, el Ferrer de Vilafant. Cap, però, no deixava un rastre de sang tan escandalós com el que deixava la d'en Josep Pujol i Barraca, en Boquica. I no només als llogarrets que pertanyien al cantó de Besalú.

—El prefecte general no para de rebre cartes de queixes i més queixes dels habitants de pobles tan diferents com Blanes, Palamós, Figueres, Sarrià, Ripoll, Olot o Arbúcies —va dir cridant en Gaspar de Chavagnac mentre aixecava els braços cap al cel—. Estan desesperats, aterrits i sense ni una lliura. No entenen per què França els escanya amb tants impostos. —Incrèdul, en Chavagnac llançava la pregunta al seu interlocutor—: Però si la pressió fiscal és mínima, no entenc l'origen d'aquestes crítiques...

—És comprensible, Monsieur de Chavagnac. Ho entendreu de seguida —li va respondre l'Ildefons de Falgàs—. Resulta que és per culpa de l'actuació desmesurada d'un grup de miquelets, capitanejats per un tal Boquica, us sona? —li va preguntar sornegueraament.

Quan en Chavagnac va sentir aquell nom va començar a serrar les barres, va aixecar les celles i després va arrugar el front en un gest de ràbia continguda. Havia passat un temps de la mort del seu fill, però en Boquica encara tenia el suport d'uns quants alts comandaments de l'exèrcit napoleònic que feien la vista grossa o, senzillament, miraven cap a una altra banda quan en Chavagnac els presentava alguna queixa. Sabia que no li podia fer res: era qüestió de galons. L'ànim de venjança d'en Chavagnac, però, no s'havia refredat, tan sols estava a l'espera d'una ocasió més propícia. Va mastegar una lletania d'insults en francès entre dents. En Falgàs continuava:

—En nom de l'emperador francès, aquesta partida de bandolers, perquè no tenen un altre nom, els cobren unes quantitats escandaloses en forma d'impostos. Si no els paguen, els amenacen d'endur-se tot el que tinguin. A Arbúcies, per exemple, el poble ha hagut de recollir diners per pagar el rescat i així poder alliberar l'alcalde i quatre membres de l'ajuntament que s'havien endut per la força. Altres opcions són saquejar-los o cremar-los les propietats, i davant d'aquesta amenaça la gent s'estima més pagar. Els que no tenen res opten per anar-se'n del país.

—I què demanen?

—Demanen que el cobrament de les contribucions s'endarrereixi. Si no són protegits, diuen, l'única alternativa és el despoblament. Per això tenen por d'una represàlia i molts dormen pels boscos, i molt em temo que al capdavall prendran les armes contra nosaltres si no es posa remei a la situació.

—Maleït sigui aquest que nosaltres vam nomenar capità miquelet! —va exclamar—. I què pretén aquest Pujol?

—M'ha costat d'entendre-ho però al final he vist la seva estratègia. Està girant la gent en contra nostra, encara que sigui a un preu molt alt.

—A un preu molt alt, què voleu dir?

—Doncs que ho fa a costa de la seva figura. S'estima més sacrificar el seu nom que no pas el país. Sap que la gent el relaciona amb els francesos. Ho fa pagant amb la seva persona, amb la seva reputació.

—Deu ser veritat que diuen que no vol ni espanyols ni francesos, sinó catalans independents.

—Segurament, i és això el que dóna sentit a la seva lluita.

—I quina força el manté?

—Doncs aquesta voluntat, la consciència, el compromís de servir la seva terra mentre hi quedi algú: això és el que el motiva. Un dia li vaig sentir dir a un dels seus homes que deixaves de viure si deixaves de ser útil, quan deixaves de preocupar-te per res ni per ningú.

—Doncs molta gent en aquest país viu morta en el seu individualisme.

—Sí, efectivament; viuen morts de por, i per això ell intenta reviscolar-los, encara que sigui d'una manera tan salvatge. Ell creu fermament que les persones s'han d'implicar si volen que les coses canviïn. Si resten passius, difícilment canviaran. S'ha de propiciar el canvi des d'un mateix. S'hi ha de creure. Ell és del parer que les coses que passen sí que depenen d'un mateix. No creu en els polítics ni en la política.

—Veig que el coneixeu molt bé —va afirmar amb una certa sorpresa en Chavagnac.

—Monsieur, fa molts anys que tant en Pujol com jo ens arrosseguem pels mateixos camins. —Va fer una pausa i va afegir—: Senzillament busquem coses diferents.

—I en Pujol creu que la manera de canviar les coses és matar i saquejar? S'han de canviar les coses amb la violència?

—En aquesta situació la violència és present arreu, i el

seu desig és que els ciutadans siguin amos dels seus destins, dels seus diners, de les seves propietats. Ell lluita perquè el poder real sigui dels ciutadans, i entén que la violència potser, de vegades, s'ha de fer servir, tot i que no la desitja.

—Sí, aquest raonament em sona: el fi justifica els mitjans.

—És una màxima amb què no combrega però... més d'una vegada s'hi encomana per donar sentit als seus arguments.

—Aquesta situació s'ha d'acabar, i com més aviat millor. No pot durar més, perquè els ànims estan molt encesos i l'estratègia d'en Boquica comença a funcionar.

—Hem d'eliminar aquest coi de capità de miquelets —xiuxiuejava en Falgàs—. Abans que li atorguessin aquest càrrec hi vaig tenir tractes, uns tractes que ara, sota la protecció francesa i actuant d'estranquis com un bandoler atemorint tothom, ens poden esguerrar l'empresa.

En Falgàs volia avivar l'ànim de venjança d'en Chavagnac pel segrest i la mort del seu fill.

—Ell sap allò dels fusells! Hem de fer-hi alguna cosa —va etzibar-li exaltat en Falgàs. I les fulles de les branques dels desmais que s'esllanguien a prop dels dos homes es van moure lleugerament pels crits desesperats del vocal de la Junta.

—D'acord, d'acord, però no ho podem fer nosaltres —li va contestar el francès mirant de calmar-lo. En Falgàs era un home que solia tenir uns canvis d'humor molt bruscos. En Chavagnac ho sabia i ara mirava de tranquil·litzar-lo—. Ja sap que no és pas per falta de ganes, si pogués ho faria jo mateix amb les meves mans. Però hem de tenir el cap fred i conservar la calma. Cregui'm, no hi ha ningú que desitgi més veure'l penjat a la forca i mort que jo.

—Ho sé, ho sé, el comprenc, estimat Gaspar —i en Falgàs li va dedicar un somriure nerviós i li va clavar un parell de cops a l'esquena.

—Això —va sentenciar el francès— ho ha de fer algú a compte nostre. Nosaltres no hi podem participar directament. Ha de ser algú que no es pugui relacionar amb nosaltres. —Gaspar de Chavagnac va començar a donar tombs al voltant de la figuera que presidia involuntàriament la reunió dels dos homes—. Hauria de ser algú que hi tingués la mà trencada i que no pugui deixar ni rastres ni pistes. Hauria de ser una actuació neta i concisa. Una intervenció contundent però sense massa soroll, el just i necessari per extirpar aquest mal que ens colpeix i ens turmenta...

—Estic d'acord amb vós que hem de ser molt cauts i és important que tot sembli espontani, casual, fruit de l'atzar. Si es veu massa preparat, aixecarem sospites i no ens convé. Hauríem de fer veure als veïns que... —dubtava de si dir-l'hi—, que en Boquica és el responsable únic de la mort... —no gosava dir-ho en veu alta.

—...del meu fill. Sí, Monsieur Falgàs, no tingui por. Que ell ha sigut l'assassí del meu fill, ja ho podeu dir, ja! Maleït sia i malaguanyat l'aire que respira. Per l'honor del que havia de ser el meu hereu, que més aviat que no ens pensem ja el tindrem penjat a la plaça del poble.

30

Els ullals del senglar

En un bassal de llot i fang a prop d'un alzinar hi havia un porc senglar que s'hi rebolcava amb delit. Ben aviat, el pelatge entre rogenc i marró es va anar tornant negre i els seus pèls, ja de per si gruixuts i espessos, encara van quedar més rígids quan es va ressecar el fang. Tenia les potes i el contorn del musell una mica més negres que la resta del cos. Quan en va tenir prou va sortir del fangar; abans, però, va mirar al seu voltant amb aquells ulls petits que sobresortien en aquell cap allargat i gran. El coll ample i les potes molt curtes accentuaven la forma arrodonida de l'animal. Era un bon exemplar. Per compensar la seva poca visió havia anat encarant el musell en totes direccions buscant algun rastre olfactiu que l'hagués de posar en alerta. Havia desenvolupat l'olfacte per detectar enemics o possibles perills, el mateix nas que li permetia detectar aliments a sota terra. Va abaixar el cap i es va posar a gratar el terra amb les peülles, i de seguida va enfonsar el morro per ensumar dins el clot. Havia trobat el que buscava: tòfones.

Però poc que va poder assaborir la seva exquisida troballa. Uns sorolls gairebé imperceptibles que sortien de darrere uns matolls el van posar en alerta. Va aixecar el cap i se li va eriçar la crinera que li recorria el llom a partir del front. La fressa provenia d'on s'havien amagat per esperar-lo dos homes que, un cop es van veure descoberts, no van dubtar a sortir de l'amagatall. Cridant i brandant les armes per caçar-lo amb la intenció de saltar-li a sobre, li van anar al darrere com uns esperitats. La bèstia peluda va comprendre que tenia les de perdre i no es va entretenir a ensenyar-los els ullals, al contrari, va girar cap i cua i va arrencar a córrer en veure's acorralat. En aquell moment va començar una persecució que es va estendre per tot el bosc. Una cursa bestial, fugint dels caçadors. Corria entre les mates i el brancatge espès. S'obria pas de manera insolent per un terreny que dominava i a més li era propici, pedregós i amb un sotabosc folrat de fulles i herbes. Tirava pel dret sense cap rumb fix, només buscava una sortida per no acabar a la cassola. Era el perseguit però ell perseguia la llibertat. Esquivava tota la bardissa, arços i ortigues, que li fuetejava la cara. Qualsevol nosa que hi hagués pel camí l'apartava a cops de morro. Era conscient que en obrir camí l'aplanava també per als seus perseguidors, però malgrat això, aviat la distància entre l'animal i els seus perseguidors es va fer tan llarga que el senglar va endevinar que no l'atraparien. En Celestí i en Marçal es van estintolar a l'ombra d'un bedoll per agafar aire i deixar córrer el senglar.

Mentrestant, no gaire lluny d'aquesta cacera frustrada, en una altra banda del bosc, hi havia una noia que rentava la roba a les aigües tranquil·les del rierol. Era la Maria Cruzet, que, com gairebé sempre, solia anar a fer la bugada en aquell lloc. Tot i que era relativament a prop del poble, no estava tan concorregut com altres rieres, la del Ganganell o la de Capellades.

Va sentir soroll a les mates que hi havia davant seu, a l'altre costat del riu. Primer es va espantar però de seguida un somriure se li va estampar als llavis quan va veure que qui treia el caparró entre el fullam del brancatge era un porc senglar que, corrent i assedegat, sortia del bosc per abeurar-se al torrent. Encara el senglar no havia tingut temps de fer un parell de llepades a l'aigua que un tret de pedrenyal li va esbotzar el ventre i el va deixar estès a terra agonitzant. La Maria va deixar anar de cop els pantalons que estava fregant, es va tapar les orelles i va fer un xiscle d'horror en veure'l esventrat a la vora del riu.

—Tranquil·la, Maria, ja ha passat el perill —va dir l'home que havia disparat al senglar mentre s'acostava cap a l'animal amb la intenció de rematar-lo—. Val més que no pateixi —es va dir a si mateix aquell home. I va descarregar un altre tret contra la bèstia.

Després de comprovar que ja no respirava, es va ajupir, li va arrencar els ullals i se'ls va posar ensangonats en una bosseta de cuir que li penjava dels pantalons. Es va aixecar i es va mirar somrient la Maria, i amb tres gambades es va plantar a l'altra riba, al costat de la noia. Com que el rierol no era gaire profund el va travessar amb molta comoditat. A més, les botes que duia es veien impermeables.

Encara trasbalsada per l'ensurt, la Maria no se'n sabia avenir, que aquell foraster sabés el seu nom, i incorporant-se se li va encarar.

—No hi havia cap perill, el senglar estava bevent mansament —va protestar—. I a més, qui sou vós? Com sabeu el meu nom?

—De debò que no em coneixes? —va preguntar el foraster traient-se el barret—. Potser sense barret i si m'afaités la barba... —li va dir fregant-se el pèl que li envoltava la cara—, ho tindries més fàcil?

La Maria es va tapar la boca amb les mans per ofegar un crit. Volia esmorteir la sorpresa que li causava la figura que tenia davant.

—Seu, hem de parlar —la va agafar pel braç i la va convidar si us plau per força a asseure's amb ell. Tot i que era el pic del migdia i lluïa un bon sol, la Maria tremolava, i no precisament de fred. No li feia gens de gràcia el que li pogués dir aquell home que feia anys que havia sortit de la seva vida. No sabia per què havia tornat, però tampoc tenia cap ganes de saber-ho.

31

El caçador

Van sonar tres cops secs a la porta.

—Endavant, passeu! —va ordenar des de dins del despatx, a l'altra banda de la porta, Ildefons de Falgàs i Sagaró, que en aquella guerra actuava de vocal de la Junta de Figueres. Servia els interessos de l'altre bàndol però ningú no ho sabia. O gairebé ningú.

Va treure el cap per la porta, va fer una petita reverència amb la testa i va entrar a l'habitació. Ho va fer amb aire marcial. Era un home que vestia amb una indumentària que només de mirar-te'l ja imposava. Era com un uniforme militar que, curiosament, no pertanyia a cap exèrcit. No duia galons ni cap símbol visible que fes pensar que ostentava cap càrrec, però la seva actitud el revelava com un home acostumat al front, al camp de batalla. Va clavar la mirada sobre el vocal que l'havia convidat a passar i amb qui havia vingut a negociar.

En Falgàs se'l mirava amb un posat de superioritat assegut darrere l'escriptori del seu despatx. Amb els seus ulls malalts i cansats escrutava aquell home que se li acostava. Mentrestant, amb la mà que tenia a la butxaca dels pantalons remenava un parell de castanyes bordes que sempre duia a sobre. Era molt maniàtic i supersticiós, i des que li havien dit que tenien capacitat guaridora sempre en portava a sobre. A la seva edat tot li feia mal, i com que les castanyes bordes anaven bé per a la circulació sanguínia i per al dolor, procurava portar-les ben a prop. No només això, sinó que també li alleujaven altres mals: les morenes i alguns problemes a la pròstata.

—Seieu, si us plau —i li va oferir amb un gest de la mà esquerra una de les dues butaques que hi havia davant de la seva taula.

—Mercès, vostra senyoria —va respondre la seva visita.

—M'han donat excel·lents referències de vós. Totes coincideixen a destacar que sou molt bo en la vostra feina i que heu aconseguit capturar tots els cabdills i capitostos de quadrilles que han atemorit les contrades dels voltants. És així?

—Correcte, senyoria —va dir acompanyant la resposta amb un assentiment del cap.

—I es pot saber com ho heu fet, quins mètodes feu servir?

—És molt senzill, senyor. Alguns dels bandolers, després de seguir-los de prop, els he atrapat, els he degollat i després he lliurat el seu cap i el cadàver a les autoritats per poder cobrar la recompensa. En altres ocasions —continuava relatant els fets amb una fredor inquietant— m'he infiltrat en el grup i he aconseguit que al capitost el traïssin membres de la quadrilla, que al final també acaben caient. També he recorregut a antics fautors descontents, que després de pagar-los una bona quantitat accedeixen a mostrar-te l'amagatall dels bandits, i de vegades, és just destacar-ho, la captura es fa gràcies a una acció conjunta amb els homes del sometent local.

—Molt bé, molt bé... —deia en Falgàs amb un ampli somriure mentre s'acariciava la barba—. Escolteu, abans de contractar-vos deixeu-me que us faci una pregunta —i es va treure les ulleres per mirar-se'l de fit a fit.

—Endavant, estic a la vostra disposició. Vós direu.

—Què faríeu si hagués d'arrestar un criminal i descobríssiu que és un amic de la vostra infantesa, gairebé com de la família?

—El deure no coneix amics ni familiars, senyoria. Actuo com el soldat a la batalla que ha de complir el seu deure sense tenir en compte cap altra consideració. Per Déu i per la pàtria! —va contestar amb determinació.

Un somriure de satisfacció es va dibuixar d'orella a orella a la cara d'en Falgàs.

—Per què m'ho pregunteu, senyoria? —va dir aquell soldat.

—De debò que no ho sabeu? —va fer incrèdul en Falgàs.

—No, senyoria, què és el que hauria de saber? M'han adreçat aquí i m'han donat el vostre nom perquè m'han dit que requeríeu els meus serveis. I aquí em teniu. No se m'ha notificat res més.

—No sabeu que qui heu de perseguir és en Boquica, el vostre antic amic i company de jocs, en Josep Pujol, en Jep?

—No, no ho sabia —va contestar impertèrrit l'home, que sense mostrar cap mena de sorpresa va continuar com si res—. Estaré molt orgullós de caçar-vos-el i... —En Falgàs no el va deixar acabar.

—...i no dubto que així ho fareu, però no el mateu. El vull viu. Porteu-me'l, que després jo ja me n'encarregaré. Ho enteneu? M'és igual com l'agafeu, però porteu-me'l viu, d'acord, Monsieur... —va fer una pausa i mirant-se'l cara a cara li va preguntar—, Monsieur... com us dieu, per cert?

—Em dic Jean Baptiste Malgrat.

En Jan havia tornat. Era un altre home. Aquell Joan Baptista Malgrat, en Jan, que feia encara no setze o disset anys havia crescut, conviscut i rivalitzat amb en Jep de can Pujol, havia tornat convertit en un caçabandolers, un caçarecompenses modelat pels francesos i ara utilitzat pels patriotes per posar fi a la vida de qui havia estat el seu gran amic.

32

A la capella

Plovia a bots i barrals. L'aigua queia amb tanta fúria que la fressa que feien les gotes quan impactaven a terra era eixordadora. Fins i tot semblava que les pedres es queixessin en rebre aquell càstig diví en forma d'aigua. De fet, el ventpluig li calava els ossos i abans d'aguantar el xàfec a la intempèrie va optar per aixoplugar-se sota l'arquivolta de la porta lateral de l'església de Sant Vicenç, la porta de Sant Rafel.

Mentre esperava que mossèn Devesa el vingués a obrir, pensava en la seva època d'escolà, en tot el que havia viscut i après dins de l'església parroquial. La por que passava durant la missa d'ànimes. Era una missa que el senyor rector havia de celebrar per les ànimes del purgatori, i ho feia amb les almoines que es recollien en una bacina, una petita safata que hi havia en un racó de l'església sota el gran quadre. De fet, el cangueli el provocava aquella tela immensa que hi havia a la dreta de la porta d'entrada a Sant Vicenç, una pintura tètrica en què es veien ànimes amb forma corporal que es retorçaven de dolor a les flames de l'infern per culpa dels seus pecats.

No era pas això sol el que l'espantava. S'hi afegia el sermó del senyor rector. Les paraules esfereïdores de la prèdica que, des de la trona, pronunciava el mossèn a propòsit dels turments del purgatori l'aterrien. El pànic que li agafava era tan gran que a les nits els malsons no el deixaven dormir i li repetia a la seva mare una vegada i una altra que no volia tornar a missa d'ànimes perquè tenia por que aquelles ànimes en pena se l'enduguessin per sempre més cap a l'infern. Santa innocència!

Pensava en tot això i no podia evitar un somriure. Però l'expressió de la cara li va canviar de cop quan un llamp va il·luminar els capitells. Sempre s'havia mirat amb profunda recança i malfiança aquells capitells; ja des que era ben petit li feien por. A aquella edat tan tendra era comprensible que li fessin basarda. Tenien una expressió diferent de les ànimes pintades a la tela. Però fins i tot ara que era un home fet i dret, li feien mala espina aquells tres capitells. Eren realment esfereïdors: lleons i monstres alats, grius i caps humans, caps monstruosos que es mossegaven els extrems de les ales, com si fossin criatures que s'haguessin escapat de l'infern i brandessin la cua escampant el seu mal gam per la terra i empaitant mortals pecadors. De fet, a sobre de dos d'aquells capitells hi havia dues figures amb banyes que semblava que custodiaven aquestes bèsties.

Un segon llamp va tornar a il·luminar les expressions diabòliques d'aquelles figures brodades feia segles a les pedres. Semblava que cobressin vida i que li haguessin de saltar a sobre en un moment de distracció. Una esgarrifança li va recórrer l'espinada. No sabia si aquell calfred era resultat d'aquella visió o del vent fred que animava la pluja. El seu cap barrinava aquestes cabòries quan va sentir moviment a l'altre costat de la porta. La xarnera de la porta va grinyolar i de la foscor en va sortir una llàntia que il·luminava la cara de mossèn Devesa.

—Corre, entra! —va xiuxiuejar el mossèn.

El domer de l'església parroquial, el reverend Pere Devesa, l'obria a les nits. Es trobaven d'amagat amb la Maria, la seva dona, però de vegades —molt de tant en tant— només baixava i es confessava. Es prenia tan seriosament l'administració d'aquell sagrament que semblava que es confessés amb el ferm propòsit de no tornar a cometre cap assalt. Res més lluny de la seva intenció. Després encenia els ciris i s'encomanava a la Mare de Déu. Es deia que li agradava matar, però com que era molt religiós —ell que ja havia après i viscut a casa seva una profunda devoció pels Dolors—, després d'un crim encenia un ciri per les ànimes d'aquells que la seva quadrilla havia assassinat a la capella dels Dolors de la parròquia de Sant Vicenç. Vivia en una contradicció constant.

—Bona nit, mossèn —i es va esmunyir cap a la foscor de l'església—. Fa una nit de mil dimonis.

—Xst, aquí ni el citis, aquest nom —va replicar mossèn Devesa.

—Mireu què us he dut —i en Boquica es va treure una creu de plata del sarró, que estava ben xop per la pluja.

—D'on ho has tret, això, Josep?

—És igual d'on hagi sortit —li va etzibar en Boquica—. Si us dic que me l'he trobat en un marge baixant de can Lletanies, oi que no em creureu?

I mossèn Devesa feia que no amb el cap.

—Josep, el que no vulguis per a tu no ho vulguis per a ningú. Si no t'agrada que desitgin i et prenguin allò que és teu, no vulguis prendre ni desitjar allò que és del proïsme.

—Mossèn, si us plau, com pot ser que vós ara em vingueu amb aquesta retòrica? —va bufar en Boquica.

—Pensa que Déu Nostre Senyor et mira les mans i el cor —continuava mossèn Devesa com aquell que fa la prèdica—, i els lladres... —va fer una pausa per mirar-se'l—, els lladres com tu els llença tots al foc de l'infern per cremar durant tota l'eternitat.

—Per l'amor de Déu, mossèn —tornava a implorar en Boquica amb els braços oberts clamant al cel.

—Si no procures ser just —i va aixecar un dit assenyalant el crucifix que presidia aquella escena—, Ell et castigarà i tindràs pèrdues, malalties, mals gams i al final acabaràs malament. I llavors —li va preguntar—, de què et servirà tenir de tot, quin profit trauràs d'haver-ho adquirit tot per la força si perds la teva ànima?

En Boquica no va saber què contestar-li —i de fet tampoc no va tenir temps, perquè el mateix mossèn Devesa va continuar i li va donar la solució:

—Així com robar fa ser pobre, donar almoina o caritat et farà ric...

—Sí home, mossèn —això ja li va tocar més el voraviu—. Jo sí que aniré a repartir els meus guanys entre...

—Cada quan puguis n'hauries de fer, de caritat, però no ho facis per fer-te veure, ni per vanitat, ni tampoc per ser alabat. Ho has de fer per socórrer les necessitats del proïsme.

—Accepteu-ho, si us plau, us ho demano. És una donació que vull fer a la Venerable —va insistir en Boquica.

—Mana? —li va respondre tot estranyat el capellà—. Que no m'has sentit?

—Sí, sí que us he sentit, però...

—M'estàs dient que una creu robada ha de formar part del patrimoni de la Venerable Congregació dels Dolors? Em portes una peça que és part d'un dels teus saquejos i vols que presideixi les sagrades reunions de la congregació?! Que ets boig? Que et penses que m'he begut l'enteniment?

—No sé què són tants escarafalls, mossèn, francament. Sí, la creu és de la parròquia de les Encies d'Hostoles i hem passat amb el regiment, hi hem entrat perquè estava abandonada i n'he pogut arreplegar aquesta creu. Quin mal hi ha?

—Està bé, Josep, està bé. Si és així... No sé per què em deixo enredar —i finalment li va agafar la creu que en

Boquica li oferia—. Saps? —I el mossèn li oferia l'estola perquè el bandoler la besés en senyal de penediment dels seus pecats—. De vegades, amb aquestes confessions em fas pensar en la llegenda de sant Ferriol, la coneixes?

—No.

—Ferriol era un capità de lladres com tu.

—Home, mossèn! —va protestar en Josep—. Jo no sóc ben bé un lladre!

—Calla i escolta —el va renyar el rector, que va continuar—. Resulta que després de perpetrar algun robatori, la consciència li demanava a sant Ferriol —que llavors encara no ho era— d'anar-se a confessar. Però, ai las! Quan demanava l'absolució, el capellà s'hi resistia i li posava una condició. «T'absoldré —li deia— si em promets que faràs el ferm propòsit de no tornar a robar». Ferriol, que no estava per orgues i no admetia que ningú li digués què havia de fer, va pelar el rector...

—Mossèn, jo no us vull pas enviar a les calderes d'en Pere Botero —va dir sorneguerament—, tot i que de vegades... —I va aixecar les celles en un gest que volia donar entenent que havia estat temptat de fer-ho.

Mossèn Pere Devesa va fer veure que no l'escoltava o, com a mínim, així ho semblava, perquè no es va ni immutar pel comentari d'en Boquica.

—Fins que un dia, un sacerdot que ja era gran va acceptar d'absoldre'l. A canvi, el rector li va demanar a sant Ferriol que li prometés que no cometria cap altre acte vandàlic.

El domer de Sant Vicenç va fer una pausa.

—I? Què va passar després? —es va neguitejar en Boquica.

—Doncs que les paraules d'aquell sant home no només van convèncer sinó que també van commoure el cor del lladregot i es va convertir.

—Alça Déu! —va exclamar en Josep Pujol—. No s'ho creu ningú!

—Josep, si us plau, no diguis el nom de Déu en va! Aquí no! —Mossèn Devesa es va enfadar—. Amb els teus homes a la taverna o al bosc, fes el que vulguis, però a l'església ni parlar-ne —va sentenciar.

—Està bé, està bé, calmeu-vos —li va dir en Boquica fent-li un gest amb les mans perquè no s'esvalotés—. Us puc fer un parell de preguntes? —li va demanar el traginer.

—I tant. Endavant, què vols saber?

—Per què el van fer sant?

—Perquè després d'haver-se convertit, sant Ferriol va voler convèncer els homes de la seva partida perquè abandonessin la mala vida, i aquests, que no estaven per orgues, el van matar i, segons explica la llegenda, el van enterrar a la taverna on se solien reunir. D'aquí surt la coneguda bóta de Sant Ferriol.

—La bóta de Sant Ferriol? —va preguntar en Boquica mentre torçava la boca com una ferradura i movia les espatlles cap amunt—. Jo no sé què és, mossèn —va fer amb un posat d'ignorant.

—Un cop enterrat i al cap d'un any, el taverner va notar que hi havia una de les bótes de vi del celler que rajava més del que podia contenir. L'hostaler veia que per molt que tragués vi de la bóta no s'estroncava mai, ans al contrari, semblava que el raig sortia amb més força. Encuriosit, va desmuntar els peus de fusta que sostenien el reguitzell de bótes i gairebé té un cobriment de cor quan va veure que del terra n'emergia un braç amb un dit estès que tocava la bóta. Va cavar per veure d'on sortia aquella extremitat i, segons diu la tradició, va trobar el cos incorrupte d'aquell que es va sacrificar per la seva virtut, sant Ferriol.

—Tinc curiositat per saber què li va dir aquell ancià sacerdot a Ferriol per convence'l que deixés de robar.

—Són unes paraules plenes de saviesa. Li va dir: «A qui té Déu, tot li sobra; qui no el té és el més pobre. Tens el que dónes i guardes el que ets. Pensa que quan te'n vagis d'aquest món, te n'aniràs amb això. Allà tu i la teva consciència».

En Boquica es va quedar una estona pensant en aquelles paraules i en la profunditat del missatge que contenien. Mossèn Devesa se'l mirava amb un somriure a la boca i li va dir:

—Tinc una cosa per a tu.

I com si es despertés d'una llarga migdiada, en Jep li va contestar amb veu somnolenta:

—Una cosa? Què és?

El capellà es va posar la mà a la butxaca de la sotana i en va treure un retall de gasa grisa. La va desembolicar i amb l'altra mà va agafar el que contenia aquell tros de tela i ho va donar a en Boquica.

—Té, és per a tu —li va oferir.

El bandoler va estendre el braç cap al capellà, va obrir el palmell de la mà i hi va caure un objecte arrodonit.

—Un anell? —va preguntar sorprès.

—Sí, Josep. Hi ha una variant de la llegenda de sant Ferriol segons la qual aquell sacerdot vellet que va aconseguir convertir-lo va encarregar al plater de fer un anell amb una inscripció a la part de dins on es podia llegir: *Moriràs*. La visió constant de l'anell li feia memòria de les paraules del capellà —va concloure el rector de Sant Vicenç.

En Boquica va voler comprovar si l'anell que li acabava de donar mossèn Devesa també duia la llegenda escrita a l'anvers. El va girar i davant dels seus ulls va aparèixer aquella advertència. No sabia com interpretar-ho. No li feia gens de gràcia que li recordessin que algun dia o altre moriria, però li ressonaven dins el cap aquelles sàvies paraules pronunciades per mossèn Devesa feia només una estona. «Però formen part d'una llegenda», pensava en Boquica.

«I si m'acabo convertint?», es preguntava capficat sense treure els ulls de sobre d'aquella aliança.

Mossèn Pere Devesa, que semblava que li hagués llegit el pensament, li va dir:

—No ets un cas perdut. Potser no et convertiré, però crec que puc aconseguir que deixis aquesta vida —va fer mitja volta i va deixar en Boquica absort en els seus pensaments.

El bandoler encara tenia els ulls clavats en aquelles paraules gravades a l'anell i que, un dia o altre, més tard o més d'hora, s'acabarien complint. Malgrat que ja feia més de deu anys que havia signat un pacte amb el diable —aquell vespre a l'aplec de les bruixes del Mont—, acabaria morint com qualsevol mortal.

El que no sabia en Josep era quina mena de mort l'esperava. Això era el que més l'amoïnava.

—Au, vés, la Maria et deu estar esperant darrere la sagristia —li va recordar mossèn Devesa.

Davant d'aquell recordatori del mossèn, en Boquica va reaccionar, es va guardar l'anell a la butxaca de l'armilla, li va fer una reverència per mostrar-li el seu agraïment i les ombres de Sant Vicenç se'l van empassar.

S'havia de veure amb la seva dona d'amagat i només de tant en tant. Ho feien a l'església parroquial, al darrere de la capella de la Mare de Déu dels Dolors, que en certa manera els emparava sota el seu mantó. Allà es podien trobar sense por que els pogués descobrir ningú.

Es van fondre en una abraçada i es van dedicar un petó llarg, tendre i apassionat. Quan es van deixar anar, tots dos van alçar la vista i van mirar mig avergonyits cap a la imatge de la Mare de Déu dels Dolors. En els ulls de la Mare Dolorosa hi continuaven buscant, més que el perdó i la compassió, la complicitat de la Verge.

—Ets la meva penyora, Maria —li va dedicar en Josep a la seva dona—. Què fa la mainada?

—Bé, amor meu, t'enyorem molt —li va contestar la Maria amb un somriure als llavis—. Però Josep —va canviar de seguida el to i el posat, que ara eren greus—, t'haig d'explicar una cosa.

—Tu diràs.

—En Jan ha tornat a Besalú.

—Què dius? —va exclamar, i un somriure li va eixamplar els llavis.

—Tal com ho sents —va respondre la Maria sense demostrar cap alegria.

—Però, Maria, com pot ser que no te n'alegris! Porta'l un dia i...

—No, Josep —el va tallar en sec la seva dona—. No t'imaginaries mai el que ha passat.

—I què ha passat? —va dir desconcertat.

—En Jan és aquí i ara es fa dir Jean Baptiste Malgrat.

—Com... Jean Baptiste? Si és ell es diu Joan Baptista... en Jan... I per què aquest nom francès? —va mostrar el seu astorament.

—Te'n recordes aquell estiu que se'n va anar amb la seva mare a França a veremar? —En Boquica va assentir amb un cop de cap—. Doncs al cap d'uns anys es va allistar i ha estat lluitant al costat dels militars francesos a l'exèrcit de Napoleó.

—I per què ha tornat ara, després de tants anys?

—Ha... ha... —la seva dona no gosava pronunciar el verb—. Ha vingut per caçar-te.

—A caçar-me. Però què vol dir això? —No entenia res.

—És un caça-recompenses... i es veu que ha aconseguit detenir, empresonar i fer penjar molts... molts bandolers. Han llogat els seus serveis perquè et capturi, viu o mort; segons diuen, preferiblement viu.

Abatut, en Josep es va haver d'asseure en un dels bancs de la capella dels Dolors. No es podia creure el que li estava anunciant la seva dona. En Jan, el seu gran amic amb qui fa només uns anys havien estat inseparables, amb qui les havien passat de tots colors quan eren uns marrecs, amb qui ell creia que els unia una gran amistat, ara l'havia de capturar per diners.

— Només arribar m'ha vingut a veure.

—I què t'ha dit? —va interrogar-la també amb la mirada.

—M'ha proposat que m'hi casi.

—Quèè?! —va dir sobresaltat en Boquica, i d'un bot es va alçar i va clavar un cop de puny al banc, que va deixar anar un cruixit com si es queixés.

—Calla, estimat —i la Maria li va tapar suaument la boca amb la mà—. Deixa'm que t'ho expliqui, si us plau. Si accedeixo a la proposta de Joan Baptista diu que no et perseguirà, que et deixarà en pau. Diu que ja es donarà per satisfet sabent que té el que més valora un sanguinari com en Boquica. Jo havia pensat que ho podria fer. Dir-li que accepto sense consumar res i al cap d'uns mesos ens véns a buscar a mi i els nens, i fugim lluny de la nostra estimada terra però amb la tan preuada llibertat.

En Boquica va fer veure que s'ho rumiava però de seguida va contestar enèrgicament al plantejament de la seva dona:

—No, ni pensar-hi, Maria. No puc ni vull permetre-ho. Què s'ha pensat, aquest afrancesat de merda! No vull que hagis de passar per això i no vull que ell tingui el plaer, ni que sigui només un instant, de saber què se sent tenint-te per esposa.

—Però no ho seré, jo seré sempre la teva dona —i se li va abraçar aferrant-se-li al pit com si els seus braços no l'haguessin d'encerclar mai més—. No vull que engegui una cacera amb els seus homes per trobar-te i que et porti com un conill escorxat fins a la plaça Major.

—Sí, ja ho sé, però ens ho hem de rumiar bé. N'hem de pensar alguna perquè aquest gavatxo no se surti amb la seva. De moment, si et torna a preguntar o et pressiona, dóna-li allargues. Digue-li, no ho sé, que... —i en Boquica es va gratar el clatell—, que t'ho estàs pensant.

—Entesos, però no crec que pugui allargar-ho gaire més temps.

—Tindràs notícies meves, estimada Maria.

Li va plantar un petó als llavis, es va embolicar amb la manta i va sortir per la porta de darrere de la sagristia. En Boquica pujava pels rostolls i els marges que feia poques hores havia baixat per trobar-se amb la seva dona mentre anava donant voltes al magí per trobar la manera de satisfer el francès sense haver de sacrificar la seva dona. Va mirar al cel i la nit serena dibuixava la silueta de l'Óssa Menor. En Boquica va recordar aquella nit que el seu pare li havia explicat els secrets dels estels per orientar-se. Va somriure i va decidir seguir aquells punts lluminosos per no perdre el nord i així fer cap a la seva cova, passant per camins menys fressats i per tant menys vigilats que aquells on el poguessin estar esperant els homes d'en Jean Baptiste Malgrat, en Jan...

33

Atanàsia

—Li deuen haver dit que faci de tot perquè li desapareguin les berrugues. I li deuen haver recomanat que no hi ha res millor que agafar un plàtan, rascar-li la part interior de la pell, fer-ne una pasta i aplicar-la sobre la berruga. Me li deuen haver dit que ho faci dues vegades, una al matí i una altra abans d'anar a dormir durant vuit dies i fora, tot net.

L'home assentia amb el cap

—Jo us aconsellaria dos remeis. Dos millor que un, no?

L'home tornava a fer que sí amb el cap.

—Procureu aplicar-vos la bava d'un llimac damunt de les berrugues durant nou dies. Ho feu abans d'anar a dormir i quan us aixequeu a trenc d'alba. Això ho feu al mateix temps que podeu anar a collir granes de ginebre. En colliu una per cada berruga i si voleu que us marxin les heu de posar sota el coixí i domir-hi, i al cap de vuit dies les llenceu. Notareu que en pocs dies les berrugues us hauran desaparegut.

L'home va assentir una tercera vegada, va agafar la bosseta, li va pagar i se'n va anar.

L'Atanàsia era una dona immensa, petita i rabassuda, que quan es girava tapava el sol. Mirava amb uns ulls estremidorament blaus, captivadors, i sovint pertorbava qualsevol que gosava aguantar-li la mirada més estona del compte. Tenia una veu plena i unes mans cosides de penellons i d'esgarrinxades, les marques que testimoniaven la seva feina al bosc requisant a la mare natura arrels, plantes i flors que després tenien la capacitat prodigiosa de curar. Tenia més de cent anys però conservava l'energia d'un sagal. Vivia molt a prop de Sant Llorenç de Sous, als peus de la muntanya del Mont.

Cada any, l'Atanàsia parava per l'aplec. Damunt del seu taulell hi havia un reguitzell d'herbes i ungüents. Al cap del dia ja no en quedava cap. Tothom confiava en el poder de les seves herbes, els seus productes eren respectats, temuts i tenien molta requesta. Una vegada, per acabar amb el tifus que havia fet emmalaltir el cap de sometents, va matar un gat negre, li va treure el cap i la cua, el va escorxar per la meitat i el va buidar de totes les entranyes. Les va guardar en un pot per si li podien fer servei un altre dia i el va aplicar damunt del malalt. Com que només feia efecte quan el gat encara era calent, en va matar una dotzena. Tenia tanta anomenada que fins i tot havia arribat a orelles de dom Ildefons de Falgàs, perquè tenia la cara plagada de berrugues com si fos la pell d'una carabassa. Però en Falgàs es va acostar a la parada de l'Atanàsia no sols perquè li receptés un dels seus remeis per fer-li desaparèixer aquella granissada.

—Venerable Atanàsia, busco entre les teves herbes alguna arrel, alguna flor o algunes fulles que em solucionin per sempre més un greu maldecap que em turmenta.

—Què necessiteu, exactament?

—Haig de liquidar algú.

—És persona *non grata*? —va preguntar la vella aclucant una mica els ulls per mirar d'esbrinar de qui es podia tractar. També es va posar la mà a la butxaca. Per conèixer els pensaments dels altres portava a la butxaca una sargantana viva dins d'un canonet. Però res, ni així va aconseguir saber qui rondava pel cap d'en Falgàs.

—Sí, és un indesitjable que no mereix viure.

La curandera va revisar tota la parada, va mirar a dalt i a baix del taulell, i finalment, després de donar un parell de voltes, li va donar un ramet.

—Això servirà per al vostre propòsit —li va dir triomfant.

—Què és? —li va preguntar en Falgàs, mirant-se aquelles branquetes que semblaven més aviat gallgallarets que no pas una herba letal.

—Herbamora o el tomàquet del diable.

En Falgàs va somriure satisfet.

—Amb aquest nom ens assegurem que l'enviarem a l'infern, suposo? —i va deixar anar una rialla que semblava la d'una hiena.

—Ja ho crec —va fer l'Atanàsia—. Actua sobre el sistema nerviós. Depenent si la dosi administrada és molt alta o baixa produeix irritabilitat, deliri, al·lucinacions, paràlisi i fins i tot... —i va fer intencionadament una pausa, perquè sabia que allò que diria és el que segurament voldria sentir en Falgàs—, en dosis molt altes, la mort.

—Molt bé, molt bé —deia en Falgàs fregant-se les mans—. Ja me'n podeu donar un bon grapat per assegurarnos que la dosi faci el seu efecte, vós ja m'enteneu...

—Ara, si voleu estar ben segur que se'n va a l'altre barri i no us fa res afluixar els cordons de la bossa —li va dir la vella fetillera assenyalant un saquet de cuir que en Falgàs duia penjat del cinturó—, us puc oferir aquesta planta. —I n'hi va mostrar una de dos peus d'alçada amb unes fulles compostes de cinc tires estretes, llustroses, d'un verd trist al revers i més fosc a l'anvers. Tenia unes flors blaves en forma d'espiga i l'arrel com la d'un rave—. És verinosa i amb el nom ja n'hi ha prou per veure el seu poder —va anunciar l'Atanàsia.

—Com es diu? —va preguntar en Falgàs.

—Escanyallops —va reblar la vella—. Què me'n dieu? —va continuar mentre li mostrava les dues plantes.

—No se'n parli més, m'ho emporto tot —va decidir en Falgàs.

I així, satisfet del que li acabava de comprar a l'Atanàsia, i rumiant com s'ho faria per fer-li prendre aquelles herbes a la seva víctima, en Falgàs se'n va anar de Sant Llorenç de Sous.

L'aplec continuava i l'activitat entre les parades també.

—Hi ha plantes per curar el mal aire —va xiuxiuejar l'Atanàsia quan va veure passar en Boquica per davant del seu taulell.

—Com dieu? —va preguntar en Boquica convidant-la a repetir-l'hi.

—El mal aire és una energia que s'acumula en barrancs, a les coves dels rius o en cases abandonades. Tu que hi passes sovint i que hi entres per fer-hi nit amb els teus traginers i els teus matxos, si te'n descuides pot entrar dins teu.

—I què ens passarà si ens agafa un cop d'aquest mal aire? —va preguntar amb un to una mica burlesc.

—Quan passes per davant d'un indret on hi hagi mal aire..., si no portes la protecció adequada, pot ser que no puguis tornar mai més per explicar-ho.

Aquesta era l'advertència que l'Atanàsia li va fer a en Jep quan va passar per davant de la seva parada. I a fe que, com si es tractés d'una premonició, en Jep li va fer cas, perquè en aquestes qüestions més valia no jugar-se-la. Es va aturar i li va comprar un saquet d'hisop; no li faria cap nosa traginar-ne una mica durant les rècules.

Sobre les dones que traficaven amb aquestes matèries i amb aquests materials, en diguessin bruixes, fetilleres o curanderes, en Boquica n'havia sentit molts rumors. Però sobretot s'havia estès —i afavorit per les males llengües—

que aquelles que acudien a reunions clandestines o amb objectius foscos ho feien perquè s'havien deixat enredar pel dimoni. I l'Atanàsia n'era una. Encara recordava aquella trobada que feia uns anys havia presenciat amb en Jan i en què involuntàriament havia acabat participant. Es feia córrer la brama que la dona, com que era estúpida per naturalesa, era fàcilment influenciable pel dimoni i les seves males arts. En realitat, però, en Boquica sempre havia pensat que el que arrossegava aquestes dones cap a la bruixeria i la fetilleria era el grau de llibertat de què gaudien. En aquell ambient, se sentien superiors i gaudien per partida doble. Primer, perquè tenien la possibilitat de fer tot allò que en el marc establert de la societat en què vivien no podien fer —això incloïa també alliberar-se sexualment—, i en segon lloc, perquè tenien a les seves mans un poder temporal que les feia sentir-se plenes i no com un objecte d'intercanvi. En Boquica sempre s'escoltava l'Atanàsia i li feia cas. Sempre recordaria aquell dia o, més ben dit, aquella nit que l'Atanàsia va ressuscitar el seu germà Joan, que tenia un peu i mig —i mai més ben dit— a l'altre barri.

En Joan havia començat a notar una molèstia al taló del peu dret. Sentia un dolor en caminar que l'amoïnava però no hi donava més importància. «Dec haver fet un mal gest», es deia a ell mateix. Era com les clivelles que acostumen a fer-se als peus dels pobres que van descalços, però amb la diferència que ell anava ben calçat per fer els trajectes que feia. Passaven els dies i les setmanes i no hi havia manera que aquella ferida li cicatritzés. S'hi posava de tot però li suquejava, li sagnava i li feia un mal terrible, fins al punt que, quan posava el peu a terra, veia la padrina. Va ser llavors quan el metge li va ordenar que fes repós, que deixés de traginar durant una temporada i que es prengués els xarops que li donava. Però en Joan, tancat a casa, s'anava posant melancòlic, perquè tampoc podia anar a Can Caules a fer ni un got de vi ni una partida de cartes.

S'havia anat deprimint tant que una nit la mala sang que s'havia anat fent durant tot aquell temps li va pujar per la cama, se li va gangrenar i se li anava estenent pel cos. En Jep i la seva cunyada, la dona d'en Joan, temien que li arribés al cor. Tenia la mandíbula contreta, els ulls foscos i profunds i, en el cas de la cunyada, plorosos, senyals inequívocs que denotaven l'angoixa que els oprimia el cor. Quan va veure que res no li feia efecte i que si el metge no actuava de pressa, aquella malaltia s'enduia el seu germà a l'altre barri, en Boquica se'n va anar a resar a la Mare de Déu dels Dolors.

Quan sortia de casa en direcció a Sant Vicenç, ho va fer tan de pressa i tan absort que a punt va estar de topar amb una silueta que va aparèixer de la cantonada. Amb prou feines es va adonar que es tractava de l'Atanàsia.

—On vas tan de pressa? —li va preguntar la vella fetillera.

—Atanàsia! —va saltar sosprès d'un bot—. No us havia ni vist ni... —li va fer una ràpida repassada a la roba que duia—, ni us havia reconegut amb aquesta capa que us embolcalla, amb la foscor del carrer... Anava a la capella dels Dolors...

—He sentit els crits i els gemecs des de l'altra punta del carrer. I per això pujava, per si podia fer-hi alguna cosa.

—No ho crec, Atanàsia, la té molt estesa i molt apoderada i...

Uns laments que posaven la pell de gallina van interrompre la conversa.

—Deixa-m'ho provar. Què hi podeu perdre? Al contrari, pots recuperar un germà... què me'n dius?

—No ho sé, Atànasia, vós mateixa. —Estava cansat i abatut i, tot i començar a assimilar la pèrdua del seu germà, no es veia amb cor de decidir res ni molt menys de negar-li una oportunitat més, ni que fos l'última—. Però no vull que feu servir cap encanteri, cap article de fetilleria, ni cap embruix, ni cap pacte amb el diable ni res que no sigui com Déu mana, us ha quedat clar?

—Claríssim! —va fer l'Atanàsia clavant-li els seus ulls blaus mentre creuava dos dits de la mà. Els ulls li brillaven en la foscor com a mostra de l'energia que guardava dins seu. Però la vella Atanàsia encara no el va deixar marxar i el va estirar per la màniga.

—Espera, Josep! T'haig de demanar que facis una cosa molt important.

—Ràpid, Atanàsia, tu diràs —va respondre sol·lícit però amb una certa ànsia en Jep.

—Abans no tanquin, vés a la carnisseria i compra un fetge de corder negre.

—Un moment, un moment, Atanàsia, t'he dit que res d'encanteris. Per què el vols, aquest fetge?

—Vols que es curi o no, el teu germà? —va insistir amb duresa la fetillera.

—Sí, és clar —va afirmar en Jep amb rotunditat.

—Doncs fes el favor de creure'm i fer el que et dic.

En Jep va acotar el cap i torçant el gest de la boca li va donar entenent que, tot i no aprovar els seus mètodes, es posava a les seves mans. L'Atanàsia el va instruir.

—Així m'agrada... Quan el tinguis li claves vint-i-quatre agulles de cap i una de cosir. Tingues molta cura que aquesta última agulla estigui enfilada amb algun fil que hagi servit per cosir alguna peça de roba del malalt.

—I...? —va preguntar encuriosit en Jep.

—I després te'n vas al pou que hi ha al mig de la plaça i el llences a dins.

—I ja està?

—Sí, no haurem d'esperar gaire perquè faci el seu curs.

L'Atanàsia va entrar a la casa i va pujar els esglaons amb una agilitat increïble, tenint en compte la seva edat. Un cop a dalt ho va tenir fàcil per trobar l'habitació del malalt moribund. Va parar l'orella i es va deixar guiar pels gemecs, que la van conduir fins a la porta d'una cambra. Un feix de llum prima i tènue sortia de sota la porta, però a més també podia notar un aire fred que s'hi esmunyia. L'Atanàsia va arrufar les celles i el nas. Allò no li agradava gens. Podia ser un corrent d'aire o el senyal que s'anava escolant la vida del malalt menjat per la gangrena.

Va trucar a la porta i va demanar permís per entrar:

—Endavant! —li van dir des de l'interior.

Les xarneres de la porta van grinyolar i aquell so va acompanyar l'entrada de l'Atanàsia a l'habitació. La llum d'un canelobre li va il·luminar la cara arrugada i clapejada de pigues. Va fer una reverència amb el cap en senyal de respecte i es va acostar cap al jaç on hi havia el moribund. El que va veure no li va agradar gens. El germà d'en Boquica se li presentava demacrat i amb una cama, la dreta, de color vinagre fins a la cintura, mentre que l'esquerra començava a tenyir-se del mateix color. Tot i que el panorama no pintava bé, va demanar a les tres dones que hi havia al voltant del llit que se n'anessin.

—Deixeu-me sola, i si a trenc d'alba ja no el sentiu gemegar, entreu, senyal que encara serà viu, li haurem tret el dolor que el turmenta i l'haurem salvat. —Ella mateixa se sorprenia del que acabava de dir.

Les tres dones li van fer cas i la van deixar amb el moribund, que feia estona que només somicava. Tenia els ulls tancats i des d'on era l'Atanàsia semblava que ja hagués passat a millor vida, perquè només de tant en tant panteixava i feia uns llargs sospirs combinats amb uns gemecs de dolor, moviments que confirmaven que encara es batia entre dues aigües. No havia arribat l'hora encara de pujar a la barca de

Caront. Fruit d'aquest llarg combat amb la malaltia, estava amarat de suor. L'Atanàsia no va voler descartar res i per allunyar qualsevol força malèfica que pogués impedir una ràpida recuperació d'en Joan va fer un parell de rituals per purificar l'habitació i de retruc la casa. Es va treure el mantell que la cobria i va ficar la mà al sarró per agafar una cabeça d'alls. Els va desgranar i pelar i els va anar distribuint per diferents racons de la cambra. L'endemà els recolliria curosament amb un mocador i ho llençaria tot al foc. Així s'assegurava que tots els mals esperits desapareixien completament. Però la cerimònia que requeria concentració era la que estava a punt de començar. Va encendre tres ciris blancs i els va posar en tres canelobres diferents. Després en va situar dos davant de les dues finestres que hi havia a la cambra i l'altre davant de la porta. Va tenir cura que els tres canelobres formessin un triangle equilàter. En acabat, va encendre una mica d'encens, va agafar una branca de romaní i la va introduir al recipient on s'estava consumint l'encens. Va treure la branca i va dibuixar en l'aire una estrella de cinc puntes amb el fum de l'encens i el romaní. Això ho va fer davant de les finestres i de la porta. I mentre agitava la branca i s'escampava per tota l'habitació l'olor barrejada de l'encens i el romaní, la vella Atanàsia repetia:

«Esperits que regiu la bona fortuna, jo la vostra humil serventa, Atanàsia, us demano que us manifesteu, que la vostra presència permeti deixar anar els vostres efluvis en aquesta casa per dissipar i neutralitzar les forces que neixen de l'odi, l'enveja i la mala voluntat que s'han instal·lat entre aquestes parets. Que així sigui!».

L'Atanàsia va deixar que els ciris s'apaguessin tots sols i que l'encens es consumís.

Un cop tenia l'espai dominat, calia ocupar-se del moribund. Va tornar a obrir el sarró per mirar què hi portava.

Sempre duia a sobre medicaments, ungüents, arrels i herbes que la podien treure d'un mal pas com el que se li presentava aquella nit. Va resseguir amb la seva sàvia i cansada vista la part més afectada per la gangrena; dubtava de si podria fer recuperar la salut a aquelles cames. S'ho va estar estudiant detingudament, i després de desestimar unes quantes opcions, li va semblar arribar a una possible solució, per bé que no les tenia totes. Va gratar fins al fons de la seva alforja de cuir per assegurar-se que tenia el que havia de menester. Ja sabia com fer-ho, però primer va preparar un beuratge que tenia dues funcions: alleujar el dolor i abaixar la temperatura. La concentració de sang li bullia a les extremitats. D'un dels pots en van treure com uns llimacs petits, i després li va fer unes petites incisions en uns punts estratègics de les cames i sobre les ferides hi va anar col·locant les sangoneres, que no tenien una altra funció que anar xuclant la sang. Calia treure-li la sang que se li havia fet agra i que li estava a punt de corrompre tot el cos. Aquells cucs d'aigua dolça i de cos anellat van aplicar les seves boques xucladores amb una ventosa a cada extrem i es van adherir al cos del malalt. Les succions van provocar uns tremolors, uns petits espasmes seguits d'uns lleus gemecs, però en Joan de seguida es va estabilitzar. El xarop també feia el seu efecte. L'Atanàsia es va retirar a un racó de l'habitació i, abans d'asseure's per contemplar pacientment la feina de les sangoneres, va fer una invocació, un prec en un llenguatge inintel·ligible per als mortals. L'endemà, les cames d'en Joan havien recuperat el seu aspecte saludable.

34

Escarment

Lligordà, 5 d'abril del 1814

Un xiscle agònic va esborrar el somriure de la cara de la Verge riallera. A l'església de Santa Maria de Palera cada diumenge hi anaven unes setanta persones a retre culte a aquesta verge. Els veïns de la parròquia li havien posat aquest nom perquè les flames dels ciris que hi havia damunt de l'altar es bellugaven de tal manera que als ulls dels feligresos els semblava que els llavis de la imatge de la verge es movien com si estigués rient. Però aquell diumenge la verge no tenia motius per riure, al contrari; ella i bona part de la feligresia només ploraven. Aquell matí un dels homes d'en Boquica s'havia separat de la seva quadrilla als Quatre Camins. Ho va fer amb l'excusa que tenia un assumpte pendent de resoldre. Volia escarmentar algú que, segons ell, s'ho mereixia. Quan tota la banda va arribar a la cruïlla per anar cap a Sant Domènec de Palera, cap a Beuda, cap a can Lletanies i can Homs o cap al Sant Sepulcre, ell s'havia esmunyit per una drecera del bosc fins arribar a la capella de la Verge riallera. Va entrar i de seguida va clissar entre les primeres files l'home que buscava per donar-li un bon escarment. Va passar entre una tupida munió de fidels que assistien a ofici fins a situar-se just darrere del que havia estat el seu antic amo. En el moment que el mossèn va demanar als feligresos que es donessin la pau, l'home es va girar cap a la seva dona per fer-li un parell de petons i després va allargar la mà a l'esquerra per encaixar-la amb el veí de fila, desitjant-li «que la pau sigui amb tu!». Aleshores va tornar a mirar endavant cap a l'altar, però va notar que l'immobilitzaven per darrere i que li deien «Descansa en pau!». Es va posar la mà al coll i li va quedar xopa de sang. Va tornar a notar una fiblada a l'esquena i soroll darrere seu, va perdre el món de vista i va caure a terra, dessagnant-se pel coll i amb un mànec de navalla que li sobresortia de l'esquena, que s'anava tenyint de vermell. Mentrestant, en Xicu de Vinyals passava per la porta de l'església i s'enfilava al cavall que el portaria cap a can Homs, on l'esperaven. Darrere seu deixava una vall de llàgrimes; els feligresos lamentaven la mort d'un pagès propietari de força extensió de terreny. L'amo de can Salvanera jeia degollat enmig d'un enorme bassal de sang als peus de l'altar de la Verge riallera, on tantes vegades abans s'hi havia agenollat per demanar-li que li somrigués la sort. En Salvanera era un dels propietaris que vigilaven els terrenys dels barons de Cruïlles —els autèntics amos de la terra— i s'encarregava de cobrar les contribucions als pagesos per poder pagar al senyor baró, a l'església i quedar-se'n una part per a ell, però escanyava tant els pagesos que els ofegava i els condemnava a la misèria. Un dels seus pagesos arrendataris era el de Vinyals de Baix, que ja feia temps que seguia la quadrilla d'en Boquica, mig miquelet mig bandit, i s'havia llançat al bosc. En Xicu n'era l'hereu i es delia per escarmentar el seu antic amo. No va parar fins que ho va aconseguir. El de Vinyals va arribar a temps a can Homs per col·laborar en l'escarment i el turment a un altre pagès hisendat de la contrada. Els seus companys de fatigues l'esperaven entaulats: abans de cobrar la contribució i alguna cosa més, s'havien fet servir dinar. Es van atipar de valent amb les faves, els fesols i, sobretot, es van afartar de piumoc, un embotit que a can Homs elaboraven com a cap altre lloc. Trossejaven els ossos i la carn del costelló de porc i ho salaven i empebraven per després deixar reposar la barreja durant uns dies. Passat aquest temps, s'embotia en una tripa culana de porc i es travessava l'embotit amb un cordill perquè quedés ben premsat, s'assecava i ja estava a punt per ser guisat. Tips i encegats de vi, van decidir començar a torturar l'amo, en Pere de can Homs, que es feia el ronsa, perquè els digués on amagava els doblers. El van deixat força perjudicat, però en una distracció dels bandolers l'Homs va poder fugir. Mentrestant, una altra part de la quadrilla, capitanejada pel mateix Boquica, es va presentar a can Maholà. No hi va pas anar d'improvís: ja l'havia fet avisar el dia abans i li havia demanat que li amanís dinar perquè hi anirien a menjar amb alguns dels seus oficials. Li va recomanar que no tingués por ni passés ànsia, que no tocarien res ni ningú, que no s'emportarien res ni farien mal a ningú. Li va demanar que fes arribar el mateix encàrrec a can Homs de Beuda, on un destacament de la seva tropa ja hi havia passat a cobrar, o això es pensava.

Malgrat que no les tenia totes, l'hereu de can Maholà, en Ramon, va obeir i va fer cas de les exigències del capità miquelet. Ben aviat, però, en Boquica va deixar clar que allò que havia promès a en Maholà havia estat una estratègia i que no ho pensava complir. Quan estava exigint vint-i-cinc doblers a en Maholà van arribar els homes que havien estat dinant a can Homs. En veure'ls, en Boquica es va estranyar.

—Què hi feu aquí? Ja heu acabat la feina a can Homs? —va interrogar a un dels genets.

—Resulta, capità, que el de can Homs se'ns ha escapat. Després d'haver-lo torturat, d'haver-lo estovat de valent i d'haver-lo deixat força masegat, en una distracció que sóc incapaç d'explicar s'ha fet fonedís i...

Davant d'això, en Boquica es va enfurismar:

—Refotuts inútils! Només penseu a menjar i beure! —cridava exaltat com un possés—. Com pot ser que un pobre pagès se us escapi! No us en doneu vergonya! —I en va agafar un pel coll, un noi jove que tot just havia baixat del cavall i que s'acabava d'incorporar a la quadrilla, i el va aixecar un pam de terra—. Us hauria de degollar a tots plegats.

En Maholà, que s'ho estava mirant des d'un tros lluny, va començar a empassar saliva. Es veia venir que li tocaria el rebre.

En Boquica va llençar aquell noi escanyolit contra una pila de llenya i va clavar la mirada a en Maholà. Es va girar cap al pagès i amb un somriure sardònic li va dir:

—Ja ho has sentit, Ramon, les coses han canviat i no han sortit com estaven previstes. Jo no volia, però ara em veuré obligat a demanar-te, no, perdona, a exigir-te, que a més de la teva part, paguis la de l'Homs. No deus pas voler que me'n vagi tal com he vingut, amb les mans buides, oi que no? M'entens, Maholà?

—Sí, Boquica, però ja tinc feinades per poder reunir el que em demanes per pagar-te la contribució perquè a més m'hagi de fer càrrec d'un altre pagament. No t'ho podré donar, però si véns la setmana que ve hauré cobrat uns arrendaments i hauré...

—No, la setmana que ve no, Maholà. Vés a saber on serem d'aquí a vuit dies, vés a saber quina moneda correrà d'avui en vuit. No, Ramon, no: et dic que ho vull ara, i vull la teva part i la del teu veí i amic de can Homs, m'has entès? —va tornar a preguntar en un to que denotava que se li esgotava la paciència.

—Sí, t'entenc, però també has d'entendre que no et puc donar el que no tinc. Amb els meus vint-i-cinc doblers hi pots comptar, però no tinc res més —feia en Maholà obrint els braços, rendit davant de l'amenaça del bandoler.

—No puc perdre més temps amb tu, Maholà —li va dir, i dirigint-se a un dels seus homes li va ordenar, mentre s'enfilava al seu cavall amb la intenció de guillar d'aquella casa—: Quedeu-vos aquí i no us en aneu fins que no us pagui el que hem quedat. Si l'heu de turmentar feu-ho, però, sobretot —va remarcar-ho i emfasitzar-ho—, no li lleveu la vida, entesos?

El Barceloní va assentir amb el cap i es va disposar a complir l'ordre que li havia donat el seu capità.

Però al cap d'una estona va perdre la paciència i va clavar una punyalada de sabre a en Maholà que el va matar a l'instant, després de caure de genolls davant de l'era de la casa pairal. En Ramon es dessagnava just damunt d'una rajola sota de la qual feia anys que la família hi guardava una bossa amb vuit monedes d'or.

Alguns dels homes que en Boquica havia descartat per formar part dels seus miquelets s'apuntaven ara a perseguir-lo al costat d'aquell caçador que trobaven tan familiar. No el podien reconèixer perquè havia canviat molt: ni per l'aspecte, ni per la veu, res. I tampoc ningú no havia relacionat la figura d'aquell atlètic soldat amb la de l'esquelètic marrec que corria com un esperitat pels carrers de Besalú al costat d'en Jep de can Boquica. Ara duia els cabells llargs, una barba espessa i un barret calat fins a les celles que amagava una mirada de banya baixa que ho era tot menys de fiar. Joan Baptista Malgrat no podia controlar tots els seus homes però semblava que tampoc no feia res per aturar-los. És més, aplaudia i aprovava accions com les que aquella nit estaven a punt de dur a terme per conscienciar i sensibilitzar, tal com li agradava dir, l'entorn més estimat d'en Boquica. Una nit, només pel pur plaer d'actuar impunement sota l'empara de les ombres, mitja dotzena d'homes van entrar a la rectoria de mossèn Pere Devesa. D'entrada, el domer de Sant Vicenç no hi va oposar resistència i els va donar totes les facilitats perquè s'emportessin tot el que poguessin requisar. Després de robar el poc menjar que tenia i els pocs objectes de valor que hi havia en aquella casa, mossèn Pere Devesa es pensava que se n'anirien. Res més lluny de les seves intencions. Per començar, van obligar el rector a mantenir relacions sexuals amb la criada que treballava a la rectoria. Al principi la noia s'hi negava i van decidir estovar-li el caràcter. No la van estomacar, però li van arrencar el vestit i no se'ls va acudir res més que lligar-la a la taula i forçar-la sistemàticament fins a deu vegades, una per cada home. Després d'aquella salvatjada, la noia va perdre el coneixement i un fil de sang li baixava per les cuixes. Encara no en van tenir prou, i li van estripar la sotana al capellà fins que només es va quedar en calçotets. Volien veure aquell ministre de Déu en una actitud ben terrenal.

—Ara, mossèn —va anunciar el que semblava que era el cap de la colla—, volem veure si sou capaç de comportar-vos com un home de veritat —i va llançar una riallada.

—Mireu, mossèn, hem fet una juguesca amb aquell d'allà, el veieu? —I va assenyalar un home que pelava una branca de roure i li donava forma d'estaca—. Ell dubta que sigueu capaç de complir com un dels nostres, però jo dic que no, que vós —i li va prémer els genitals amb força— els teniu ben posats i us sabreu comportar. M'equivoco? —I li va deixar anar les parts nobles i el rector, que fins llavors tenia la cara contreta de dolor, va respirar alleujat.

El van obligar a tenir acte carnal, a posseir la noia en contra de la seva voluntat. El sacerdot es va situar darrere de la seva criada amenaçat per un pedrenyal mentre dos homes tensaven les cordes de les mans i les cames que lligaven el cos de la noia ben ferm a la taula perquè no caigués, defallida com estava. Aquella colla de criminals s'ho miraven, reien i cridaven obscenitats al religiós i l'ultratjaven: «Què, mossèn, acostumat a fer-ho en privat, ara que té públic no se li aixeca?!». I si abans els crits i els plors de patiment de la noia havien ressonat per les parets de la rectoria, ara les sonores i blasfemes riallades d'aquelles feres retrunyien pertot arreu. El pobre rector es gronxava endavant i endarrere amb els ulls tancats, plorant i mastegant un Ave Maria. En acabar, va caure de genolls a terra somicant i només va sentir un:

—Així m'agrada, mossèn, sabia que no em decebríeu! —I tot seguit l'home va afegir—: Ara que ja ho heu tastat, expliqueu-li a en Boquica que ja sabeu com les gasta quan va per aquest mons de Déu amb la seva quadrilla.

Mossèn Pere Devesa continuava agenollat i amb el cap cot, i va obrir els ulls de cop quan va sentir el nom d'en Boquica. Començava a entendre el que acabava de passar. Un cop molt fort al cap li va fer perdre els sentits.

Sadollats i satisfets, els homes d'en Jean Baptiste Malgrat es van esmunyir cap a la foscor per la porta principal de la rectoria.

35

Una mort dolça

Era mut de naixement i vivia en un mas aïllat, deixat de la mà de Déu, entre el puig de Cantallops i el puig d'en Roure. Aquests dos factors feien d'en Gabriel el Mut una bona *lloca* per a en Boquica, algú de qui es podia refiar perquè si anaven mal dades el podia protegir. En cas que el fessin parlar no diria mai ni piu, i si li convenia amagar-se ell o el botí perquè el perseguien les autoritats, podia fer servir el seu mas i estar-s'hi tant de temps com li convingués.

En Gabriel, tot i no poder parlar, es feia entendre, i amb en Boquica es comunicava, des de temps remots, sense necessitat de les paraules. A més, com que en Boquica no callava mai i li agradava xerrar pels colzes explicant les seves proeses, en companyia d'en Gabriel s'assegurava que mai l'interrompia i que sempre l'escoltava, o si més no ho feia veure. Però, sobretot, en Boquica i en Gabriel eren amics. Feia anys que es coneixien. La relació entre la família d'en Boquica i la del Mut venia de temps reculat gràcies al contraban. La família del Mut vivia en una casa de pagès situada en un camí que la d'en Boquica feia servir molt sovint per a les seves rècules. A més, tenien un teler de mà de fusta, atrotinat però molt útil. Aquell conjunt de politges i cordes lligades de manera matussera els permetia teixir i guanyar-se les garrofes. I així ho havien fet des de sempre. L'avi d'en Josep, Silvestre; el seu pare, Pau, i ell, en Jep Boquica, també mantenien aquesta tradició amb la qual tots hi sortien guanyant. De la llana que havien encarregat els teixidors de Besalú, els Boquica en deixaven una part a casa del Mut perquè, un cop cardada en el seu propi teler, n'elaboressin peces que després ells portaven a vendre a altres pobles. En els guanys no anaven ben bé a mitges: un tant per cent molt petit era per als pagesos i la resta era per al traginer. Feien el mateix amb les olives preses de la part del pagès o de la del senyor. Un cop mòltes en feien oli al trull, que en part també duien a vendre. Era una molt bona manera de donar feina a qui, tret de treballar la terra, poca cosa més podia fer. Es guanyaven diners en una època en què precisament no en corrien gaires, tot i que havien de procurar fer-ho esquivant les autoritats.

Les anades i vingudes a casa del Mut, fruit de les incursions del seu grup de guerrilla o de la seva partida de bandolers, van anar estrenyent uns ferms llaços d'amistat entre ells, i no sols això, sinó que amb el temps en Gabriel s'havia convertit en un dels seus millors confidents. Aquell dia, però, no el va poder avisar de la traïció que estava a punt de patir a mans d'un dels seus homes.

Feia només uns dies, a mercat, havia caçat al vol una conversa que li havia permès lligar caps i ser conscient de la que li preparaven a en Boquica. Estava ansiós de poder-li donar aquelles noves. I no ho va poder fer per culpa precisament i malauradament de les seves dolces companyes. En Gabriel es passava la vida entre els ruscs d'abelles. Els primers que va tenir eren fets de suro, de soques buides o de fibres vegetals trenades. Aquestes petites construccions que en Gabriel feia manualment servien per allotjar-hi abelles. I va tenir l'encert de situar els primers bucs al costat de nius naturals fets per les mateixes abelles en un lloc silvestre, a prop d'un corrent o d'un salt d'aigua en una clivella d'una roca o d'un tronc d'arbre, sempre a recer del vent i de cara a sol ixent. Més d'una vegada en Boquica l'havia acompanyat a caçar ocells: pardals, cardines, verdums, però sobretot abellerols perquè no se li mengessin les abelles dels bucs. Untaven les branques de prop del niu amb vesc, una pasta enganxosa semblant a la resina on els ocells es quedaven enganxats i així no anaven als bucs. El Mut s'hi bellugava amb tanta comoditat i lleugeresa que les abelles ni s'immutaven.

Era immune a les fiblades. Amb els anys havia rebut tantes picades de fibló que ja s'havia acostumat a aquell dolor agut, la coïssor i de vegades la inflor de la pell que provocava una pessigada. Brescava i en treia uns tous de mel, sobretot de romaní i d'espígol, de cera i de gelea reial, que feien molt de goig. Tenia un pacte amb l'abella eixamenera, o sigui la reina, l'única femella fèrtil de la colònia d'abelles. Tenia el cos més llarg que les altres, els ulls laterals més petits, i vivia entre tres i cinc anys. No treballava directament en la fabricació de mel ni bresques i tampoc no trescava com les altres, perquè es reservava les energies per a una altra activitat de molta responsabilitat. La seva reial missió era només deixar-se fecundar, en vol, per l'abellot, i pondre una vegada a la vida els ous, les llémenes. A cada rusc només podia haver-hi una reina; si en naixien d'altres, lluitaven entre elles o les mataven les obreres. A l'hora d'extreure la mel dels ruscos, en Gabriel era molt curós i treballava amb molta delicadesa. Quan passava el raspall, una fusta plana i llarga, amb serrell, que feia servir per espolsar les abelles de la bresca, ho feia amb molta suavitat i tendresa per no fer-los cap mal i poder-ne observar així el contingut.

La vegada que les havia passat més magres va ser en una ocasió assenyalada —i mai tan ben dit, perquè d'aquella feta n'hi van quedar marques per tot el cos. El Mut es va haver d'enfrontar a un eixam ple d'abelles de pillatge. Sempre se n'acabava sortint de tot, però era conscient que algun dia la sort li giraria l'esquena, com ben aviat va poder comprovar.

Era un dia que havia començat a extreure la mel de les bresques i el va sorprendre un brunzit diferent, més barroer que el que estava acostumat a sentir de les abelles dels seus ruscos. Quan es va girar va veure venir un núvol d'abelles fosc i enorme que es movia fent ziga-zagues i que brunzia de mala manera. Les abelles acudien a saquejar un rusc per robar la mel quan precisament algú l'estava brescant. Aquell era el moment més delicat, perquè les del rusc estaven indefenses.

En Gabriel es va quedar quiet, clavat a terra sense fer cap moviment, ni tan sols respirar. Gairebé ni el van tocar, només va notar a la cara l'aire que generaven milions d'ales batent al mateix moment. Per a sorpresa d'en Gabriel, les obreres, amb la reina al capdavant, van resistir l'atac al rusc, perquè encara conservaven capacitat per defensar-se. En veure aquesta reacció totalment inesperada, l'eixam d'abelles de pillatge va haver de recular. I la decisió la van prendre en un instant. El senyal per anar-se'n va ser produir una remor sorda i contínua amb el batec de les ales. Aquella llengua fosca que sobrevolava el cap d'en Gabriel es va retorçar i se'n va anar pel mateix lloc on havia vingut.

Mentre sentia que el xiuxiueig d'aquell eixam s'allunyava, va somriure, va abastar una sucosa figa i hi va clavar queixalada. En Gabriel no se'n va ni adonar: la figa estava una mica oberta i a dins hi havia una abella. Hi va clavar mossegada amb tan mala sort que quan s'empassava aquell mos va notar una pessigada a la gola. Va tenir la mateixa sensació de quan alguna vegada se li havia clavat una espina de peix al coll. Va empassar sense donar-hi més importància, però a mesura que anaven passant els minuts se li van anar inflamant les parets de la gola. En Gabriel es va posar les mans al coll, intentava escopir i no podia. Era conscient que s'ofegava, que a mesura que li pujava la inflamació li faltava l'aire. No podia cridar per demanar ajuda perquè mai no havia tingut veu. Se li esgotava l'aire. Va caure de genolls, amb les mans agafant-se el coll i obrint tant com podia la boca. La cara li va començar a quedar vermella, després lilosa i finalment, quan va caure mort a terra, se li havia ennegrit una mica. En caure, en Gabriel es va repenjar en un dels bucs, que també va rodolar i va vessar la mel de les bresques, fet que va provocar la sortida en tromba de tot l'eixam, que va aterrar sobre el cos sense vida d'en Gabriel.

La naturalesa acabava de prendre un bon aliat a en Boquica. I li acabava de segellar la boca per sempre més.

36

Confessions doloroses

Començava a fosquejar i en Boquica va veure tornar cap al campament un dels seus homes, en Goitia. L'esperava a l'entrada de la cova Baumada, la gruta que s'havia convertit en el nou amagatall de la banda, i abans que li pogués dir res li va preguntar com havia anat l'enterrament d'en Gabriel.

—Has estat discret?

—Sí, després que li cantessin el kyrieleison i les absoltes m'he esperat que se n'anés tothom i he pagat a mossèn Devesa... —I va començar a comptar amb els dits de la mà esquerra tot el que havia abonat—: els ciris, el bagul i la mortalla per tapar-lo...

—I les vint-i-cinc misses per la seva ànima als pares caputxins? —el va interrompre.

—També, i fins i tot li he pagat els quinze sous per al mestre de cases perquè el posés a la sepultura. I també li he pagat les vint lliures que li han costat les llesques de pa de memòries que ha donat als assistents sortint del funeral.

—Està bé, està bé... entesos —va fer en Boquica en un gest que deixava entreveure una certa tristor, i es va girar cap a la cova, però en Goitia li va dir:

—Això no és tot...

—I doncs, què hi ha? —va dir malhumorat en Boquica.

—Aquesta nit et canviarà la vida —li va anunciar de manera premonitòria en Goitia.

—Per què? —va preguntar.

—Vinc d'un enterrament però no tot són males notícies. També porto molt bones noves.

—Deixa't de romanços i misteris i explica'm què és això tan important que m'ha de canviar la vida —li va ordenar.

En Goitia, que tenia permís per anar i venir del campament, li va dir que aquella nit la Maria no podria anar a la trobada que tenien un cop per setmana a la capella dels Dolors perquè se li havia avançat el part. Resultava que havia trencat aigües enmig de l'enterrament i que estaria tota la nit parint a casa en companyia de la mare, la sogra, la cunyada i altres dones de la família.

Amb aquella informació en Boquica no va dubtar ni un instant. Es va cargolar la manta al coll i es va enfilar al seu cavall. El va esperonar i va baixar cap a Besalú amb ganes de veure qui potser seria la seva primera filla. En arribar a les antigues muralles va desmuntar i va fer un tros a peu. Va agafar el corriol que menava cap al Ganganell, i el va vorejar fins a veure les primeres cases del carrer Vilarrobau. Procurava passar per aquelles parts del carrer que no estava il·luminades, arrambant-se a les parets com una ombra perquè ningú no el pogués veure. Amb molta cautela i sigil·losament, va arribar a l'última cantonada abans d'enfilar el seu carrer. Es va aturar i va mirar a una banda i a l'altra perquè li havia semblat sentir unes passes que s'acostaven i unes veus. Una parella de soldats que feia la ronda de nit es dirigien cap al carrer Vilarrobau. Es va arraconar en una penombra que feia la paret i es va aguantar la respiració. Un cop van haver passat i el perill ja s'havia esvaït va continuar carrer avall. Va veure que el camí estava lliure i va accelerar el pas fins que va arribar davant d'una casa amb un gran portal de fusta i una balconada. Tot i que va veure que els batents de la finestra del balcó estaven mig oberts, es va estimar més entrar-hi per darrere. Hi havia molta quietud i en Boquica se'n va malfiar, però els dubtes van desaparèixer tan bon punt va sentir un gemec. Va somriure, perquè va interpretar que la Francesca —que seria el nom que li posarien si era nena— feia el ronsa, no volia sortir de la panxa i obligava la seva mare a empènyer amb gran esforç per dur-la al món.

Que n'estava d'equivocat, en Boquica! L'escena era ben diferent de com se l'estava imaginant. Els homes d'en Jean Baptiste estaven amenaçant amb les punxes de les seves baionetes la Maria, que morta de por mirava d'escarnir els esbufecs d'una partera. Quan en Boquica va anar per entrar a l'habitació, mitja dotzena d'homes se li van abraonar per estomacar-lo, immobilitzar-lo i lligar-lo. No va tenir temps ni de clavar-los una vergassada. El ferotge bandoler es va veure atrapat. L'havien traït. Un dels seus homes l'havia venut, li havien parat una trampa i hi havia caigut de quatre grapes. Li havien fet creure que la seva dona havia de parir aquella nit, i de fet en Boquica no tenia pas perquè malfiar-se'n. Sabia que la Maria estava madura i que estava a punt donar a llum. No es podia treure del cap la traïció d'en Goitia.

No s'ho volia creure, però tampoc no podia deixar de pensar en el futur fill, que naixeria en captivitat perquè la Maria —en mans d'aquell gavatxo— podia anar de part en qualsevol moment. I no s'equivocava. El van treure de l'habitació arrossegant-lo davant l'aterrida mirada de la Maria, a qui li baixaven les llàgrimes galtes avall i que amb el trasbals havia començat, ara sí, a trencar aigües.

—Vosaltres... —va ordenar a les dones que hi havia al voltant del llit una veu que sortia de la foscor del fons de l'habitació—, ràpid, ateneu la Maria! —Jean Baptiste Malgrat va sortir de la penombra per aparèixer triomfant a la llum del quinqué—. Emporteu-vos-el a les masmorres! —va cridar mentre s'acostava a en Jep tot esbossant un somriure exultant—. Ha sigut més fàcil del que em pensava, això de caçar-te... Mira que n'ets, de ruc i confiat, t'has deixat ben enredar.

—No, no t'equivoquis —va dir escopint sang—, m'han traït, que és diferent...

—Ja ho veus, no ets pots refiar de ningú. Ara, que et feia més espavilat. Ja t'ho podies ensumar, que tard o d'hora... o és que et penses que la fidelitat és eterna? Tothom té un preu, Boquica, i tu ho saps prou bé.

—Jo no m'he venut mai a ningú —va dir amb un fil de veu.

—Au, vinga, Boquica! Primer col·labores amb el bàndol patriota i després, quan arriben els francesos, et falta temps per llepar-los el cul i llançar-te als seus braços. Si això no és vendre's...

En Boquica negava amb el cap, perquè creia que no valia la pena contestar-li. Es marejava per culpa dels cops que havia rebut. En Jean Baptiste continuava.

—T'estimes la teva dona, però has de saber que tan bon punt pengis de la forca serà la meva.

—Estàs molt equivocat, Jan. Abans es llevarà la vida que passar la resta de la que seria la seva miserable existència amb algú com tu. Les teves llardoses i amanerades mans no la tocaran mai, t'ho ben puc assegurar.

—Això ho dius tu, estimat amic, però ja ho veurem, ja. De fet, tu no que no ho veuràs! —i va deixar anar una riallada que va ressonar per les parets—. Per cert, no t'he donat mai les gràcies per aquella vegada que em vas salvar la vida en aquell gorg. Gràcies! —i li va fer una reverència—. Si no hagués estat per tu, ara no seria aquí. Llàstima! M'hauries d'haver deixat ofegar i que m'enfonsés en aquelles aigües fosques. Te'n deus penedir, no?

—No, de cap manera, Jan. Et vaig salvar la vida perquè érem amics, ho hauria donat tot per tu. No te'n recordes, d'aquella història d'amistat que ens explicaven que ens agradava tant, la del rei de Pèrsia i en Zopirus?

En Jep va recordar-li la història:

El millor estrateg del rei Darios I de Pèrsia, i també un dels seus millors amics, un tal Zopirus, es va presentar davant seu sense nas ni orelles i amb tot el cos ple de ferides. Preocupat, en Darios li va preguntar què li havia passat. «No t'espantis, benvolgut. Això que veus m'ho he fet jo mateix. L'exèrcit enemic ocupa Babilònia i ens hem d'espavilar com puguem per conquerir la ciutat. Si jo em presento davant del seu cabdill i li dic que aquesta mutilació me l'has feta tu per castigar-me per alguna cosa que t'hagi fet, em creurà. I estic convençut que si li asseguro que l'únic que vull és disposar d'un exèrcit per matar-te i venjar-me de tu, me'l donarà amb els ulls tancats. D'aquesta manera, portaré les tropes enemigues fins a una emboscada i Babilònia serà teva». El pla va funcionar perfectament. Però el rei Darios li va voler deixar molt clar a en Zopirus que s'estimava més perdre mil Babilònies que haver de veure mutilat el seu fidel amic d'aquella manera tan esgarrifosa.

En Jep va acabar el relat i va continuar fent memòria a en Jan.

—No te'n recordes, que sempre dèiem que faríem el que calgués l'un per l'altre? No te'n recordes —insistia— què va passar quan vas llançar aquella pedra que va llevar-li la vida a en Mateuet, el fill de l'agutzil? No te'n recordes, que vam pagar el càstig plegats?

En Jan feia estona que li havia donat l'esquena i feia veure que l'ignorava. Però aquesta pretesa indiferència no feia pas callar en Jep:

—I sí, Jan, sí que em vas donar les gràcies, però veig que no n'eres conscient perquè encara estaves atordit. Va ser el primer que em vas xiuxiuejar sortint de l'aigua: «gràcies», amb un fil de veu. El que més em costa és veure't amb aquest posat i amb aquest ofici que t'has buscat. Com és que et vas fer caça-recompenses?

—No sóc un caça-recompenses —va reaccionar a les seves paraules girant-se de cop i gairebé escopint les seves paraules sobre en Jep—. Sóc un caçador de bandolers, que és molt diferent —va puntualitzar en Jean Baptiste—. M'agrada que aquells que no respecten la llei l'acabin complint, i si no és per les bones doncs és per les males.

—Però n'has fet una qüestió personal. Per què?

—Per què? Preguntes per què? —repetia amb un punt de ràbia en Jean Baptiste Malgrat mentre caminava al voltant d'en Boquica, que ara l'havien assegut i lligat en una cadira de balca al mig de l'habitació.

Se li va encarar, situant-se a menys de dos dits del seu nas, tan a prop que en Boquica podia ensumar-li l'alè. Era calent i l'ofenia perquè la boca del francès desprenia una bravada de podrit. Se li va regirar l'estómac però no va apartar la cara. En Boquica li va aguantar estoicament la respiració excitada i els quatre capellans que li va escopir a la cara en renegar.

—Redéu, Boquica, i tu m'ho preguntes! Em pensava que ja ho sabies!

—Què diantre haig de saber? Explica't d'una vegada i no hi donis més voltes —va exigir el bandoler.

—El meu pare... —i va agafar aire—, el meu pare va ser una de les víctimes d'en Juvenal Mascaró i la seva quadrilla! El van matar un dia que tornava cap a casa perquè no es van creure que un senyor mercader com ell no portés ni una unça de plata a sobre. El van humiliar i el van torturar fins a matar-lo —se li anava trencant la veu i se li entelaven els ulls—. El van convertir en un espantaocells i el van plantar al mig d'un camp de blat. El van estripar com un matalàs vell. El van deixar viu perquè pogués notar com se'l menjaven a poc a poc. Va servir d'aliment a les rates, que li van rosegar els peus i els turmells, i als ocells, que li van buidar els ulls i li van foradar el cap a cops de bec per menjar-se-li el cervell.

—Jan, no cal que m'expliquis tot això.

Però ell, com si no el sentís, embriagat per la sang de l'escena, continuava com posseït:

—Amb els budells ja ho van tenir més fàcil, perquè els homes d'en Mascaró es van acarnissar amb ell de tal manera que el van escorxar com un porc i un cop el van haver obert en canal la budellada li penjava...

En Boquica no entenia com aquell home es podia rabejar en tots aquests detalls tan escabrosos i morbosos de la mort del seu pare.

—La meva mare —va continuar en Malgrat— m'ho va explicar per carta abans de morir. Em vaig prometre a mi mateix que per honorar la memòria del meu pare, un sant baró, perseguiria tots i cadascun dels bandolers, bandits o brivalls que gosessin actuar fora de la llei, al marge de la legalitat. Com tu, que assaltes masies i diligències i segrestes innocents! I tu per què et vas fer bandoler, o hauria de dir caragirat? Ara patriota, ara afrancesat?

—M'hi han obligat. Ens van prendre el pèl. Ens van enganyar. Vam complir el nostre deure, vam defensar el país, vam donar tot el que teníem, el poc per no dir res del que teníem per defensar la nostra terra, vam treballar pel bé del nostre exèrcit, van poder disposar dels nostres matxos, ens vam lliurar a la causa... i com ens ho paguen? No només no van complir amb nosaltres sinó que van fugir i ens van deixar aquí, abandonats a la nostra sort... On és el compromís? Tinc una família i cinc fills per alimentar. Si em prenen les eines per treballar, em vols explicar com collons vols que tirem endavant? Què haig de fer si no hi ha res per conrear ni per plantar ni per traginar?!

—Refotut ingenu! Que no saps que el poder utilitza el poble per als seus interessos? N'abusa, l'esprem, el convenç amb bones paraules perquè doni el màxim, i en treu tot el suc fins a deixar-lo sec. Al capdavall, si el poble existeix és gràcies als que tenen el poder.

—Això no és el revés? Els que estan al capdamunt, asseguts a les poltrones amb la paella pel mànec i remenant les cireres, no hi són perquè els hi hem posat nosaltres? Em pensava que no m'havia de preocupar pels amics perquè estaven de part meva, que lluitarien per mi, que em defensarien i si fos necessari moririen per mi. Veig que no és el teu cas, Jan. Sovint només ens recordem dels amics, dels bons amics, dels de veritat, quan estem en dificultats, perquè sabem que ens poden donar un cop de mà i no un cop de gràcia, que és el que estàs a punt de fer-me, no és així?

—Amic meu, com deia Maquiavel, no es pot dir que sigui una virtut matar els teus conciutadans i trair els teus amics. Sense tenir fe ni pietat ni religió es pot aconseguir el poder, però no pas la glòria.

Amb tota severitat, li va dirigir una mirada en què s'hi podia llegir recriminació.

Impassible, en Boquica escoltava l'acusació que li feia aquell home. Les paraules que estaven a punt de despenjar-se dels seus llavis masegats en resposta a la seva impertinent interpel·lació haurien estat unes altres, però es va aguantar. Les que va pronunciar van sonar convincents, punyents, segures, certes i plenes de raó.

—Tinc la meva fe i la meva religió i us puc ben assegurar, a tu i als miserables que et paguen, que no busco ni poder ni glòria. Busco el millor per als meus, busco allò que els teus valedors no ens han sabut donar tot i que ens ho van prometre. Busco la possibilitat de decidir per mi mateix sense haver de demanar permís a ningú ni perdó per la meva conducta o per la meva manera de pensar.

Busco tenir la capacitat d'elegir, de triar, de ser lliure! —va cridar, i es va poder sentir alt i fort perquè va ressonar per tot el carrer.

—Ja en tinc prou! —va respondre enfurismat en Jean Baptiste. Emporteu-vos-el d'una vegada i tanqueu-lo a la presó.

Un parell de soldats francesos es van emportar el cos d'en Boquica, que malgrat sortir de la sala arrossegant els peus no es donava per vençut, sinó que es resistia amb aquella força que el caracteritzava.

37

Divendres de Passió

Assegut al terra de la cel·la, envoltat d'humitat i de pixums, en Boquica sentia tocar els tambors i somreia. Estava content i tenia motius per estar-ho. Cada any pels Dolors tothom seguia la processó, fins i tot els presoners. Era un dels pocs beneficis que tenien. Durant unes hores i gràcies a la Mare de Déu dels Dolors podien tornar a sentir-se lliures, això sí, sota l'atenta mirada dels soldats i les autoritats franceses. De fet, anaven a la processó custodiats per una dotació d'armats que no eren pas ben bé els soldats romans que van portar Jesús fins a la creu. Aquells dies es respirava compassió, una espiritualitat que estovava el cor dels governants, fins i tot els cors dels forasters, dels francesos, que havien respectat aquella sentida festa tot i no ser gens devots ni d'aquesta ni de cap altra litúrgia religiosa. Com a bon congregant i devot dels Dolors, en Boquica esperava pacientment l'hora que el conduirien juntament amb altres reclusos fins a l'església parroquial.

Mentrestant, tots els que prenien part en la processó s'anaven posant a punt, començant pels estaferms, que sense saber-ho serien protagonistes d'un fet que canviaria per sempre més el trajecte d'aquella solemne desfilada religiosa. Els estaferms sempre se'ls havia considerat els antics guardians de la Mare de Déu, mig soldats mig pagesos. Tenien un cert aire medieval. Tocats amb un casc coronat per un plomall vermell, una visera mòbil que tapava la cara i una trena de tres colors (verd, blanc i vermell) que penjava pel darrere, anaven vestits de manera senzilla, amb camisa i pantalons blancs, enfaixats i calçats amb espardenyes de vetes. Armats amb una llança, des de temps immemorials custodiaven la imatge de la Verge.

Els que feien d'estaferms tenien a casa seva el casc i la llança. Durant l'any ells mateixos es guardaven la roba i els estris, és a dir el casc i la llança, perquè les espardenyes eren pròpies, i pràcticament sortien equipats de casa seva. Les llances procuraven fer-se-les ells mateixos uns mesos abans. Agafaven una bona branca d'acàcia, i a l'extrem de l'arma, que es feia repicar a terra, hi posaven una argolla de la galleda de pouar, perquè la llança no s'esberlés i durés d'un any per l'altre sense necessitat d'haver-ne de fer una de nova cada any.

Dels tambors també en tenien una cura especial. Un estaferm fregava un all a la pell del vell tambor perquè sonés com si fos nou. Procuraven que les pells no es destensessin ni que s'estovessin, ja que sinó la humitat els amortia els sons, uns de característics que anunciaven que el començament era imminent.

Se sentien els timbals de les dues formacions —els manaies i els estaferms— que ressonaven amb força pels carrers humits del barri de Sant Vicenç. La gent ja sabia que aquell sons volien dir que tot estava a punt per a la processó dels Dolors. Era el senyal perquè s'anessin acostant cap a l'església parroquial.

La processó sortia de Sant Vicenç i passava pel carrer Vilarrobau. Després pujava per la Devesa i baixava pel carrer de Tallaferro fins a la plaça, on un cop els estaferms havien fet l'*acato*, la reverència davant de la Dolorosa, la comitiva es disgregava. Era un moment emotiu i esperat, tant pels estaferms com per tots els besaluencs. Aquest acatament, que es feia acompanyat del cant de la Salve interpretat per tots els assistents, consistia en una reverència que la vintena de llances de la formació executaven envoltant la Verge. El capità feia el senyal d'iniciar la reverència picant una vegada amb la llança a terra i immediatament els cossos dels estaferms s'inclinaven lentament cap endavant, acotant el cap fins que la punta desafiant, arrogant i amenaçadora de la llança tocava el terra, relliscós per la humitat, en senyal de submissió i veneració. Quan les llances estaven en posició d'acatament, el capità també feia la reverència i de seguida tornaven a picar a terra perquè la formació aixequés de nou les llances. El repicar de les llances contra el terra solia despertar tothom d'aquell èxtasi col·lectiu. L'*acato* s'havia acabat. La formació tornava a lloc picant amb les llances i guiada pels redobles del timbals. Després seria el torn dels manaies, que feien un acatament semblant al Sant Sepulcre.

Mentre repassava mentalment l'ordre de la processó, en Boquica es mirava amb recança i melangia els escolans. Recordava quan de petits ell i en Jan havien seguit la processó amb respecte i devoció, encara que sense gaire consciència del que feien, malgrat que mossèn Devesa els ho havia explicat cent vegades: quan portaven la Creu tenien al seu càrrec un pas molt important. Era un pas que simbolitzava la processó com un acte de fe de tota la parròquia. La fe de tot un poble a les seves mans.

38

La processó

Afora de l'església de Sant Vicenç hi havia tot el poble en pes, dones cobertes amb mantellines negres i homes encorbatats amb els ciris encesos que esperaven que anés sortint la comitiva. Alguns ja començaven a caminar, d'altres s'esperaven i uns altres es miraven amb menyspreu, amb fàstic i amb ràbia el grup de presoners que es beneficiaven d'aquella mesura de gràcia. Un dels que anava a la processó es va acostar als reclusos i, d'entre els que estaven encadenats, es va adreçar a en Boquica:

—Tu, traïdor! Maleït sia el dia i l'hora en què vas néixer! —i dit això li va escopir un gargall al mig de la cara.

En Boquica s'havia girat cap al lloc d'on venia aquella veu, que li sonava familiar. Ja anava a etzibar-li una maledicció i un parell d'insults, mentre s'eixugava amb la màniga de la camisa la galta enfigassada per la saliva i el moc, quan va veure que aquell individu es descobria una mica el cap i la cara i li picava l'ullet. Va reconèixer un dels seus homes: «Xerrac!». El cor li va fer un salt i les ninetes dels ulls li van llampeguejar. A punt va estar de desfer el cordó de seguretat que feien els soldats i els arrengladors i d'engegar a rodar un pla que ara començava a intuir. En Xerrac se'n va adonar, li va fer un senyal amb les celles, es va tornar a cobrir i immediatament es va confondre entre la multitud asfixiant que s'arremolinava al voltant de la parròquia. Aquella processó encara tenia més al·licients que abans, va pensar en Boquica.

«Record i memòria... de la Passió... de Déu Nostre Senyor... Déu Jesucrist!». La veu d'espinguet del bordegàs que duia la creu va omplir, amb aquella cantarella semientonada que s'accelerava cap al final, el buit d'un silenci que només uns instants abans acabava d'estripar l'esgarip de la corneta. Començava la processó. Immediatament, l'aire es va omplir amb el so apagat i greu dels tambors dels manaies i estaferms. Era el senyal perquè comencessin a brandar decididament unes llances que repicaven contra el terra d'uns carrerons que feia anys que rebien aquells cops, barreja d'energia i convicció. Eren els encarregats de marcar el ritme i el pas de la processó. Sota els cascos dels estaferms, sota les tupides sotanes negres de les vestes que feien d'arrengladors i vigilaven que la processó fos fluida i silenciosa, s'hi amagaven els homes d'en Boquica. Ara l'olor de cera cremada era persistent i ho envaïa tot. Només se sentia el fregadís dels peus dels devots, que de manera silenciosa anaven amb el ciri a la mà per davant de la imatge dels Dolors. La Mare de Déu, portada pels veïns, era l'última de sortir de l'església per poder ser honorada per tot el poble que l'esperava al final del recorregut, al mig de la plaça, entonant el cant de la Salve. Ara s'havia acabat de sentir un dels dos fragments del *Miserere* que es cantaven i després li va semblar que si parava bé l'orella —perquè se sentia uns quants carrers més enrere— podia seguir l'Stabat Mater. Va tancar els ulls i mig taral·lejava:

...Stabat Mater dolorosa, Juxta crucem lacrimosa.
Dum pendebat fiius, dum pendebat, dum pendebat, dum pendebat filius.
Cujus animam gementem, contristatam et dolentem,
pertransivit gladius, pertransivit gladius...

«Molt plorava i es planyia / amb amarg dolor Maria / del seu fill prop de la creu. / La seva ànima amorosa / travessà —espasa ominosa— / el pecat de l'home reu».

Després de sentir aquesta estrofa, emocionat, va obrir els ulls i es va girar cap a les files de darrere seu quan va veure la seva mare que se'l mirava plorosa i amb l'ànima esquinçada. Van tenir el temps just d'intercanviar una mirada, una ràpida llambregada. Les llàgrimes de la mare es van amagar sota una mantellina negra. Una seca estrebada a les cadenes i una empenta el van fer seguir endavant.

L'havien d'alliberar abans que la processó arribés a la plaça. Només hi havia una oportunitat, i era quan el recorregut passava pel carrer Tallaferro sota l'arc de la Mare de Déu de Gràcia. Era prou estret perquè la comitiva s'aprimés i poguessin desplegar el seu pla. Aquell era l'únic moment que els presoners quedaven sense vigilància. Només estaven sols durant uns segons i s'hauria d'actuar molt ràpid. Els soldats es disposaven a banda i banda del carrer, primer passava un grup de fidels, després el grup de presos i al final els soldats. Els arrengladors els ajudaven a regular el trànsit perquè no hi hagués aglomeracions i els estaferms, que estaven a una curta distància, alentien el pas per no contribuir a l'acumulació de gent sota l'arc de la Mare de Déu de Gràcia. Però aquell any els estaferms que hi havia al capdavant de la formació van alleugerir la marxa i van arribar prop dels soldats francesos. Tant els soldats com els arrengladors com la gent es van anar posant nerviosos, tots volien passar però el pas era estret; aprofitant el moment de confusió, tres estaferms van barrar el pas als soldats, dos arrengladors es van treure unes grans tenalles de sota les vestes i van tallar les cadenes d'en Boquica, i de dalt d'un balcó un home va llençar una corda i el bandoler s'hi va aferrar.

Uns braços rabassuts i forçuts van estirar en tres temps el cos d'en Boquica, que, sense que ningú se n'adonés, va pujar enmig de la foscor tan ràpid que des de baix no se'l va trobar a faltar fins que ja entraven a la plaça. Però com que era el moment àlgid de l'acatament, els francesos no van poder reaccionar. Dalt del balcó l'esperaven dos dels seus, que el van acompanyar fins al pati de darrere de la casa, on els esperaven tres cavalls per sortir de Besalú travessant el pont. Els tres van enfilar direccions diferents perquè els soldats no sabessin quin rastre havien de seguir: un va fer cap al sud, l'altre es va dirigir a l'est i en Boquica va esperonar el seu cavall cap al nord-oest.

Dormia com les llebres, amb precaució i molta cura per no deixar-se sorprendre ni agafar. Menjava ous que prenia dels nius, feia alguna trampa per exampar algun conill i, com que no es podia acostar a cap riu perquè estaven vigilats, es bevia l'aigua de la boira. Coneixia una tècnica que li havia sentit explicar alguna vegada a l'avi Silvestre. Era un sistema per obtenir aigua en temps de sequera però també en situacions difícils, com ara. Es trobava lluny de cap rierol, al mig de la muntanya i envoltat de boira, que per sort era pixanera. Va disposar les fulles més grosses dels arbres de tal manera que filtressin els núvols baixos, i així aquella densa boira s'anava transformant, gota a gota, en aigua, que anava a parar en una mena de bol que es va fer amb un tros d'escorça d'un altre arbre, i així se la podia beure.

Es va refugiar dins d'una cova. Era una estructura cavernosa amb unes formes que no havia vist mai abans, una construcció austera però que li va semblar que estigués habitada o que hi hagués estat vivint algú fins feia poc. «Algun animal», va pensar en Boquica, i va aguditzar els sentits per si apareixia. Però el que va emergir de la foscor va ser la figura d'un home demacrat i esprimatxat. Va sortir del fons de la gruta i li va dir que vivia en aquella cova aïllat del seu poble perquè així ho dictaven les lleis que regien en el seu llogarret. Li va explicar sumàriament i sense entrar en detalls que s'havia vist involucrat en una baralla per alguna qüestió d'honor familiar. Arran d'això hi va haver una venjança i ell va matar un membre de l'altra família. Segons les lleis del seu poble, l'assassí havia d'anar al funeral durant tres hores i després s'havia d'escapar per viure en construccions com la que els aixoplugava aquella nit. Eren unes coves perdudes, al mig de la muntanya, construïdes pels seus avantpassats i fetes expressament amb aquesta finalitat. Tenia prohibit aparèixer públicament fins al cap d'un temps prudencial, i aquell home ho respectava escrupolosament.

—Si fa no fa, com jo! —va exclamar en Boquica.

—També heu mort algú? —es va interessar l'home de la cova.

—No ben bé, però si els que em busquen em troben, ja hauré vist prou la llum del sol.

—Sempre us podeu encomanar a la Mare de Déu dels Dolors.

A en Boquica el va sorprendre aquella recomanació.

—Per què ho dieu?

—Aquests dies se celebren processons dels Dolors en aquests pobles del voltant: a Besalú, a Banyoles, a Mieres...

—Sí, sí, prou que ho sé —li va respondre en Boquica—. Ja m'hi encomano sovint, a la Dolorosa, i a més en sóc congregant.

—Al meu poble hi ha la ferma creença que la Dolorosa n'ha salvat més d'un, d'una mort segura. Si m'ho permeteu em guardaré bé prou de dir-vos el nom de la meva vila, no fos cas que...

—No patiu, que si és per mi podeu estar ben tranquil. No tinc cap interès...

—Durant la Gran Guerra, la del 1795, al meu poble van detenir una mitja dotzena d'homes i els francesos se'ls van endur als afores de la vila per afusellar-los. Mentre tothom cridava que no els matessin, la dona d'un dels que havia de ser executat, en comptes de cridar i reclamar clemència, se'n va anar a la parròquia a resar davant de la capella de la Mare de Déu dels Dolors.

En Boquica se l'escoltava amb interès.

—Resulta que un cop els trets de les baionetes van haver abatut aquells homes, es va produir un fet insòlit. Va passar quan el mariscal es passejava per davant dels cossos malferits per donar-los el tret de gràcia i no fer-los patir en va. «Aquest sí», pam!, tret al cap; «Aquest també», pam!, una altra bala entre cella i cella, i així amb tots menys amb un que ja el van veure mort...

—I? —va preguntar en Boquica.

—...i de fet no ho era, de mort. Es va desmaiar, i la sang del company que jeia mort de veritat al seu costat li va fer semblar al mariscal francès que ja era mort i que no calia acarnissar-se amb el cadàver. Resulta que el que es va salvar de l'execució era l'home d'aquella dona que havia estat resant als Dolors.

Van continuar xerrant fins que els va venir la son. De bon matí, en Boquica es va acomiadar de l'inquilí de la cova i es va deixar engolir per l'espessa massa boscosa. Va tornar al seu amagatall, on l'esperaven uns quants dels seus homes, els que li quedaven fidels d'una quadrilla de miquelets i bandolers que, entre baixes voluntàries i forçoses, s'havia anat reduint. Es va estar ben amagat a les muntanyes i va deixar passar uns dies perquè les aigües tornessin a mare. En Boquica era conscient que la major glòria no era sempre estar dempeus i mantenir-se dret, sinó saber-se aixecar cada vegada que queia o que el feien caure.

39

Venjança

L'hivern era tan rigorós en aquelles muntanyes que el cel desplegava densos nuvolots impregnats de neu. Les ràfegues de vent del nord s'agitaven amb una impetuositat tan salvatge que fins i tot els pins més espessos quedaven despullats. D'entre les siluetes escardalenques dels arbres, com si formés part del seu brancam, en va sortir una silueta fosca que fins aquell moment s'havia confós entre el boscatge però que ara contrastava poderosament amb el paisatge nevat. Era un frare que gosava desafiar aquell temporal de vent i neu. Les volves se li incrustaven al barret que li cobria el cap i a l'hàbit de color negre fet de drap burell, un teixit rústec, fort i aspre. Era una roba que no deixava passar el fred, no s'esquinçava i durava ben bé fins al dia del judici final. Baixava decidit per la muntanya nevada en direcció cap al poble. Va entrar pel carrer Major, que estava desert i només s'hi sentia l'udol de l'aire acanalat. No hi havia ni una ànima, ni un pidolaire arrambat a la paret, on a aquella hora només hi espetegaven les fuetades d'aquella gèlida tramuntana. Tothom s'havia aixoplugat del temporal; aquell cristià de Déu semblava l'únic mortal que quedava sobre la capa de la Terra. El frare es dirigia amb pas ferm a la casa palau on s'allotjava en Falgàs. Un sentinella que vigilava l'entrada va veure que s'acostava una ombra, va empunyar el fusell i, en veure que no s'aturava, li va cridar l'alto.

—Quiet, qui sou? —li va etzibar el soldat.

—Déu vos guard, sóc fra Anselm del monestir de Palera —va respondre sense aixecar la vista cap al sentinella.

—Enrere, us dic —L'amenaçava amb la punta del fusell.

—M'urgeix parlar amb el senyor Falgàs —va insistir el religiós.

—Ho sento però no podrà ser. Torneu demà i segurament us rebrà, però aquesta nit no. Ja podeu recular per allà on heu vingut —el va empènyer cap al carrer—. Marxeu o us faré fora a escopetades.

—És que no pot esperar a demà. L'encàrrec que tinc per donar-li l'ha de rebre aquesta mateixa nit o serà massa tard. —I fent cas omís de l'advertiment, va superar el lloc de vigilància del sentinella.

—He dit que no. Enrere o... —Va apuntar i va disparar, i li va fer saltar el barret pels aires.

En sentir aquella detonació, la resta del regiment va aparèixer al pati de l'entrada de la casa amb les armes a les mans, alarmats pel tret i preguntant què l'havia motivat. Quan van veure que era per un frare i que no hi havia perill se'n van tornar cap a dins. Mentrestant, el religiós s'havia posat de nou el barret i es disposava a pujar per les escales quan es va trobar de cara amb en Falgàs, que també havia baixat sobresaltat pel tret i que es va fer càrrec de la situació.

—Està bé, jo me n'encarrego —va dir al sentinella—. Acompanyeu-me —va ordenar al monjo, amb qui ja pujava les escales.

En Falgàs va esperar a arribar al saló principal per renyar el frare, i el va reprendre:

—Sou un insensat. No podíeu esperar a demà? L'autoritat és per respectar-la. Desaprovo la vostra conducta, no és pròpia d'un home d'església.

—És que no ho sóc —va dir una veu que a en Falgàs li sonava molt familiar. El frare va aixecar el cap, es va descobrir traient-se el barret i el va amenaçar amb una navalla que duia amagada a la faixa que li cenyia la cintura.

—Vós! —va exclamar aterrit en Falgàs en veure que sota els hàbits del frare apareixia en Boquica.

—Jo mateix —i li va dedicar un somriure diabòlic—. No us alegreu de veure'm? —li va preguntar acostant-li la fulla sota la papada.

En Falgàs va començar a suar perquè es veia molt a prop de la mort. Notava la fredor de l'arma al seu coll i no podia ni empassar saliva. Tenia por que si feia un moviment perdria la vida.

—No tens pas una pell tan dura que la punxa de la meva navalla no pugui obrir-s'hi pas i esquinçar-te-la —li xiuxiuejava a cau d'orella en Boquica mentre l'esmolat ganivet recorria el solc que feia el greix del coll immens d'en Falgàs.

—Què vols de mi, Boquica? —va gosar preguntar-li.

En Josep Pujol se'l va mirar i clavant-li els ulls li va dir ben a poc a poc perquè l'entengués:

—La teva vida!

En Falgàs va respirar més i més de pressa i es va posar la mà al cinturó, d'on li penjava un alfange, un sabre curt ample i corb que duia per sortir d'algun tràngol.

—Ni se t'acudeixi! —el va advertir en Boquica, que ja li havia vist les intencions—. Vés a l'escriptori, agafa paper, la ploma i el flascó de tinta —li va ordenar.

En Falgàs el va obeir notant la punxa de l'acer a l'espinada. Tot i la por, es va maleir a ell mateix. Al costat del flascó de tinta hi reposava un altre flascó amb aquella metzina que havia comprat a l'Atanàsia i que hauria d'haver servit per liquidar en Boquica. Es maleïa perquè si hagués pogut fer-la servir abans ara no es trobaria en aquell mal pas.

—Tindràs el privilegi d'escriure tu mateix les últimes pàgines de la teva miserable història —va sentenciar el bandoler—. Explicaràs fil per randa i sense ometre cap detall el que has fet per la pàtria, la teva traïció, la compravenda d'armes, els tractes de favor amb els francesos. Tot, vull que ho expliquis tot. Vinga, comença a redactar la teva sentència de mort.

En Falgàs va sucar la punta de la ploma dins de la tinta. La mà li tremolava tant que li era impossible escriure res. Unes premonitòries taques de tinta —que semblaven de sang— es van escapar de la ploma, van degotar i es van començar a escampar pel paper.

—No puc, no puc —deia a punt de plorar en Falgàs.

—I tant que podràs —li va dir amb ràbia en Boquica—. Agafa'n un altre i torna-hi. Pensa que no ens n'anirem fins que acabis.

—Ens n'anirem? —va preguntar sobresaltat—. On? On em vols portar?

—No corris tant —li va dir en Boquica, i li va assenyalar el paper i la tinta amb la navalla—. Escriu o ho escriuré jo mateix fent servir la teva sang. Espavila't, que no tenim tota la nit!

En Falgàs va mirar de calmar-se, tot i que era inimaginable que ho pogués aconseguir. Però va reunir prou valor per tornar a agafar les eines d'escriure, posar-se les ulleres i començar a fer córrer la tinta amb una mà excessivament tremolosa.

—Que s'entengui, aquest lletram, eh? —va protestar en Boquica.

—Faig el que puc —es va disculpar en Falgàs.

Al cap d'una estona, en Falgàs va aixecar la mà del paper i va parar d'escriure.

—Ja estàs?

En Falgàs va assentir amb un cop de cap.

—L'has signat?

En Falgàs va tornar a moure el cap afirmativament i li va allargar aquell full ple de gargots.

En Boquica se'l va repassar de dalt a baix i va torçar la boca en un gest d'aprovació.

—Molt bé, Falgàs, acabes d'escriure la teva confessió, però tot i el penediment que hi expresses no n'hi haurà prou perquè cremis a l'infern. Ara vull que agafis aquella corda que tens allà, que hi facis un nus prou ample i... que et pengis.

—Què dius? —va preguntar amb uns ulls totalment desorbitats en Falgàs.

—Ja m'has sentit. Tu que durant tota la vida has sigut un covard i un traïdor, vull que el teu últim acte sigui de covardia.

—Però si precisament s'ha de ser molt valent per llevarse la vida —va protestar en Falgàs.

—T'estimaries més morir degollat? Que la meva navalla et segués la vida, no és així?

En Falgàs negava amb el cap.

—No, és que no vull morir.

—Això ja està decidit, i tu mateix seràs el teu propi botxí. Els teus actes et passen factura.

En Boquica el va empènyer amenaçant-lo amb la navalla cap al racó on hi havia la corda i li va fer fer el nus. Després el va conduir cap al centre de l'habitació i li va ordenar que fes passar la corda per un dels set braços del llum que penjava del sostre.

—Acosta't aquella cadira —li va dir en Boquica, i un dòcil Falgàs va obeir com l'anyell quan el porten a sacrificar.

—Puja a sobre la cadira. Ara!

En Falgàs, derrotat i humiliat, va pujar com va poder a la cadira i es va posar la corda al voltant del coll.

—Fes un pas endavant i tot s'haurà acabat —li va demanar en Boquica.

En Falgàs va dubtar un instant. Va respirar profundament, va tancar els ulls, va moure els llavis com si mastegués una oració i es va senyar. Va aixecar les seves pesades parpelles i amb uns ulls vidriosos es va mirar el qui de fet era el seu botxí.

—Ens veurem a l'infern, Boquica —i dit això es va deixar anar.

Impassible, en Boquica se'l va quedar mirant. En Falgàs esbufegava, gemegava i les seves mans lluitaven amb la corda, que, ajudada pel seu pes, cada vegada se li estrenyia més i més al voltant del coll. A mesura que quedava sense aire va anar perdent força i les cames, que fins feia una estona etzibaven puntades de peu en el buit, van anar quedant rígides. Només alguns espasmes, unes petites estrebades, els últims rampells de vida fins que el seu cos va quedar immòbil.

Després d'assistir a la mort d'un dels seus enemics, en Boquica es va tapar el cap amb la caputxa de l'hàbit del frare, va agafar una mà de Judes per apagar la llum que feien els ciris que il·luminaven aquella escena i se'n va anar. Va sortir de l'habitació amb la satisfacció reflectida a la cara.

Quan va tancar la porta darrere seu, va sentir un soroll com si caigués un objecte voluminós. Era el cos d'en Falgàs, que acabava d'impactar contra el terra de la sala. Entre el pes de l'home i les estrebades que feia mentre pendulava per mirar de treure's la corda del coll, el llum havia cedit i s'havia desprès del sostre.

Al cap d'una bona estona que aquell frare hagués marxat, van trobar el cos d'Ildefons de Falgàs. Quan van veure la nota manuscrita amb la seva lletra en què explicava la seva traïció, no se'n sabien avenir. Un cop llegida, però, van veure que tot encaixava. Van entendre que no pogués suportarho més, que fes cridar un frare per confessar-se i penedir-se dels seus actes, fins i tot del que anava a cometre, i que després es llevés la vida per parar aquell turment que no el deixava viure.

La jugada d'en Boquica havia estat magistral, senzillament brillant. Ningú no el podia situar en el lloc del crim. «Crim? Quin crim?», va pensar mentre es tocava la barbeta, que tenia la mateixa forma que la puntera d'una bota. «Si, de fet, en Falgàs... s'ha suïcidat».

Sota els hàbits monacals, un somriure diabòlic es va dibuixar a la cara d'un home que anava veient com s'anava acomplint la seva venjança.

40

L'ensarronada

Tenien la vista fixada al cim de la muntanya. Tot i la respiració entretallada per l'esforç, es miraven amb delit el capdamunt de la carena. Sabien què representava arribar dalt de tot. Sabien que a l'altra banda hi havia la salvació, però per arribar-hi encara haurien de vèncer alguns obstacles naturals, com ara el mal d'altura, que els feia perdre el nord, i la neu, que en alguns trams els cobria per sobre els genolls i els dificultava enormement l'ascensió al pic. L'única aliada, com sempre, era la boira, que els havia acompanyat a l'inici de l'ascens i els havia permès estar protegits dels seus possibles perseguidors.

Quan les tropes napoleòniques es van retirar de Catalunya, en Boquica i alguns dels seus homes es van amagar a França, a Perpinyà. De fet, també va acceptar d'anar-hi després que els mariscals i generals per qui havia treballat i que l'havien encobert li contestessin una nota que els va enviar. Els demanava si li podien pagar els endarreriments pels serveis prestats, i amb aquest propòsit se'n va anar a Perpinyà.

L'havien citat a la prefectura, un edifici que en altres temps havia estat molt llustrós però que ara, amb el pas dels anys i la falta absoluta de manteniment, s'havia convertit en un immoble ruïnós, en una construcció vella i decadent, just darrere de la plaça de la Llana, d'on venia una forta remor. En Boquica i els seus homes s'hi van acostar. Hi havia una gran expectació a la plaça. Era una plaça rodona que acollia cada any la fira de la llana i el bestiar. Era un espai on hi cabia molta gent i s'hi podia acumular ben bé mig miler de persones. Aquell dia no hi havia fira però no hi cabia ningú més. El xiuxiueig i la remor es van apagar de cop. Es va obrir un passadís entremig de la gentada i van entrar a la plaça els homes de la guàrdia. Portaven un home engabiat, com si es tractés d'un fera perillosa o d'un animal salvatge que s'hagués de témer. El van situar al mig, van obrir la porta de la garjola i van procedir a lligar-li unes cordes, una a cada extremitat. Mentrestant, de l'altra punta de la plaça van aparèixer quatre mossos que portaven un cavall cadascun. Quatre membres de la guàrdia es van encarregar de lligar l'altre cap de la corda a la sella dels cavalls. Al senyal de l'oficial, els genets van fer avançar lentament els cavalls, un en cada direcció: el negre estirava cap al nord, el blanc cap a l'oest, el tacat cap a l'est i el marró cap al sud. Es feia ben a poc a poc perquè el suplici fos més llarg i així fer patir més el condemnat. Les cordes s'anaven tibant i es tensaven també els músculs del presoner. Els peus començaven a perdre estabilitat. El condemnat aviat deixaria de tocar a terra i la força de tracció dels animals l'aixecaria enlaire. De cop, un del cavalls va deixar anar un renill, es va encabritar i va sortir corrent. El genet no va poder controlar-lo, i això va provocar una estrebada tan forta que va arrencar el braç dret del condemnat. Immediatament, els altres tres animals, en un acte reflex, van tenir el mateix comportament, i en arrencar al galop van estirar al mateix temps el braç i les dues cames que l'home encara tenia a lloc. Els xiscles i els crits de dolor del condemnat, que es retorçava i s'arquejava lleugerament, es confonien amb els d'alegria i excitació del públic, que xalava amb aquella salvatjada com feia temps que no passava. L'home va quedar estès damunt de la sorra de la plaça. Només li quedava el cap i el tronc. Un dels mossos va recollir les despulles d'aquell cos, les va posar dins d'un cabàs i se les van endur lluny de la vista de la gent.

La multitud va anar desfilant i es va anar dispersant. En Boquica i els seus homes, encara glaçats pel que acabaven de veure, van dirigir les seves muntures cap a la prefectura. Quan hi van arribar i es van presentar, els va sorprendre que els atenguessin de seguida, però no en van fer cas. Els van fer passar a una estança molt sòbria amb una taula allargada al mig, presidida per una llar de foc i un gran finestral que s'obria a ponent i per on entrava l'única llum que hi havia en aquell saló. En Boquica i els seus homes van córrer cap al foc. Tenien els peus i les mans glaçades, i miraven de recuperar l'escalfor acostant-se a les flames. Al cap d'un moment, va entrar al saló un noi que portava una safata amb cinc bols de caldo que fumejaven i una ampolla de vi. No necessitaven res més per refer-se. Però passava el temps i ningú no els rebia. Un dels homes es va acostar a la porta, la va obrir i va treure el nas a fora, al passadís. No va veure res ni ningú. Tret d'una catifa que anava d'una punta a l'altra i de dos quadres penjats a la paret, no havia vist ningú ni havia sentit cap moviment. «Quina quietud!», va pensar. Va aixecar les celles en senyal d'estranyesa i va tornar cap a dins del saló amb un moviment que recordava el de les tortugues quan s'amaguen dins de la closca. Allà a la sala tot continuava igual i els homes mataven el temps com podien. Un parell fumaven mentre passejaven la vista entre el poc mobiliari de l'estança i la poca activitat que es podia veure al carrer des de la finestra del balcó; un altre feia una migdiada, i ell es va afegir al quart home, que juntament amb en Boquica no es movien del costat d'aquell paternal de foc, hipnotitzats per les flames taronges i blaves, que no paraven de ballar mentre consumien la llenya.

Uns cops a la porta els van despertar.

Va entrar un soldat i dirigint-se a en Boquica li va dir:

—Monsieur Pujol, el prefecte us rebrà al seu despatx. Si em voleu seguir.

—I és clar que sí, per això he vingut —va contestar en Boquica, que es va treure la son de les orelles i va saltar d'un bot de la butaca. Amb un parell de gambades va travessar el saló i es va plantar al costat del soldat—. Som-hi?

El soldat va assentir amb un cop de cap. Mentre agafava el pom de la porta, en Boquica es va dirigir als seus homes:

—Ara torno. —I tots dos van desaparèixer per la porta.

Devien haver passat uns cinc minuts quan van tornar a picar a la porta. Els homes d'en Boquica es van girar i van veure que la porta s'obria, però en dos temps i molt lentament, perquè no només es movia un batent sinó tots dos, de bat a bat, i mitja dotació de gendarmes armats amb escopetes i apuntant-los van irrompre a l'habitació. Van quedar tan sorpresos que no van poder, de fet no van saber, reaccionar, perquè sense adonar-se'n ja se'ls enduien lligats cap a les masmorres de la prefectura.

En Boquica, aliè a la sort dels seus homes, esperava assegut a la cadira de pell que hi havia davant de la taula del despatx del prefecte. El sentia parlar a l'habitació del costat. Va parar l'orella i li va semblar que s'acomiadava de la visita que l'havia tingut ocupat. Un soroll de porta que es tancava li va corroborar el que li havia semblat sentir. I, efectivament, el prefecte Guillamet va entrar per la porta lateral.

—Tinc ordres que vénen directament des de París —va anunciar seient darrere el seu escriptori— de traslladar-vos a la Ciutadella. És per a la vostra seguretat. Allà us proporcionarem un allotjament i ens ocuparem dels temes que heu vingut a tractar.

—A la Ciutadella? —va respondre estranyat en Jep—. Però allà és on tanquen els insubordinats, els desertors i els criminals. No entenc res... i per què no ho podem tractar aquí? —va preguntar, completament desorientat

—Ja us ho he dit: són raons de seguretat. Precisament per aquesta situació que vós descriviu, en un ambient de facinerosos i traïdors ningú no sospitarà res. Estic segur que ho enteneu.

En Boquica no entenia res. Es va aixecar tot escamnat.

—Vaig a comunicar-ho als meus homes —i es va dirigir cap a la sortida.

—No us molesteu. —El prefecte també es va aixecar seguint les passes del bandoler—. Els vostres homes ja els estan traslladant cap allí.

Pel caire que prenia la conversa, en Boquica ja feia estona que s'anava malfiant i maleïa l'hora que havia decidit travessar la frontera per anar a Perpinyà. Ara era conscient que els estaven ensarronant. Es va posar la mà a la faixa i va desplegar la seva navalla per escorxar aquell gavatxo. Ja s'hi anava a abraonar quan el prefecte va fer un crit que va sonar com un senyal. En Boquica només va tenir temps de sentir darrere seu el cruixit de les portes que es trencaven contra la paret. Van entrar en tromba una gran quantitat d'homes armats que no era capaç de comptar, en part també perquè gairebé sense adonar-se'n es va trobar estès de bocaterrosa sense gens de visibilitat. Quatre homes robustos el van agafar pel coll i el van immobilitzar a terra, mentre el lligaven fortament amb cordes malgrat la seva resistència. Va sentir que s'obria la porta de la sala del costat, justament d'on havia sortit abans el prefecte, i unes passes que entraven trepitjant amb contundència marcial i es dirigien cap on ell estava ajagut. Ho sabia perquè cada vegada les sentia més fort, cada vegada les tenia més a prop seu. Ben enllustrades i amb una puntera i un esperó platejats, les botes es van aturar just a fregar de les galtes d'en Boquica. En silenci, aquell home va donar l'ordre als soldats que giressin el detingut perquè es poguessin veure les cares. Sense miraments ni contemplacions, un dels soldats va agafar el cap d'en Jep com aquell que arrenca un cap de col i el va encarar cap amunt. Mentre feien aquesta maniobra, en Boquica va sentir a cau d'orella una veu molt coneguda que li xiuxiuejava:

—Ets meu, i et juro que no te'm tornaràs a escapar.

El soldat li va aguantar el cap fins que una contraordre li va dir que ja el podia deixar anar. En obeir, la cara d'en Boquica va espetegar contra el terra i de resultes de l'impacte es va obrir el llavi.

Va entendre que la protecció francesa que, fins llavors i per interessos, li havia permès fer el doble joc ja s'havia acabat. Va entendre que ja no els era útil i que els suposava una càrrega massa pesada, un llast del qual s'havien de desfer. I què millor que acontentar les autoritats patriotes amb el lliurament d'un pròfug de la justícia com ell. No li va doldre tant la traïció dels comandaments francesos amb qui s'havia relacionat com el fet d'haver-se deixat atrapar per en Jan. Ara ja sabia què l'esperava.

41

De Perpinyà a Figueres

«En un carro bo i lligat i agarrotat
mentre la gent li anava cridant: goiteu-se'l el gran lladre!
Ell anava amb el cap baix de vergonya que se'n dava»

Fragment de cançó popular

Una gran berlina estirada per quatre poderosos cavalls negres remuntava lentament el coll del Pertús, l'última població francesa abans de travessar la frontera. Els crits d'ànim del majoral i l'espetec del fuet a l'aire eren els únics sons que rebotaven per les parets pelades d'aquelles muntanyes. Dins del cotxe hi havia sis passatgers, sis homes. Cinc anaven fortament armats i estaven pendents dels moviments del sisè, en Boquica. Anava estacat de peus i mans amb una corda tan gruixida i amb tants nusos, que les mans i els turmells li començaven a quedar morats perquè les lligadures li impedien que hi circulés la sang. Això no va ser prou motiu per afluixar-li les cordes. De fet, ell tampoc no se'n sentia perquè el dolor l'havia deixat atordit.

Dues bufetades li van girar la cara. Primer cap a l'esquerra, després cap a la dreta. Però la inèrcia i el pes del cap van tornar-lo a deixar al lloc inicial, és a dir, amb la cara enfonsada al pit.

—Au, dormilega, desperta't! —li cridava l'uniformat.

La intenció del soldat era despertar-lo. I a fe que ho va aconseguir, però clavant-li dos mastegots més. En Josep Pujol va mig obrir els ulls i no podia ni mantenir el cap dret. Li rodava i se n'anava de tort, estintolant-se a la porta de la berlina. Va notar que l'agafaven per l'espatlla i el treien a fora.

—Tireu-li aigua! —va sentir que ordenava una altra veu.

Una galledada d'aigua i un parell més de patacades el van fer anar per terra, i ara sí que va reaccionar. Reptant per la sorra com si fos un cuc, es va anar enfilant per la roda fins a aconseguir posar-se dempeus, dret amb l'esquena contra la porta de la berlina.

—Traieu-li les cordes, la camisa i les sabates!

La resta de soldats va obeir i el van deixar només amb pantalons. Després, quatre homes el van pujar a sobre d'un carro i li van lligar les mans i els peus amb unes cadenes. Els canells i els turmells estaven fixats amb unes argolles que hi havia al terra del carro, de manera que el presoner no podia caure ni perdre l'equilibri encara que el terreny fos ple de sots.

En Jean Baptiste Malgrat, que anava davant de tot a cavall d'un sinistre semental negre, va donar l'ordre. Van esperonar els dos matxos que estiraven el carro i en arrencar en Boquica es va fimbrar una mica allà dalt malgrat anar ben estacat. Dalt d'un carro: aquesta era la millor manera que havien trobat per humiliar-lo i exposar-lo a un escarni popular. El passejarien pels carrers de Figueres per mostrar el preuat trofeu a una ciutadania àvida de justícia, de venjança, de sang...

42

La fira de Sant Bartomeu

Embolcallada amb una mantellina, la Maria va entrar a l'església de Sant Vicenç. Després de mullar-se les puntes dels dits a la pica baptismal, es va senyar i va fer una genuflexió en direcció a l'altar. El temple estava en silenci i a les fosques. Només hi havia un fil de llum sota la porta de la sagristia que hi havia al final del passadís. La Maria va avançar ràpidament cap a la llum per un dels laterals de la nau, i quan va arribar davant de la porta va trucar.

—Déu vos guard! —es va anunciar la dona d'en Josep Pujol mentre obria un dels batents de la porta—. Puc entrar? —va preguntar amb una mica d'urgència.

—Endavant, endavant, si us plau —va contestar mossèn Pere Devesa, que la va convidar a seure—. En què et puc ajudar, Maria?

—Mossèn, estic molt amoïnada. Fa molts dies, massa dies, que no sé res d'en Josep, i no és normal. Se'n va anar a Perpinyà amb els pocs homes fidels que li quedaven i encara no ha tornat ni ha donat senyals de vida —va fer una pausa, es va mossegar el llavi inferior i li va dir al rector allò que la turmentava—. Temo que no l'hagin agafat i que ara mateix estigui presoner o... mort —I va començar a sanglotar mentre s'abravaçava a mossèn Devesa.

—Filla meva, no pensis aquestes coses —el capellà mirava de consolar-la—. Ja saps com és en Josep i que haurà pres totes les precaucions necessàries perquè no el puguin atrapar. Ja veuràs que quan menys t'ho esperis en tindràs noves.

No va tenir temps d'acabar la frase i les seves paraules encara retrunyien per la paret de la sagristia quan en Sigfrid va trucar a la porta i va entrar d'una revolada i esbufegant.

—Amb permís, Déu vos guard, mossèn —es va disculpar el sagristà eixugant-se el front suat—, però m'he pensat que ho voldríeu saber de seguida. —Esbufegava.

—El què? Què és tan urgent que et fa entrar corrent a la sagristia? —li va retreure mossèn Devesa, que juntament amb la Maria es miraven amb expectació pel que els havia d'anunciar el sagristà. Aquest va agafar l'aire que havia perdut amb la correguda i ho va deixar anar d'una tirada:

—Acaben de penjar un ban a la plaça que diu que han agafat en Boquica a Perpinyà. Resulta que els francesos l'han lliurat a les autoritats espanyoles. Ara està empresonat a Figueres i el penjaran a la plaça del castell de Sant Ferran per la fira de Sant Bartomeu.

—Déu meu! —va exclamar la Maria, que no va caure a terra de miracle i perquè mossèn Devesa encara la tenia abraçada i ho va impedir. El capellà tampoc no se'n sabia avenir. I el seu cap anava rumiant: «Traït pels francesos i extradit a Espanya perquè la justícia el sentenciï a mort».

—La fira de Sant Bartomeu? —va contestar amb una pregunta el capellà—. Això, això és d'aquí a tres dies.

—Sí, senyor, el dia 23 és festa grossa a Figueres. El ban que ha llegit textualment l'agutzil abans de clavar-lo diu que les autoritats espanyoles volen que «tothom pugui ser testimoni de la fi...» —i no gosava dir-ho en presència de la Maria, però com que va veure que mossèn Devesa li exigia amb la mirada que continués, va decidir tirar pel dret i acabar reproduint la frase del ban—...«d'aquest despietat criminal».

Mossèn Pere Devesa es va quedar pensatiu, i va estrènyer ben fort el seu cos contra el de la Maria per mirar de confortar-la. La dona d'en Josep Pujol tremolava i sanglotava, i tenia la sensació que la seva vida es precipitava daltabaix d'un abisme.

—Aniré a Figueres —va decidir mossèn Devesa—. Hi aniré i demanaré de veure'l.

Aquella decisió del rector de Sant Vicenç va estroncar de cop la plorera de la Maria.

—Què dieu, mossèn? —va preguntar gairebé sense esma, amb un fil de veu i els ulls botits—. Voleu anar a Sant Ferran per veure'l? Poc que us deixaran ni acostar-vos-hi.

—I tant que sí, tingues fe, filla meva. —I va mirar fixament als ulls de la Maria—. Com a cristià, en Josep té dret a rebre, com a mínim, l'absolució de Déu Pare omnipotent. Penso demanar a les autoritats que abans d'executar-lo el deixin confessar-se —va dir fermament mossèn Pere Devesa.

En silenci, van sortir de la sagristia. Mossèn Devesa acompanyava la Maria cap a la porta de l'església, i ja s'havien acomiadat quan la futura vídua es va girar i li va dir al senyor rector:

—Reverend Devesa, deixeu que us acompanyi. Deixeu que el pugui veure una vegada més abans no me'l matin. —Era un prec desesperat.

Mossèn Pere Devesa no sabia què li havia de dir a la Maria. No tenia gens clar que fos convenient que l'acompanyés una dona que estava a punt d'enviudar. I si era un disbarat?

—Vols dir que és una bona idea, filla meva? No creus que seria millor que en conservessis un bon record, d'en Josep? Pensa que estarà en un estat molt lamentable, l'hauran torturat i no sé si voldràs recordar el teu home masegat, ferit i perjudicat tota la vida.

—Només sé que el vull veure —va dir de manera enèrgica, amb una força que ni ella mateixa sabia d'on venia—. Necessito veure'l encara que només sigui l'ombra de l'home que he estimat i que estimo.

—Està bé, està bé, Maria —va acceptar mossèn Devesa—. No sóc ningú per negar-t'ho, només volia mirar d'evitar que patissis més del compte.

I dit això li va fer el senyal de la creu.

—Vés-te'n en pau i vine a veure'm demà.

La Maria va fer una genuflexió davant del mossèn i es va perdre pel carrer Vilarrobau.

Les autoritats ja se'n van ocupar, de fer córrer la notícia. S'havia aconseguit una fita molt important: capturar un dels caragirats més sanguinaris i violents dels últims temps. Així ho van anunciar els bans i els agutzils ho van escampar als quatre vents.

De seguida que es va saber que el portaven a Figueres, una gernació vinguda de totes les contrades saquejades per en Boquica i la seva quadrilla de miquelets bandolers van decidir esperar-lo a peu de carrer, a l'entrada de la ciutat, per veure'l passar i insultar-lo. Tothom volia presenciar la seva execució. Ningú es volia perdre el moment que en Boquica respiraria per última vegada. Volien ser testimonis d'excepció que el malson s'havia acabat. Volien veure amb els seus propis ulls —aquells ulls que havien plorat per familiars morts o per propietats cremades, arrasades o saquejades— que l'home que els havia provocat tants maldecaps deixava d'existir per sempre més.

Les autoritats van preparar detingudament i acuradament tots els detalls de l'esdeveniment, des del principi fins al final. La representació d'aquella farsa que pretenia fer justícia va començar amb la celebració d'un consell de guerra obert al públic i amb la participació dels alts càrrecs de l'exèrcit patriòtic. Tot estava a punt a la gran sala del palau de justícia, un edifici annex al pati del castell. Dalt d'un entarimat de fusta —que grinyolava quan algú hi caminava per damunt, fos l'agutzil, l'oficial, un bidell o el mateix jutge— hi havia un tron de fusta de pi amb set compartiments. El del mig era el seient més ample i estava reservat per al president del tribunal militar, però no se'l veia pas més còmode que els altres sis seients que hi havia a dreta i esquerra d'aquell escó central, tres per banda. Allà s'hi asseurien els altres membres del tribunal que havia de jutjar en Boquica: un capità agregat a l'estat major, un capità general, dos tinents, un coronel i el secretari del coronel general i governador, que presidia el consell de guerra. Just al costat d'aquest moble, però sense tarima, hi havia una tauleta on, assegut, l'agutzil esperava l'ordre per endur-se el condemnat de la sala. Això seria després que es llegissin els càrrecs pels quals es jutjava en Boquica. Una lectura que es veia venir que seria una lletania de crims, assassinats, assalts i delictes probablement no tots imputables a l'antic traginer. Però amb un historial delictiu i criminal com el seu ja no venia d'un assassinat més o menys. A l'altre costat hi havia dos bancs reservats per al jurat, però com que en aquella causa no n'hi havia estaven buits. De bon grat els haurien ocupat la gent del poble, ja que no hi havia cap altre seient lliure en tota la sala.

A peu dret i separada per una tanca amb barrots de fusta, la gentada ocupava l'altra part del saló. Tot i que ja sabien el veredicte de sobres, tothom volia sentir-lo de viva veu quan sortís de la boca del jutge militar. Lligat de mans i peus i custodiat per dos soldats, el temut bandoler esperava la sentència assegut en un escambell amb una pota que li ballava. Estava sol, sense advocat defensor, perquè segons les autoritats no hi havia res a defensar.

—T'imagines que ara desarmés un dels soldats i s'escapés de la justícia com va passar aquell any pels Dolors, a Besalú? —va dir un dels homes que s'esperava per sentir un veredicte de sobres conegut per tota la multitud que s'hi congregava.

—I ara! On vas a parar! —va fer petar la llengua al paladar una dona que hi havia al seu costat—. No veus que poc que podria anar gaire lluny. Tothom se li tiraria a sobre!

—Oh, no ho sé —va dubtar un altre que seguia la conversa—. Voleu dir que tothom està d'acord que el pengin? —va qüestionar.

—Encara que aconseguís escapar-se, que ho dubto, no podria anar gaire lluny perquè els gavatxos l'atraparien de seguida —va apuntar un altre individu que es va afegir a la tertúlia sobre la possible fugida del presoner.

—Si fugís voldria dir que reconeix que té part de culpa del que diuen que ha fet —va opinar un vell que s'estintolava a la paret de la sala perquè la verga de savina que duia ja no aguantava el seu pes.

—No s'ha de penedir de gaire res —va defensar un sisè individu—. La meitat de càrrecs que llegiran són falòrnies!

—Au, vinga! —va protestar un altre—. Com goseu negar l'evidència? Si aquest home ha repartit a tort i a dret i ha deixat més vídues que la Guerra Gran.

La diferència de parers va començar a aixecar un xivarri a la part de darrere de la sala que presagiava una encesa discussió amb possibilitat d'acabar en baralla.

—Què passa aquí darrere? —L'agutzil va decidir tallar en sec els primers indicis d'altercat—. Que hi ha algú que vulgui acompanyar aquest bandoler a la forca? —va cridar en un to amenaçador.

La ràpida intervenció de l'autoritat va provocar que el xiuxiueig i la remor s'anessin apagant davant la possibilitat d'acabar igual que en Boquica.

En aquell moment va entrar a la sala el jutge militar,

coronel general i governador. Era un home gros que, malgrat que la causa no ho requeria, es va vestir amb una túnica negra i es va cobrir el cap amb una perruca blanca que feia que el seu aspecte infongués més respecte. Li penjaven dos tirabuixons a banda i banda, acabats en un llacet negre. Un altre del mateix color lligava una cua que li penjava esquena avall i amb què havia d'anar alerta de no asseure-s'hi a sobre quan s'escarxofava al seu tron per presidir la sessió, cosa difícil atès el volum del seu darrere. Una sonora ventositat es va escapar del seu cul. El petarràs, però, va quedar amortit per la fressa que feia en seure. Abans de començar va dirigir la mirada a un racó de la sala i de seguida un cambrer, nerviós, se li va acostar amb un petit recipient de ceràmica que tenia un mànec de fusta. L'hi va atansar fins a sota la barba. Era una escopidora, també coneguda com a gargallejador. El magistrat es va escurar la gola enèrgicament i sorollosament fins que els seus esputs es van barrejar amb l'aigua i les serradures que hi havia a l'interior d'aquell receptacle.

Aclarida la gargamella, es va disposar a començar. En aquest cas va ser ell mateix i no pas l'agutzil, com solia ser preceptiu, qui va llegir els càrrecs que es presentaven contra l'acusat. Va repassar totes les malvestats que en Boquica i la seva partida de miquelets bandolers havien ocasionat per les contrades de l'Empordà i la Garrotxa, i d'entre el públic present a la sala es van escapar més d'un insult i d'unes quantes malediccions contra el traginer de Besalú. Quan el president de la comissió militar va interpel·lar en Boquica per si tenia res a dir en defensa seva, el bandoler no es va molestar ni a contestar-li, ni a mirar-se'l, i ni va aixecar el cap, que feia estona que tenia penjant sobre el pit com si no hi fos, en aquella sala.

—Entesos, doncs. Si no teniu res a dir, prepareu-vos per escoltar la sentència del tribunal —va anunciar solemnement el militar, que era el de més alta graduació que hi havia a la sala.

«Sentència dada per la comissió militar especial establerta a Figueres i formada en virtut de la llei de 17 de juny, de l'any 12, que comporta que els membres de la comissió estan conformes amb els articles 7 i 8 de la mateixa llei, per la qual confirmen que no són ni parents ni aliats ni entre ells ni de l'acusat, fet que els prohibiria participar de la sentència que avui els ha reunit portant la condemna a la pena de mort a Josep Pujol i Barraca, fill de Pau i Francisca, natural de Besalú, a la Garrotxa, al servei d'Espanya dos anys i de França com a capità de miquelets, de 5 peus i 2 polzades d'alçada, o d'1 metre i 759 mil·límetres, cabells i celles negres, front cobert, ulls negres, nas arrodonit, boca grossa, barba arrodonida i cara ídem, de trenta-set anys. La comissió militar declara que Josep Pujol i Barraca, altrament dit Boquica, ha estat trobat culpable per set vots a favor i cap en contra de deserció, traïció i de ser autor de tots els crims que abans s'han relatat, i se'l condemna a la pena de mort, que es farà efectiva demà a la tarda quan se'l pengi a la forca al pati del castell.»

Però l'execució no seria immediata. Abans, i atès el gran mal que havia infligit a la ciutadania, el tribunal militar va ordenar que fos sotmès a l'escarment públic. Hi havia cua per passar davant del forat on, mig colgat, en Boquica aguantava estoicament les persones que l'insultaven, l'escopien i l'ultratjaven... Els que s'ho van passar millor, com si es tractés d'un joc cruel, van ser la mainada. Un nen ben murri que se'l mirava d'un tros lluny amb una rialla s'hi va orinar a sobre. S'escarrassava a fer punteria i s'entretenia a dirigir la seva pixarada al cap del condemnat. L'episodi va provocar les riallades dels que s'ho miraven. Un altre marrec, que va passar per davant del bandoler agafat de la mà del seu pare, se li va acostar encuriosit i quan el va tenir ben a prop li va tirar una escopinada al mig dels ulls. La humiliació pública encara es va allargar fins que es va pondre el sol.

—La llana negra no admet tint! —li etzibaven uns per deixar clar que és molt difícil corregir o millorar allò que s'ha fet malbé o corromput amb el temps.

—Malaltia i presó no adoben cap bribó! —cridaven uns altres.

—Val més que el pengeu!

Un cop va haver acabat l'ultratge, dos soldats van descalçar la terra que el cobria fins al pit, el van estirar pels braços, talment com si arrenquessin una ceba, i se'l van endur per tancar-lo als calabossos, al soterrani del castell.

Allò només havia estat el començament. L'expectació el dia de l'execució es preveia molt més gran. I no era estrany, no sols per la transcendència del condemnat sinó perquè el dia que les autoritats tenien intenció d'enviar-lo al canyet era durant la concorreguda fira de Sant Bartomeu, i Figueres seria plena de gent.

43

El petó de la papallona

Va sentir batre l'aire molt a prop de les seves orelles. Era un aletejar pesat i compassat. Va obrir els ulls instintivament, però la foscor que hi havia a la cel·la de la garjola de Sant Ferran no li va permetre veure què era el que agitava l'aire d'aquella manera tan enèrgica. Després va notar l'aleteig molt a prop fins que es va aturar. La següent sensació, ben real, va ser una fiblada al clatell que li va recordar la que havia sentit anys enrere enfilat en aquell roure amb en Jan mentre espiaven l'aplec de bruixes. Es va aixecar esverat, posant-se una mà al lloc on havia rebut la punxada, i va veure voleiant davant seu una papallona amb les ales estirades. I no pas una de qualsevol. Tenia les ales, potents i robustes, de color blanc grogós amb franges negres verticals. Les ales inferiors, desplegades, mostraven unes taques blavoses, negres i ataronjades, i acabaven en una mena de llarga cua. Al cap i el tòrax castanys o negrencs hi havia un dibuix que recordava una calavera. Se li van eriçar els pèls del clatell i se li va glaçar la sang. Una esgarrifança de fred li va recórrer tota l'espinada. La trompa que la majoria de les de la seva espècie feien servir per xuclar el nèctar i el pol·len de les flors tenia una altra utilitat: punxava la pell de les seves víctimes per extreure'n la sang que li servia d'aliment. Era un singular creuament entre dues espècies poderoses i perilloses: la papallona zebrada i la papallona de la mort o de la calavera. Com a resultat, havia donat aquella criatura. De vol nocturn, solien entrar a les cases en fer-se fosc i hi escampaven les malures tot espolsant-se les ales. Portaven un verí mortal. I quan es posaven al cap de les persones eren un averany de mort. Aquesta papallona era una aliada de les bruixes i la seva aparició anunciava l'arribada d'una fetillera. Tal dit tal fet. El grinyolar agònic de la xarnera de la porta de la cel·la va donar la benvinguda a l'Atanàsia.

—Hola, Josep, estàs a punt?

—Vós? Què hi feu aquí? —va preguntar sorprès en Boquica.

—Vaig ser-hi quan vas venir al món i hi seré el dia que te n'aniràs. I així com et vaig rebre com calia, també em vull acomiadar com et mereixes.

I en aquell moment la papallona zebrada de la calavera es va situar a l'espatlla esquerra de la vella fetillera.

—Trobo, Atanàsia, que esteu molt enigmàtica —li va engegar el bandoler.

—Quan vas néixer, tothom al teu voltant plorava, i en canvi tu somreies. La teva família, però sobretot la teva mare, plorava per por que els mals auguris que es podien abatre sobre Besalú es complissin. Patia pel fet d'haver donat a llum una criatura el dia de la foscor, per haver dut al món una criatura en una jornada que presagiava desgràcies, per haver infantat un dimoni i no un àngel, en el dia de l'eclipsi. Fins i tot el teu avi, en Silvestre, coneixedor d'aquestes males noves, cada primer de gener procurava guardar un tros de pa en un calaix. Com més engrunes s'amunteguessin, més protecció, deien les més velles beates, però amb això no n'hi va haver prou i tampoc va donar resultat. No s'hi pot fer res, contra la seva voluntat.

—De qui parleu?

—Val més no anomenar el seu nom. Però tu ja el vas conèixer. Te'n recordes, Josep, allà dalt darrere la muntanya del Mont? Recordes quan vas caure de l'arbre? Recordes haver entrat a la rotllana?

En Boquica s'anava fregant el clatell, on acabava de rebre una picada que seria mortal, mentre mentalment anava repassant les imatges confuses i boiroses d'aquella jornada.

—Sí... sí... que ho recordo, molt vagament, però —va respondre amb un parlar feixuc. Semblava com si el fet de recordar suposés per a l'antic traginer una pesada càrrega.

—Les accions de la teva agitada vida han estat sempre marcades per aquests dos fets. Néixer sota la influència d'un eclipsi de sol et porta directament a pertànyer al món de les tenebres i, per tant, a servir els seus interessos.

—Au, vinga, Atanàsia, no m'enredeu amb les vostres creences. Sé molt bé qui he servit i qui he deixat de servir. Per això sóc aquí —i va assenyalar les parets de la presó— i per això m'han condemnat.

—No t'enganyis, Josep... Ell ho ha disposat així, i l'únic que faig és venir-te a ajudar a fer el trànsit cap a l'altra vida.

—Però què t'empatolles?

—Has vist la papallona? Has notat el xuclet?

En Boquica va assentir amb el cap.

—Demà quan vagis cap a la forca t'aplanarà el camí. No sentiràs dolor, i quan t'ajusticiïn hauràs fugit de les seves mans per sempre més. Quan la multitud enfebrida clami i cridi contra teu, la teva ànima ja serà ben lluny d'aquí. Serà d'allà on ha pertangut sempre.

—Francament, Atanàsia, no sé pas què em dieu però us ho agraeixo. Gràcies de debò per la visita. Ara, però, si em permeteu, voldria estar sol pensant en la meva dona i els meus fills.

L'Atanàsia va respectar la seva última voluntat i va picar

els barrots de la cel·la perquè el carceller la deixés sortir. Quan la fetillera va haver marxat, la picada de la papallona li va començar a coure de manera més intensa. Mentre en Boquica es gratava, no podia deixar de pensar en tot el que li acabaven de dir.

La de l'Atanàsia no va ser l'única visita que va rebre. Quan un dels soldats li va anunciar que en tenia una altra, va estar a punt de dir «si és aquella vella carregada amb tants romanços no la deixeu baixar». La seva sorpresa, però, va ser majúscula i agradable quan de la foscor del passadís que conduïa fins a la porta de la seva cel·la en va veure aparèixer la cara de mossèn Devesa.

—Mossèn Devesa! —va exclamar quan el va veure, i se li va abraçar—. Em fa molta il·lusió veure-us! Com és que us han deixat venir?

—L'Església i els seus ministres ja saps que tenen obertes les portes de tot arreu —va dedicar-li un mig somriure que va donar pas a un posat seriós—, també les de l'infern.

—Seieu, seieu. —I en Boquica li va indicar un banc de pedra que hi havia a l'esquerra de la cel·la.

—Gràcies, Josep.

En Boquica estava a punt de preguntar-li per la Maria, els nens, els seus pares i per Besalú, però mossèn Devesa li va engegar una sèrie de retrets.

—Ara que estàs a punt de morir a la forca, tot al teu voltant és alegria i joia. Ho he vist venint cap aquí, pels carrers, les tavernes, els mercats... Això vol dir, Josep, que no has viscut de manera que la gent del teu entorn plori per la teva mort en comptes d'alegrar-se'n i fer-ne festes, tal com fan ara. I això no té cap altra més explicació: t'has equivocat. Tu, tossut i obstinat, has continuat pel mal camí encara que et pensessis que el que feies era correcte. Quantes vegades t'ho havia dit?

Es va fer un silenci dins de la cel·la. Només de lluny se sentia el brogit que venia dels carrers.

En Jep es mirava l'anell que feia temps li havia regalat mossèn Devesa. L'anell on s'hi podia llegir aquella funesta inscripció —«Moriràs»— que l'havia de fer desistir de cometre barbaritats. Era evident que no havia aconseguit el propòsit.

—El teu gran mal, Josep —continuava mossèn Devesa—, és que t'has cregut massa gran, fins al punt de pensar i de creure que la resta de gent estava per sota teu i que tenies el dret a decidir sobre les seves vides. I aquesta potestat, fill meu, només la té Déu Nostre Senyor. —Mossèn Devesa es va treure l'estola i es va acostar més a en Jep—. Per això he vingut, Josep, perquè et confessis a través meu davant de Déu, perquè et perdoni els pecats i et dugui a la vida eterna.

—Mossèn Devesa, com em podeu parlar així... —va contestar abatut—. He fet el que he fet i no me'n penedeixo. Allà on no hi ha justícia hi ha hagut pobresa, i això és el que hem patit aquests últims anys: injustícies que han portat misèria. Lluitava contra això...

—Però has agafat el camí equivocat, Josep, sempre t'ho havia dit i sempre vaig mirar de fer-te recular perquè anessis pel bon camí. I per culpa del teu error moltes persones innocents n'han pagat les conseqüències... —i mossèn Devesa va fer una pausa—, començant per les desenes de víctimes i acabant per la Maria i els nens.

Quan va sentir això, en Boquica va aixecar el cap com si hi tingués una molla.

—La Maria i els nens? —va contestar amb una pregunta angoixat—. Els ha passat alguna cosa?

—No, no els ha passat res, excepte que són els que més han patit aquests teus deliris de grandesa. —I es va girar i va fer un senyal a la Maria perquè entrés.

Els dos esposos es van fondre en una abraçada i en Josep va enfonsar la seva cara en els cabells de color magrana de la seva dona. Va tornar a tastar els tirabuixons de la Maria, que feien aquella intensa olor de sàlvia, una olor que el va fer recular fins a la seva joventut, quan en aquell aplec del Mont havia descobert què sentia en estar a prop de la que seria la dona de la seva vida. Es va embriagar de la seva fragància perquè estava gairebé segur —hi hauria posat la mà al foc— que seria l'última vegada que podria sentir-la.

44
Mirades

Figueres, 23 d'agost del 1815

No hi havia de ser, en aquella execució, però la nit anterior havia sentit la seva mare plorant. Quan l'endemà al matí els va dir a ell i als seus germans, amb els ulls plorosos i irritats, que no sortissin de casa per res del món perquè ella se n'anava a Figueres amb mossèn Devesa, va decidir seguir-la. Ell era el gran, el que s'assemblava més al seu pare —la seva mare sempre l'hi deia—, i al marge d'aquest punt de rebel·lia que l'empenyia a fer allò que no havia de fer, també tenia aquella inquietud que mou els més agosarats. Sabia que el renyaria si l'enxampava, però s'ensumava que la causa que havia provocat l'estat d'abatiment i desesperació en què es trobava la seva mare havia de tenir alguna cosa a veure amb el seu pare. I també temia que no seria res de bo. Va procurar deixar prou distància per seguir-los sense ser vist, i un cop van arribar a la ciutat va veure que entraven en una enorme fortalesa. La porta caladissa sobre el fossat va engolir la seva mare i mossèn Devesa cap a l'interior. Les seves cames l'haurien portat cap a dins del recinte emmurallat, però de manera assenyada va decidir esperar-se, amagat, darrere uns matolls, fins que tornessin a sortir. Van trigar molta estona, i quan la seva mare i el mossèn van tornar a aparèixer d'entre la penombra d'aquell castell, el cor li va fer un salt. Mossèn Devesa ajudava la seva mare a caminar. Estava abatuda, defallida, i es repenjava a l'espatlla del rector de Sant Vicenç, que l'havia d'arrossegar.

Eren les tres de la tarda. Uns redobles de tambor continus i uns tocs de corneta esquerdats anunciaven a tota la gentada que es movia al voltant del castell i de les parades de la fira que s'hi celebrava el començament d'algun acte. Primer va veure la devota imatge del crucificat, un enorme santcrist custodiat per un exèrcit d'homes coberts amb vestes i amb les atxes a la mà. Després se'n va adonar. Aquella confraria acompanyava el condemnat, a qui li obrien el camí cap al suplici de la forca. Va entreveure la figura d'un home que, lligat i garrotat, li va recordar la del seu pare.

La seva mare no ho va voler veure però ell sí. No era prou forta, i sabia que no podria resistir el moment que el seu home deixés de tocar de peus a terra i quedés suspès en l'aire. La cridòria, l'eufòria que l'envoltava, li va indicar quan s'havia produït aquella fatal estrebada. Li faltava l'aire, el mateix aire que el seu home ja no podia respirar perquè la corda lligada al voltant del seu coll no l'hi permetia: l'estrenyia i l'asfixiava. No ho havia volgut veure perquè de fet no li calia. Ho sentia i ho patia com si ho veiés, com si l'escanyessin a ella. Sentia un ofec cada vegada més gran al pit, una opressió com si li hagués d'esclatar el cor, que cada vegada li bategava més i més fort. Va notar molta calor, la boca se li va quedar seca i es va desmaiar.

La seva mare no ho va veure però ell sí. Malgrat que el mig tapaven les esquenes amples i els caps grossos dels homes que tenia davant seu, ell va poder veure morir el seu pare. Aquella escena li va quedar gravada a la retina. Aquelles imatges, les aclamacions de la gent, i sobretot la mirada i la cara de satisfacció d'un home que a uns metres del cadafal somreia en veure com la vida del seu pare expirava. No era pas un soldat francès, perquè l'uniforme que duia no era el dels gavatxos. I a més li va semblar distingir que duia un ullal de senglar que li penjava del coll i reposava sobre el pit. Però per la manera com anava vestit s'intuïa que tenia poder, i per l'ample somriure que tenia estampat a la cara s'hi llegia que n'estava orgullós i satisfet, de la feina que acabava d'enllestir. Es va fixar en l'home i la seva mirada, perquè en un moment determinat va deixar de mirar la forca i va girar el cap per observar la gernació exaltada. Li va cridar l'atenció perquè els ulls somrients d'aquell home semblaven escrutar entre la multitud, com si busqués algú. Després de passejar una bona estona la vista enmig d'aquella estesa de caps i barretines, es van creuar les mirades. Quan el va descobrir darrere de tota la gentada que atapeïa la plaça del castell, l'home de l'uniforme va deixar de somriure, i en aquell instant el nen va jurar que quan fos més gran venjaria la mort del seu pare.

«Als vint y cuatre agost de mil vuit cents quince se ha enterrat en el cemeniri de la Iglesia Parroquial de Sant Pere de la Vila de Figueras, á Joseph Pujol alias Boquica, natural de Besalú, el que morí sentenciat a la forca lo die antes».

Trèmols Sacristà
Del Llibre d'òbits de la parròquia de Figueres

45

No tornarà

Girona, 1985

—Ha arribat aquest paquet per a tu —va anunciar la recepcionista del diari, i li va llançar un sobre marró encoixinat.

—Gràcies, guapa! —li va dir en Jordi, i el va engrapar al vol abans no s'estavellés contra el munt de papers, diaris vells i llibres darrere els quals es parapetava.

El sobre no es veia gaire masegat i va deduir que no devia venir de gaire lluny. Abans d'obrir-lo, se'l va mirar encuriosit. Hi havia el seu nom escrit a la part de davant amb una lletra tremolosa, com les d'abans. Va girar el sobre i se li van arquejar les celles. El nom que hi va llegir a l'anvers el va sorprendre. Amb la mateixa cal·ligrafia sinuosa amb què estava escrit, va llegir el que tenia davant dels seus ulls: Josep Pujol Pujol.

Era el nom del seu avi. No se'n sabia avenir. «Què coi m'envia l'avi?», es va preguntar. La curiositat el rosegava per dins i no podia aguantar més. Va estripar el sobre, hi va posar la mà i en va treure dues quartilles manuscrites i un llibret. Primer va examinar els papers, que també estaven escrits amb aquella lletra recargolada del seu avi. Hi havia indicats números de pàgines saltades i no li trobava cap sentit. Després, amb una profunda sensació d'estranyesa, en Jordi va fullejar el llibre. Era un facsímil que formava part dels *Escrits empordanesos* de Josep Pla; es titulava *El rellotger de Creixells*. Hi havia un seguit de paràgrafs subratllats amb unes anotacions al marge esquerre. Es va asseure i va començar a llegir les quartilles:

«Jordi, després de barrinari nit i dia, he decidit explicar-tu a la meua manera. Pró com que jo no sóc home de lletres —ja me perdunaras las faltas d'ortografia— me pres la llibertat de feru amb les paraules d'en Pla. Agafa la cuartilla i llegeix el llibre pe l'orde de les púgines tal com tu indicut».

En Jordi estava sorprès, no: fascinat d'aquell mètode. Però sorprès per aquella sortida que tenia el seu avi.

Efectivament, hi havia una enumeració llarguíssima de pàgines, línies i paràgrafs. Per exemple, deia: «pagina 18. Lligeix de la línia 3 a la 15 i després salta a la pàgina 37. Del parraf final només les últimes cinc ratlles».

En Jordi va començar l'exercici. Moltes de les frases que llegia ja li sonaven d'aquell dia que havia anat a veure el seu avi per ensenyar-li la foto del «Tremola, Maholà, que en Boquica tornarà».

Va anar passant via d'allò que ja li sonava però es va aturar amb deteniment a llegir determinats fragments: «la Pàgina 14, les últimes vuit línies de l'últim paràgraf: "Sóc incapaç de veure el problema de la criminalitat en termes absoluts i decisius. Jo crec avui que hi ha —simplificant les coses al màxim— dues classes de criminals: els que ho són perquè la naturalesa els hi porta d'una manera indefectible i clara, i els que hi van perquè el medi social —o sigui polític— els dóna una determinada situació que creuen d'impunitat"». En Jordi va desviar la vista al marge esquerre del paràgraf. Un afegitó, fet a mà amb la lletra del seu avi, permetia llegir: «Mig mig, una mica de cada».

Aquí li feia fer un salt fins sis línies més endavant per entroncar amb el fragment «Que fou un criminal pur, autèntic i d'estructura criminal personal, per mi no té cap dubte». I encara un altre salt de set línies més per enllaçar amb «Qualsevol possible o actuant guerra civil és un ambient admirable per a un criminal, per les deixalles de desori i d'anarquia social que deixa la lluita». Es creà una situació idònia per a la producció d'un gran bandit.

Arribat a aquest punt havia de recular fins a la pàgina 18 i llegir de la línia 26 a la 31: «...fou un bandit de temperament autèntic. No fou pas un criminal espontani i esbojarrat. Fou un home d'una gran cautela (...) s'aprofità de la situació social —o sigui política— de la Península en general i especialment d'aquest rodal».

Un altre salt fins a la pàgina 90: «...en una època d'incomunicacions, fou un home molt expert en el seu ofici, però sense oblidar mai el període de desori i d'anarquia permanent en què visqué i que tant l'afavorí. Sense aquests fets i aquesta situació no crec que es pugui explicar un criminal de tanta categoria».

En Jordi va anar llegint d'aquesta manera desordenada però que seguia una lògica, la que marcava el seu avi guiada per la sàvia paraula de Josep Pla. Després de devorar alguns dels capítols més sanguinaris del Rellotger de Creixells establint paral·lelismes amb les andanades d'en Boquica, va arribar als dos últims paràgrafs —pàgina 104, de la línia vuit a la quinze: «De tota manera, aquestes coses s'haurien de tractar d'una altra forma, eliminant les collonades fàcils i inútils que se solen dir, sempre literàries, que no serveixen per a res. Les coses s'han d'observar, de pensar, amb tot l'humorisme i amb tota la ironia que es vulgui, però han de tenir un sentit, s'han d'expressar d'una manera fonamentada i clara».

L'últim fragment no portava cap indicació ni de pàgina ni de línia. Eren unes ratlles escrites pel seu avi.

«Potsé te semblara molt revuscada aquesta manera d'interpretá els fets... sempre me sabrá greu i am doldrá lo que diguin els llibres d'Història ampró lo que vui que te quedi molt clá, Jordi, es que després de saber tot lo que tu ja saps names me faltava dite que no estic orguiós de lo que va fe el meu besavi tot i els motius que hagués pogut tenir per fer-ho. En canvi, jo sí que vui que tu ho estiguis de mi i que sapiguis que vai conseguí que aqueia promesa de revenja que s'havia fet al castell de sant Ferran no se complís, mai. Ja savia vessat prou sang. La violència és la destrucció del cos humà i, de retruc, de tota la especie. No ié cregut mai jo en la violència ni tampoc en la venjança. No porten enlloc».

Va acabar de llegir l'última frase i ho va entendre tot. Ara entenia per què l'avi, el seu avi —que era el besnét d'en Boquica—, sempre li havia dit que la història d'aquell caragirat era la història d'un bandoler honest.

Després d'haver lliurat l'original del reportatge al corrector, en Jordi va sortir del diari orgullós de la feina i se'n va anar a buscar el cotxe a l'aparcament. Va fer un cop d'ull al cel, que s'estava ennegrint. La negror no era pas aquella foscor que presagia les grans tempestes. Va entrar al seu Peugeot 205 blanc i va encendre la ràdio. En aquell precís instant va començar a sonar una vella cançó de Jim Croce, «Bad, Bad Leroy Brown». La lletra de la cançó explicava la història d'un gàngster de Chicago que tornava a la ciutat per venjar-se. Però la que sortia pels altaveus del cotxe i sonava no era pas l'original, era l'adaptació que n'havia fet Joaquín Sabina, titulada «Malasombra». Va apujar el volum per poder-la escoltar millor, però ja feia temps que tenia un dels bafles trencats i encara era pitjor perquè sonava esquerdat. Va trobar el volum adequat quan el cantautor d'Úbeda enfilava el tram final de la cançó, i en sentir la tornada no va poder evitar pensar en la pintada amenaçadora de la paret i va somriure. Deia:

«Es mejor no provocar, Malasombra ha vuelto a la ciudad... Quítate de su camino, no lleves flores a tu funeral... Nunca tientes al destino... que Malasombra puede regresar...».

Va encendre els llums del cotxe i se'n va anar en direcció a casa del seu avi, a can Barraca. Ara ja sabia que en Boquica no tornaria mai més.

CANSO DEL CAPITA DE LA BRIBALLA
JOSEPH PUJOL ALIAS BOQUICA.

HA catolichs germans meus
Llicencia bos demano,
per dictar una Cansó
de un home que ha dat escandol.

Boquica tu pagarás
lo mal que has fet á España
mal usá no pot durá
la Justicia may se cansa.

En la Cansó trobaréu
la seba vida y pasatge
de lo mal que habia fet
com servia dintra de Fransa.

Si boleu saber lo seu nom
aqui so per explicarlo
Joseph sen diu de nom de fons
y Pujol de nom de Casa.

Moltas Casas ha cremat
molta gent ha degollada
á las Iglesias de ahont ha entrat
las particulas ne llensava.

Lo Santissim Sagrament
y lo Calser Consagrat
aqui habem de pensar
tota gent Christiana.

Bona vida ha tingut
mentres que ell governaba
fiero també abeu de mirá
que ha caygut de la bancha.

Lo dia primer de Agost
dintre Figueras entraba
ben lligát y garrotat
en que no podia manejarse.

Sempre anava ab lo cap baix
de bargoña que sen dava
la gent estavant cridant
aqui portan lo gran lladre

A Figueras quant va asé
al General lo presentaban
lo General los ha dir
aquex es lo gran lladre.

En vá mataras un Adacán
que jo mes estimaba
en paraula de amistat
del Castell te lan portaras.

Que no tingués po de res
que ab la paraula confiaba
que li dones el seu Adacán
que era el que mes estimaba.

Con lo Señor Baró va saber
que li trancaba la paraula
una Ordenansa ha enviar
que alló no era del tracte.

Allí á Pons de Molins
lo Campament gran estaba
era lo Exercit francés
Pujol també yanava.

Ab rigor molt posát
te Catalunya y España
com si fos molt balent
un home de una gran fama.

Comensém per lo Empurdá
y per tota la plana
Gerona y lo demés
per tot allá ahont pasabas.

Ay qui avia de pensá
tenint tanta anomenada
la vida se te acaba
y has de morir penját.

No dich mal de ningú
tot home fá una arrada
á tu not plaño gens
perque anavas contra España.

Tu si foses estát frances
no fora tan admirable
per defensar vostra Emperadó
lo que vos pertocaba.

Pero anar contra la lley
penso que no pots salvarte
pagaras lo mal que has fet
dintre la España.

Pero jat tenim á tu
la guerra ja es acabada
perque yaurá quietut á dintre
tota la Fransa.

Com per la España sabrán
que teneu la bestiasa
com es estat tan mal factó
ningun te esperaba.

De mal tu nas fet
molt y nos pot aponderarse
á molts pobles has anat
tota la gent despullabas.

Donsellas has desonrat
moltas donas has cremadas
lo mateix será de tú
de Deu te vindrá la paga.

De diners nas tingut molts
també bonas botonadas y bestits
y coberts de plata
es cert que res te costaban.

No te ho debias pensar
que tu fosies pres de España
podias considerar
que la Justicia may se cansa.

Estabas á Perpiñá
Comandant de una gran Plaça
sent un home traginé
Capitá de la briballa.

Com te baran agafar
lo teu cor que negra estaba
tu mateix debias dir
la vida se me acaba.

Ara sempre deus pensar
en lo caball que manabas
tot era crosta de Or
los guarniments que portabas.

Home valent y bon ví
es cert que luego se acaba
lo mateix ha estat de tú
tenint tanta anomenada.

Com bias durat tu tant
la vida tan mal reglada
molt mengar y poch treballar
no mes que escurar botxacas.

Per las Casas de Pagés
ten feyan bona arribada
perque sabian qui erats tú
y també la tua canalla.

Los demanavas los diners
en rigor y mala cara
tants cens duros me dareu
sino mato als de la casa.

Jo nom bull aguardar mes
la paciencia se me acaba
doneume lo que bos he demanat
sinó bos cremo la Casa.

Ay con seu Pare ho sabará
que lo seu fill es pres á España
luego pensará
la hora li es arribada.

La trista de sa Muller
que estava desconsolada
dos criaturas que té
quedan desemperadas.

La una podeu pensar
que no la estimaba gaira
també habem de dir
que la sanch no torna aygua.

Jo per sentiro á dir
al temps que ell gobernava
un dia vá anar á casa seba
per matar lo seu Para.

Son Para li diu plorant
fill meu pots tu perdonar
mes Voquica ab gran rigor
que la terra tremolava.

Aparteus del meu devant
que nous vuy veurer la cara
á tots vos tinch de cremar
també la sendra ventarla.

Prou temps avias tingut
per poderte presentarte
no habias de esperar
que vinguesian á agafarte.

Ay coblas quius ha tret
Cansó qui ta dictada
un Soldat del Batalló
dels cassadors del Manso.

A la pàgina anterior, reproducció de la *Canso del capita de la briballa Joseph Pujol alias Boquica*. © Arxiu personal de Josep Riu i Roura.

Nota de l'autor i agraïments

En Boquica se'm va aparèixer el setembre del 2006. No, ell personalment o el seu esperit, no. Es va manifestar d'una altra manera. M'explicaré. Aquell any, el 2006, no vaig poder assistir al pregó de la festa major de Besalú, el meu poble, en honor a sant Prim i sant Felicià. Els dies de la festa solen ser els que s'escauen al voltant del cap de setmana del 24 de setembre i en aquella època treballava els dissabtes i diumenges. Des de ja fa uns anys, el pregó s'encarrega a persones del poble i s'aprofita per explicar el passat de Besalú a través d'històries que han ajudat a fer-ne el poble que és. Aquell any el pregoner va ser mossèn Eduald, el rector de la parròquia, i li vaig demanar una còpia del seu discurs. I va ser llegint el pregó, que repassava les persones i els personatges il·lustres que havia donat Besalú, quan em vaig retrobar amb en Boquica. I dic retrobar perquè la primera vegada que en vaig sentir a parlar —o més ben dit, que en vaig llegir el nom— va ser en una paret del poble. Des d'aquell moment, el meu interès per la vida d'en Josep Pujol i Barraca i l'època que va viure em va portar a buscar la poca documentació imparcial que hi ha sobre aquest traginer, fill de Besalú, convertit en bandoler.

Vull donar les gràcies a en Josep Riu i Roura per la informació sobre l'època i el personatge però sobretot per la disposició a parlar d'en Boquica fos l'hora que fos. Als arxius parroquials de mossèn Eudald, als arxius personals d'en Josep Parés, al professor de la Universitat Autònoma de Bellaterra Lluís-Ferran Toledano i a la professora Gemma Rubí; a l'historiador Francesc-Xavier Morales; a en Salvador Garcia-Arbós per la seva bibliografia culinària; a l'estudi de Núria Sales sobre la Catalunya dels segles XVI al XVIII. A en Francesc Miralles i l'Alexandre Porcel per les seves opinions i comentaris. A la Sandra Bruna, la Berta Bruna i l'Ester Pujol pels seus consells. A en Toni Vallès per la feina i la paciència. A Carles Redon, de Canal Gràfic, per ajudar-me a situar els escenaris per on va actuar en Boquica. Al doctor Danés, que ha fet una acurada investigació del fenomen del bandolerisme a Catalunya, tan acurada com li va permetre la informació que tenia a l'època sobre el que va anomenar «Renec de l'infern», en Josep Pujol i Barraca. A l'Enric Riera i Fortiana i el seu llibre *Els afrancesats a Catalunya*, que m'ha servit per entendre com actuaven els col·laboracionistes, oportunistes o aprofitats com també se'ls havia batejat. Malgrat tot, i tal com va il·lustrar sàviament el professor titular d'Història Moderna de la UAB, Ricardo García Carcel, els afrancesats van ser personatges que no van ser entesos i per això se'ls titllava de traïdors, quan sembla que l'únic que buscaven era un canvi de règim que aportés una mica d'aire a un país que s'ofegava, una mica de llum a un país que estava en la penombra, i apostaven per obrir una porta al progrés, una sortida que en aquell moment passava per donar suport a l'exèrcit que venia de l'altra banda dels Pirineus. En el cas d'en Boquica, va optar per prendre una opció alternativa: ni patriota espanyol ni afrancesat, malgrat que es va servir dels uns primer i dels altres després per, al final, satisfer els seus propis interessos.

A Joan Amades per la llegenda de Sant Ferriol i l'Auca dels jocs de la mainada. Al llibre que recopila les festes de Benassal. A la Venerable Congregació dels Dolors —Creu de Sant Jordi 2005—, a en Marc Sureda i a la iaia Maria d'Osor. Tanco aquesta llista d'agraïments amb el meu pare, Martí Gironell i Compta, i amb la meva mare, Carme Gamero i Fauró, perquè sense la seva col·laboració, paciència i memòria, com totes les altres persones que he mencionat abans, hauria estat impossible bastir, crear i recrear l'entorn històric on es desenvolupa aquesta història.

Alguns dels fets narrats són inventats i d'altres inspirats en casos reals de determinats segrestos i saquejos que van protagonitzar bandolers durant el segle XIX, citats per Julián de Zugasti, F. Hernández Girbal, Victòria Sau o Pedro Mata.

Encara que no tots els noms i els fets són reals, sí que parteixo d'un episodi de la nostra història més pròxima protagonitzat per unes persones que van existir i es van bellugar per uns espais que eren i encara són tal com es descriuen en la novel·la.

El 1778, l'any que va néixer en Josep Pujol i Barraca, hi va haver un eclipsi total de sol, però va ser un parell de mesos abans que en Boquica vingués el món, concretament el 24 de juny de 1778. Aquest fet i la creença esotèrica associada als mals auguris del naixement d'una criatura durant un dia sense sol entronquen amb aquesta característica diabòlica i demoníaca que explicaria el caràcter violent i tenebrós d'en Boquica. Ell va seguir les passes del seu pare, en Pau, en l'ofici de traginer. Entre les creences d'aquests transportistes de l'època —al marge de tenir una devoció pel bosc— hi ha la llegenda de la Donamula que es reprodueix en la novel·la. Es recreen episodis que passen durant la seva infantesa, adolescència i joventut per entendre com es va modelant el caràcter violent però alhora creient d'en Boquica. No va participar en el complot dels punyals, però els documents consultats diuen que el seu pare, sí. De la biografia d'en Pujol i Barraca, l'autor n'ha triat aquells detalls i moments que més li interessaven per a la trama de la novel·la. En Boquica va actuar en molts altres més indrets que els que es ressenyen en aquesta història.

La majoria d'episodis violents que es narren en la novel·la són autèntics, molt pocs són inventats per l'autor. El que provoca la pintada, l'amenaça al descendent d'en Maholà, és un episodi que està basat en els fets que ja s'apunten en la pàgina que es reprodueix a l'inici de l'obra i que ens remet al Llibre d'òbits de la parròquia de Lligordà. En Boquica no el mata directament ni n'ordena l'assassinat, el crim el comet un dels seus homes. Presencia la mort i tampoc farà res per aturar-ho.

Josep Pujol no es va trobar mai amb Napoleó però hauria pogut passar. Per tant, la conversa entre el bandoler i l'emperador francès que es reprodueix a la novel·la és una ficció.

El jove periodista que segueix el rastre d'en Boquica a partir de la pintada que veu en una paret durant la crisi de l'abocador comarcal no es diu Jordi Pujol i Soley perquè sí. Els cognoms Pujol i Soley són molt comuns per aquestes contrades i a més Can Soley és molt a prop de Can Homs, Can Maholà o Can Pujol, altrament dit Can Barraca, tots masos i cases de pagès del terme municipal de Beuda adscrits a Palera o Lligordà.

En Jean-Baptiste Malgrat (és a dir en Jan), Gaspar de Chavagnac, Juvenal Mascaró, l'Atanàsia, Nicodem Campàs... són personatges que amb aquest nom no van existir però haurien pogut fer-ho. Hi havia bandolers, notaris, caçabandolers, francesos i patriotes corruptes, fetilleres i bruixes...

En canvi, sí que van existir Ildefons de Falgàs i Sagaró, el baró d'Eroles, el capità Narcís Massana, mossèn Pere Devesa, el doctor Cabrot, la Maria Cruzet, els generals

Lamarque, Lech i el mariscal McDonald. I llocs com l'Hostal de Can Caules i la font del Ferro, l'església de Sant Vicenç i l'ermita de Santa Maria de Palera, aquests tres últims encara ara existeixen i es poden visitar.

L'Hostal de Can Caules va ser un establiment molt concorregut en aquella època i els menjars, els costums, el llenguatge, els oficis, els remeis i els jocs (el catxo, la clotxeta, la cursa de bocois, el bèlit...) que es recuperen en la novel·la són originaris d'aquell temps; alguns han sobreviscut fins als nostres dies, d'altres ha patit lleugeres modificacions, igual que els rituals religiosos —com l'Aplec de la Mare de Déu del Mont, la processó dels Dolors o la de Corpus, les missions, el salpàs, la Missa del Burro— que apareixen al llarg de la trama.

Com els grans pintors del segle XIX —Pradilla, Fortuny, Madrazo o Esquivel— respecto la veritat moral dels esdeveniments però no paro tanto atenció a la seva veritat històrica perquè l'important per a mi és aconseguir despertar les emocions de vosaltres, lectors, i transportar-vos fins a aquella època, i que la visqueu com un personatge més de la trama.

I sobretot gràcies a tu per haver arribat fins aquí!

Barcelona, abril de 2008

Índex

MARE DE
DÉU DEL MONT
SANTA M
SANT PERE
DE LLIGORDÀ